KB068153

신곡

2권

죄 씻음을 위한 편력(遍歷)

단테 알리기에로 지음
김용선 편역

신곡

2권

죄 씻음을 위한 편력(遍歷)

단테와 베아트리체의
시공을 초월한 영원한 사랑

바른북스

추천의 글

박치욱 퍼듀대학교 약학대학 교수

작가가 편역한 이 신곡을 만난 것은 나에게 큰 행운이었다. 단테의 신곡은 내가 세상을 떠나기 전에 꼭 읽어야 할 책의 목록에 포함돼 있었다. 과학을 공부하던 젊은 시절 인문학에 문외한인 나에게도 신곡이라는 대서사시의 명성은 피해 갈 수 없었다. 신곡은 셰익스피어의 희곡과 더불어 세계 문학사에서 최고의 걸작으로 손꼽히는 작품이었고, 지옥과 연옥과 천국을 여행하며 수많은 역사 속 인물들을 만나고 그들의 삶을 살필 수 있는 흥미진진한 방대한 서사시였다. 그러나 많은 사람들이 나처럼 살아생전에 꼭 읽어야 할 책으로 다짐하면서도 막상 접한 사람은 극히 드문 작품이기도 했다. 그런데 이 편역된 신곡이 내게 단테와 함께 신비한 여행을 떠나게 만드는 기회를 선물했다. 그 여행은 놀라웠다. 굽이굽이 펼쳐지는 흥미진진한 이야기에 감탄에 감탄을 연발하며, 지적 쾌감에 흠뻑 젖는 그런 마력을 지닌 여행을 경험하게 했다.

이 책을 읽는 동안 단테는 바로 내 곁에 있었다. 700년 전 이태리에 살았던 당대 최고의 지성인 단테의 감성과 영성이 이 책에 고스란히 녹아있었다. 그의 인생은 비극이었다. 세상의 부조리와 불합리와 부도덕에 젖어 살기도 했고 또한 그것에 흠씬 두들겨 맞기도 하면서 자신이 사랑하던 모든 것들을 잃은 비극의 주인공이었다. 단테는 이 시로 부조리한 세상을 뒤집어엎고 자기만의 세계, 자기만의 우주를 창조했다. 그 결과가 《La Divina Commedia》였다.

신곡의 세계는 모든 것이 올바르다. 부조리가 정리되고 불합리가 지워지며 부도덕이 벌을 받는 신적인 질서가 충만한 경쾌한 도발의 세계였다. 인간을 고통스럽게 한 자들이 지옥에서 벌받고 있고, 천국에서 만난 베드로는 단테의 믿음을 꼭 안아주었다. 무엇보다 이 신곡에서 단테의 영원한 사랑인 베아트리체가 지고의 아름다움과 신적 고귀함을 지닌 존재로 단테를 진리의 세계로 인도하며 인류의 구원을 위해 기도하고 있었다. 이 신적 질서를 묘사하면서 단테는 신학과 철학, 수사학과 역사, 천문학과 과학의 세계를 자유자재로 넘나들고 있었다. 천재의 지적 유희가 황홀할 정도였다.

하지만 쉽지는 않았다. 700년 전 중세 최고의 지성이 토해내는 지식과 경험과 영성은 우리가 쉽게 범접할 수 있는 영역이 아니었다. 그리스 로마 신화와 유럽의 역사와 문화, 신구약 성경에 정통하지 않고서는 이해할 수 없는 내용과 표현이 한가득이었다. 그러나 작가의 편역은 이 난해한 대서사시를 인문학에 조예가 부족한 나에게 줄거리를 넉넉히 즐길 수 있도록 안내해 주었다. 과하지도 않고 부족하지도 않을 만큼의 풀이를 통해서 "아하"를 외치는 깨달음의 순간이 얼마나 많았던가! 그렇게 단테의 현란한 지적 유희를 즐기면서 도덕적 윤리와 인간의 존엄성과 사랑의 구가를 노래한 이 역사적인 작품을 만끽할 수 있었다. 내가 이 편역된 신곡을 만나지 못했더라면 평생 경험하지 못할 그런 즐거움이었다. 모두에게 일독을 권한다.

헬레니즘과 헤브라이즘을 엮어 종교개혁과 르네상스를 이끈 불멸의 걸작 《신곡》

단테 알리기에로Dante Alighieri, 1265~1321의 세례명이 '두란테Durante'다. 이 이름의 의미는 '참고 견디는 자'로서 이 말의 축소형으로 사용된 말이 단테Dante다. 피렌체의 군문 귀족 집안에서 태어난 단테가 그의 이름대로 어린 시절부터 많은 아픔을 겪었다. 5살이던 해 어머니가 돌아가시고, 18세 때 재혼한 아버지마저 세상을 떠났다.

단테가 아홉 살이던 1274년, 꽃이 만발한 아르노 강변에서 이름 모르는 소녀를 만났다. 그녀는 단테의 어린 가슴에 간절하게 타오르는 사랑 감정을 불러일으켰지만, 이미 몰락한 집안의 그가 최고의 명문 가문 출신인 베아트리체를 사랑하는 것은 쉽지 않은 일이었다. 단테가 그런 아픔을 안고 지내다 18세 때 아르노 강가의 베키오 다리에서 다시 베아트리체를 두 번째 만났다. 베아트리체가 먼저 단테에게 가벼운 미소를 지으며 인사를 건넸다. 복을 주는 여인이라는 이름의 그녀가 단테에게 구원의 여인이 되는 순간이었다. 단테와 베아트리체의 이 운명적인 만남이 단테의 평생을 사로잡았고, 그녀는 단테에게 그리움이 되었다.

그러나 베아트리체가 부친의 강요로 돈 많은 집안의 금융업자와 결혼하지만 불행하게도 24세의 젊은 나이에 요절했다. 그 일로 단테가 한동안 충격을 받아 고뇌하며 허무에 빠지기도 했지만, 그는 그때 아리스토텔레스와 키케로, 보에티우스와 토마스 아퀴나스의 학문을 깊이 탐구했다. 그리하여 그녀가 죽은 다음 해인 1291년에 베아트리체에 대한 그리움을 노래한 《새로운 삶》이 탄생했다.

그 당시 도시국가 피렌체는 상류 봉건귀족이 주축인 기벨리니와 몰락한 귀족과 상공인이 지지하는 겔피로 나누어져 대립이 극심했다. 단테가 24세에 겔피 당의 일원으로 전쟁에 참가하여 큰 공을 세웠고, 30세에 정계에 진출하여 5년 후 피렌체를 다스리는 6인 중 한 사람이 되었다. 겔피 당이 다시 백 당과 흑 당으로 나누어지는 가운데 단테는 백 당에 속해있었다.

단테 나이 35세가 되던 1300년, 승승장구하던 그의 인생이 무너져 내렸다. 교황청으로부터 피렌체의 독립을 원하던 그가 흑 당의 승리로 추방되었다. 흑 당의 탐욕이 쿠데타를 일으켰고, 그로 인해 그의 비참한 망명 생활이 시작됐다. 그가 그런 아픔과 분노 중에도 신앙과 윤리 문제에 깊이 침잠했다. 궐석 재판을 통해 사형선고를 받은 단테가 방랑 생활을 하면서도 베아트리체를 잊지 않고 사랑했다. 사악한 악의 무리가 가는 길이 아닌 예수와 바울이 걸었던 진리의 길을 고뇌하며 따르려 했다. 영원히 조국으로 돌아오지 못하고 고난의 길을 걷다가 라벤나에서 56세에 영면했다.

정치적인 힘으로 세상을 변화시킬 수 없음을 깨달은 그가 죄중에 있는 인간은 십자가에 못 박혀 돌아가신 예수 그리스도의 사랑을 통해서만 구원받을 수 있음을 알았고, 그 구원의 길잡이로서 베아트리체를 선택하므로 그녀는 단테의 여인을 넘어 만인의 연인이 되었다. 베아트리체는 단테의 삶의 원동력이었고 시적 영감의 샘이었다. 그녀는 단테의 정신세계를 지배했고, 그녀를 통해 그의 마음이 정화되었으며, 설렘으로 삶을 새롭게 각성했다. 베아트리체는 단테의 사랑이었고 노래였고 기쁨이었고 행복이었다.

결국 단테는 이 《신곡》을 통해 이루지 못한 베아트리체와의 진실하고 영원한 사랑을 시간과 공간을 초월한 전 우주적인 사랑으로 승화시켰으며, 모든 인류에게는 인간이 어디에서 와서 어디로 가며, 무엇을 하며 어떻게 살아야 되는지를 궁구하게 만들었다.

이 작품의 원래 제목은 《La Commedia》희극이었다. 지옥에서 시작해 천국으로 끝이 나므로 붙여진 이름이었다. 그러나 후세에 이 글의 고귀함과 아름다움, 웅대함과 전우주적 초월성에 매료된 복카치오가 이 희극에 신적神的이라는 뜻의 Divina를 붙이므로 제목이 La Divina Commedia《신곡》가 되었다.

《신곡》은 지옥, 연옥, 천국 3편으로 구성되어 있고, 각 편이 33곡으로 되어 모두 99곡으로 짜여 있으며, 여기에 서곡을 추가하므로 100곡이 되었다. 여기서 100은 그 당시 가장 완전한 수로 인정받던 숫자였고, 33은 삼위일체 교리에 입각한 것으로 단테의 신앙이 반영된 것으로 짐작할 수 있다. 또 이 작품은 3연 체의 11음절로 되어 있으며 총 1만 4천 2백 33행으로 엮어져 있다.

헬레니즘은 그리스 로마 사상과 오리엔트 문화가 융합되어 이루어졌다. 인본주의를 지향하며 이성에 바탕을 둔 사고를 통해 학문과 과학이 발전했다. 영적인 것을 부정하며 지적인 만족을 위해 궁극적 본질을 탐구했다. 헤브라이즘은 히브리 민족의 종교와 사상으로 여호와를 숭배했다. 광야에서 유목하며 살아갈 때 하늘의 음성과 계시가 있었다. 인간은 여호와의 피조물이며 그의 소유된 백성이었다. 단테는 《신곡》을 통해 헬레니즘과 헤브라이즘을 엮어 종교 개혁과 르네상스를 이끌었다.

고대 로마에서는 시민계급을 6등급으로 나누어 최상급을 클라시쿠스classicus라 칭했는데, 이 말에서 클래식classic이란 말이 유래되었다. 클라시쿠스classicus는 '함대'라는 의미를 가진 '클라시스classis'에서 파생했는데, 로마가 위기 상황일 때 가난한 자 프롤레타리아proletaria는 자식proles을 전쟁터로 보내고, 부자들은 나라에 군함을 기부함으로 국가에 기여했다. 오늘날 이 클라시쿠스classicus가 클래식classic이란 말로 변해 사람이 심리적 위기 상황을 경험할 때 극복할 수 있도록 힘을 주는 '고전古典'이란 말로 사용된다.

시대를 초월한 고전 중의 고전인 《신곡》을 학자들이 읽는데 그들 인생에서 30년을 소비한다는 말이 있다. 모든 이의 입에서 입으로 회자膾炙되면서도 막상 접한 사람은 극히 드물다.

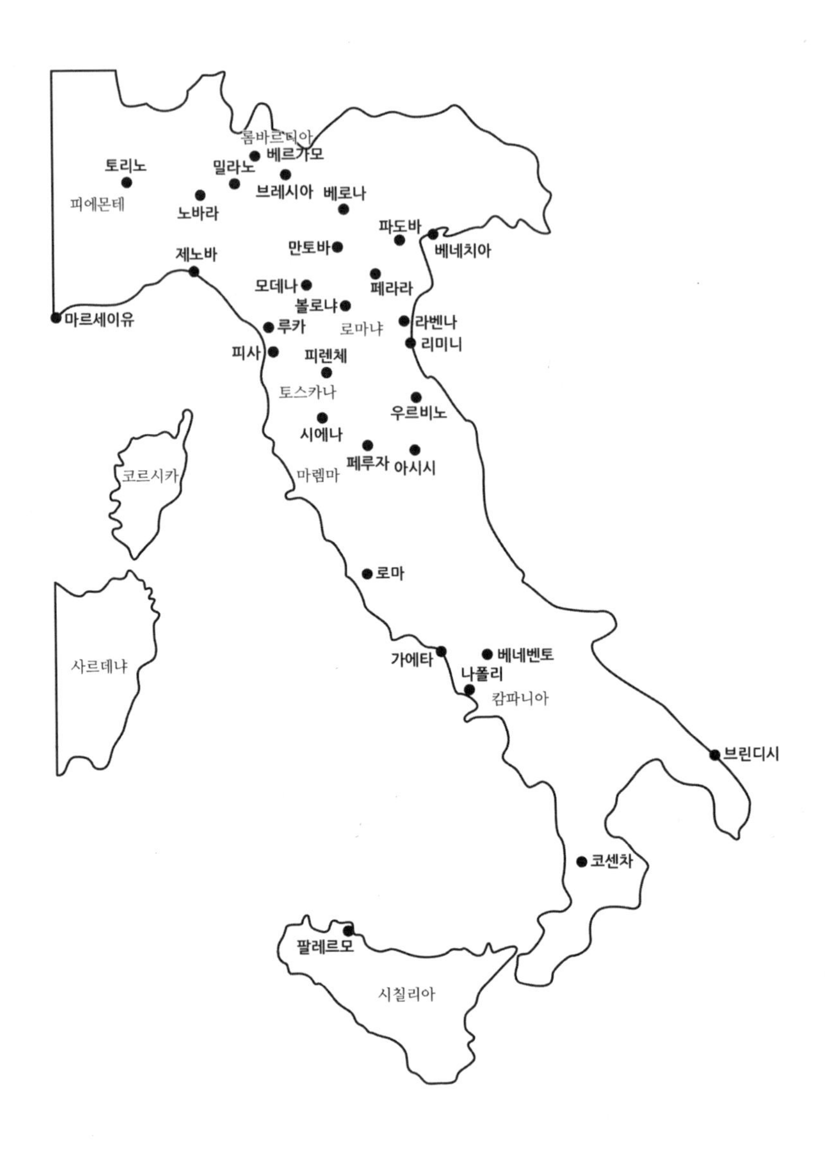
롬바르디아
토리노
밀라노
베르가모
피에몬테
브레시아
베로나
노바라
파도바
만토바
베네치아
제노바
모데나
페라라
볼로냐
마르세이유
루카
로마냐
라벤나
리미니
피사
피렌체
토스카나
우르비노
코르시카
시에나
페루자
아시시
마렘마
로마
사르데냐
가에타
베네벤토
나폴리
캄파니아
브린디시
코센차
팔레르모
시칠리아

◎ 이탈리아 지도

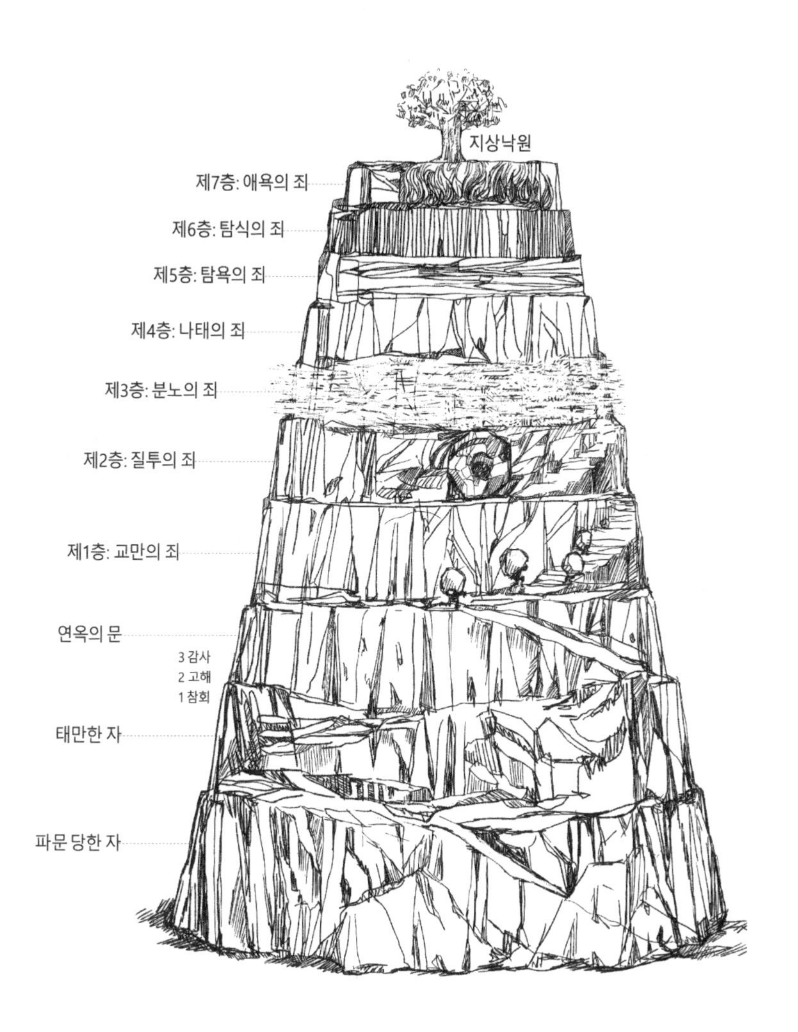
지상낙원
제7층: 애욕의 죄
제6층: 탐식의 죄
제5층: 탐욕의 죄
제4층: 나태의 죄
제3층: 분노의 죄
제2층: 질투의 죄
제1층: 교만의 죄
연옥의 문
3 감사
2 고해
1 참회
태만한 자
파문 당한 자

◎ **연옥의 구조**

◎ **로미오와 줄리엣**

베로나에 살던 로미오와 줄리엣이 사랑의 세레나데를 불렀다는 발코니다. 이탈리아가 로미오와 줄리엣의 몬테키와 카펠레티 가문처럼 불화하여 서로 원수처럼 지낸다. 셰익스피어는 이 이야기를 희곡으로 각색했지만 베로나를 방문한 적은 없다고 한다. (6곡)

◎ **아르노 강의 베키오 다리**

아르노 강은 토스카나 아펜니노 산맥의 팔테로나 산에서 발원하여 240㎞를 달린다. 상류에서 카센티노를 거쳐 남쪽으로 향하다가 아레초에서 방향을 틀어 서북쪽으로 흘러 피렌체와 피사를 지나며 바다에 다다른다. 아르노 강 베키오 다리에서 단테와 베아트리체가 만났다. (14곡)

◎ **피에타 상**

로마 베드로 대성당에 있는 미켈란젤로의 피에타 상이다. 십자가에서 죽은 아들 예수의 시신을 안고 있는 슬픈 성모 마리아의 모습을 대리석에 새겼다. (33곡)

목 차

| 2권 |

죄 씻음을 위한 편력(遍歷)

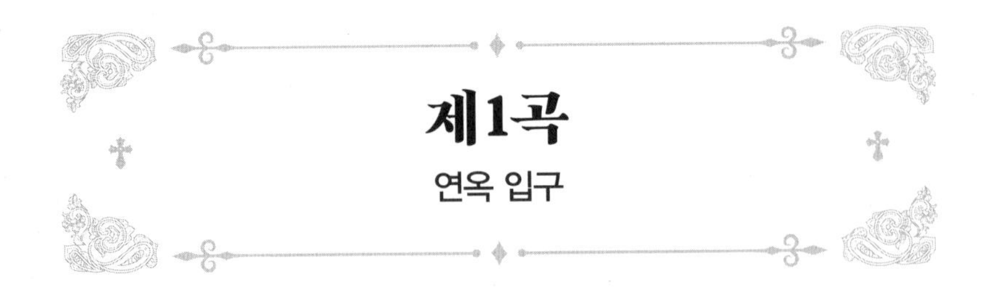

제1곡

연옥 입구

1300년 3월 28일 부활주일 새벽이다.

두 시인이 지옥의 바다를 건너 푸른 하늘을 보며 태초의 족속 외엔 아무도 본 적이 없는 네 개의 별을 본다. 연옥 입구에서 자유를 억압하는 카이사르에게 저항했던 카토를 만난다. 그가 베르길리우스 말을 듣고 단테로 정죄 산을 오르게 한다. 지옥의 탁한 기운으로 더럽혀진 몸과 마음을 씻어라 명하며 갈대를 꺾어 허리를 동이라 한다. 지옥에서 필요한 것이 정결이라면 연옥에서는 겸손의 미덕이 중요하기 때문이다.

1　　참혹한 바다를 뒤로하고

내 재주의 작은 쪽배가 정화된 물결로
나아가기 위해 돛을 올렸나니,

4 이제 내가 인간의 더럽혀진 영혼이 씻기어
하나님 나라에 합당한 모습을 마련하는
두 번째 왕국을 노래하려 하노라.

7 오, 거룩한 시신詩神 뮤즈여! 내 그대를 사모하노니
메마른 시심이 다시 살아나게 하여라.
그대들 중 으뜸인 칼리오페여! 영감으로 내게 임하라.

10 그대에게 도전하여 패배하므로 충격에 빠졌던
피에리데스를 물리쳤던 그 노래로
나와 함께하여라.

13 내 눈과 가슴을 짓누르던
죽음의 대기를 우리가 벗어났을 때
동쪽 하늘에선 태양이 떠오르며,

16 수평선 끝을 비추는 명랑한 햇살이
내 마음에 청아하게 부딪혀 와
눈의 감각을 새롭게 해주었다.

19 그때 나를 사랑에로 충동질하는 샛별이
자기를 둘러싸고 있는 물고기자리를 비춰
동방 온 천지를 웃음 짓게 하더라.

22 내가 오른쪽으로 몸을 돌이켜
남극을 향해 마음을 모으고는 아담과 하와 외엔
아무도 보지 못한 네 개의 별을 주목했는데

25 하늘도 그 빛을 반기는 듯했나니,
오, 홀아비가 된 북녘의 대지여!
그대는 저 별들을 볼 수가 없도다.

28 내가 그 별들에게서 눈을 거두고는
돌아서 북극을 보았으나
거기에 북두는 없었다.

31 그때 우리 앞에 노인이 나타났는데
그가 나로 무한한 존경심을 불러일으켰나니,
어느 자식이 자기 부모에게라도

34 그런 마음을 가질 수 있었겠는가.
길게 늘어뜨린 수염과 두 갈래 백발이
가슴팍까지 드리워져 있었고,

37 태양빛으로 곱게 단장한 것 같은
네 가닥의 거룩한 빛줄기가
그를 온전히 감싸고 있었다.

40 그 의젓한 노인이 말하길,
"캄캄한 강을 거슬러 영원한 감옥을 탈출한
너희들은 누구냐?

43 참혹한 그곳에서 나올 때
어느 누가 길을 가르쳐 주었고
누가 등불을 밝혀 인도하였느냐?

46 어둠의 세계의 법이 깨졌단 말인가?
아니면 지옥 죄인들이 여기에 오는
새로운 법이 하늘로부터 내려졌단 말이냐?"

49 그러자 길잡이가 내게 말하길,
"저분 앞에 무릎을 꿇고
공손하게 절하라."

52 그리고는 그에게 이르기를,
"저는 스스로 온 것이 아니고 하늘의 여인
베아트리체의 청으로 이자를 여기에 데려온 것이외다.

55 그런데 우리의 모든 사연을
당신께서 듣고자 하오니
제가 망설이지 않고 말하리다.

58 이 사람은 세상에서 자신의 마지막 밤을
보내지 않았으나 스스로 허물 많은 삶을 절망하므로
돌이킬 수 없을뻔했나이다.

61 그래서 이자를 구하려 제가 보냄을 받았고
우리가 지나온 길을 통해
여기에 이르렀사오니,

64 제가 이 사람에게 수많은 죄인들을 보였고
이제는 당신의 보호 아래
스스로를 정화淨化하는 자들을 만나게 하려 하나이다.

67 제가 어떻게 이자를 여기까지 인도했는지를 말하려면
길어지지만 하늘의 돕는 힘이 함께했고
이제는 당신을 통해 가르침을 받고자 하나이다.

70 이제 당신은 이 사람을 기뻐하시리니,
자유를 찾아가는 이자의 소중한 뜻을
진정한 자유를 위해 목숨을 버리신 당신은 아십니다.

73 당신은 최후의 심판 날에
다시 입게 될 육신의 옷을
우티카에서 스스로 기꺼이 벗으셨나이다.

76 이자가 살아있고 저도 거룩한 법을 준행하여
미노스에게 결박당하지 아니했으며,
또 저는 당신의 사랑 마르치아의 순결한 눈길이 머무는

79 림보에서 왔나이다. 오, 넓은 가슴이여!
당신께 애원하던 여인을 사랑으로
다시 받아주셨던 것처럼 우리에게도 자비를 베풀어

82 당신의 일곱 나라를 지나가게 하소서.
그리하면 이후에 당신의 자비를
사랑스러운 여인에게 전하리다."

85 그가 말하길, "세상에서 마르치아는
내 눈을 무척이나 즐겁게 했고
나도 그녀에게 온갖 호의를 베풀었노라.

88 지금 그녀가 지옥의 아케론 강 건너편에 있고,
나는 그곳을 떠나 이곳에 와있기에
그녀와 다시 만나는 기쁨을 누릴 수 없도다.

91 그런데 하늘의 여인께서 그대들을 인도하시면
이런저런 말이 필요 없고
다만 그분을 통해 내게 청하면 되리라.

94 이제 가거라. 이자에게 미끈한 갈대로
허리띠를 매어주고 그의 얼굴을 씻어
묵은 때를 벗도록 할지니,

97 지옥 안개로 흐릿해진 눈으로는
연옥 문을 지키는 천사 앞으로
나아갈 수 없도다.

100 이 섬의 둘레에 물결이 밀려와
부딪히는 곳 중 가장 낮은 데에
갈대가 자라고 있는데,

103 거기에선 갈대 외에 어떤 나무도
생명을 유지할 수 없노니, 이는 잎을 피우거나
단단하게 자라면 파도에 부서지기 때문이로다.

106 그대들은 다시는 이곳에 오지 말지니,
지금 솟는 태양이 길을 비추어
산을 오를 수 있으리라."

109 그리고는 그가 우리 곁을 떠났고
나는 몸을 일으켜 스승에게로 가서
그에게 기대며 의지했다.

112 길잡이가 이르기를, "나를 따라오너라.
이곳은 낮은 곳으로 기울어
우리가 돌아서 가야 하리라."

115 먼동이 어둠을 내몰고
멀리에서는 바다가 잔주름을 잡으며
밀려오고 있었는데,

118 갈 길을 잃어 헤매는 자가
헛된 걸음을 멈추지 않는 것처럼
우리가 그렇게 허허벌판으로 나아갔다.

121 이슥고 이슬이 태양과 겨루어도
쉽게 스러지지 않을 것 같은
그늘진 곳에 우리가 이르렀는데,

124 스승이 두 손을 풀밭 위에 내려놓을 때
내가 그분 마음을 알아차리고는
지하 세계에서 눈물에 젖은

127 내 얼굴을 내밀었고
그분이 지옥의 검은 안개를
정결한 이슬로 씻어주었다.

130 우리가 해안에 도착해
내가 망망대해를 보았는데, 그곳을 항해한 사람치고
다시 돌아간 자는 없을 것 같았다.

133 거기에서 길잡이가 노인이 말한 대로
갈대를 꺾어 나에게 겸손의 허리띠를
둘러주었는데, 놀랍게도

136 꺾은 자리에서 다시 줄기가 돋아나더라.

· 1~39

두 시인이 지옥의 바다를 건너 수정같이 푸른 빛에 물든 하늘을 본다.

지금까지는 죽은 영혼들을 노래한 죽음의 시를 기록했지만, 이제는 세상에서 지은 죄를 정죄하고 천국으로 입문하려는 노래를 부른다.

칼리오페는 예술의 뮤즈 중 으뜸이 되는 요정으로 서사시를 관장한다. 피에리데스는 테실리아의 왕 피에로스의 아홉 명의 딸로 노래에 능했는데, 그녀들이 자신들의 실력을 믿고 칼리오페에게 도전했으나 패배하여 그 벌로 까치가 되었다. 오비디우스의 《변신》

단테가 바라보고 있는 네 개의 별은 인간이 가져야 하는 4가지 덕목으로 지智와 의義와 용勇과 절節이다. 북반구에 사는 사람들이 이 별들을 볼 수 없는 것은 덕을 잃었기 때문이다.

노인은 로마 공화정 시대의 카토BC 95~46로서 개인의 자유와 행복을 억압하는 카이사르에 대항해 싸우다가 패배하여 우티카에서 자살한 스토아학파의 대가이다. 그가 자살을 했기 때문에 지옥의 7원의 2번째 둘레에 가야 되지만, 카토를 지극히 흠모하는 단테가 그로 연옥을 지키는 역할을 담당케 했다.

· 40~93

카토는 두 시인을 지옥에서 탈출한 자로 생각한다.

갇힌 영혼은 그 형장刑場을 벗어날 수 없는 것이 하늘의 법칙이다.

카토는 자신의 두 번째 부인 마르치아를 친구인 호르텐시우스에게 보냈다. 이후 호르텐시우스가 죽자 마르치아는 카토에게 자신을 다시 거두어 주길 간절히 열망하여 그에게 돌아왔다. 단테는 이 모습을 영혼이 다시 하나님에게 돌아가는 것의 상징으로 보여준다.
베르길리우스는 마르치아의 이름으로 카토에게 접근한다.
이 연옥의 정죄 산은 일곱 개의 권역으로 나누어져 있다.
예수를 믿어 구원받은 영혼은 지옥에서 벌 받는 자와 소통할 수 없다.
"너희와 우리 사이에 큰 구렁이 끼어있어 여기서 너희에게 건너가고자 하되 할 수 없고, 거기서 우리에게 건너올 수도 없게 하였느니라." 눅16:26

• 94~136

갈대는 한 줄기 바람에도 흔들리지만 태풍이 불어도 꺾이지 않는 강인함이 있다. 연약하지만 강한 생명력을 상징하는 갈대가《신곡》에서는 겸손을 상징한다.
지옥의 여정에선 정결의 끈을 매야 했지만 연옥에서는 겸손의 띠를 둘러야 한다. 겸손은 아무리 잘라내어 나눈다 해도 줄지 않음을 보여준다.
베르길리우스가 지옥의 탁한 기운으로 더렵혀진 단테의 얼굴과 마음을 아침 이슬로 정결하게 씻어준다.
"우슬초로 나를 정결하게 하소서. 내가 정하리이다. 나의 죄를 씻어주소서. 내가 눈보다 희리이다." 시51:7

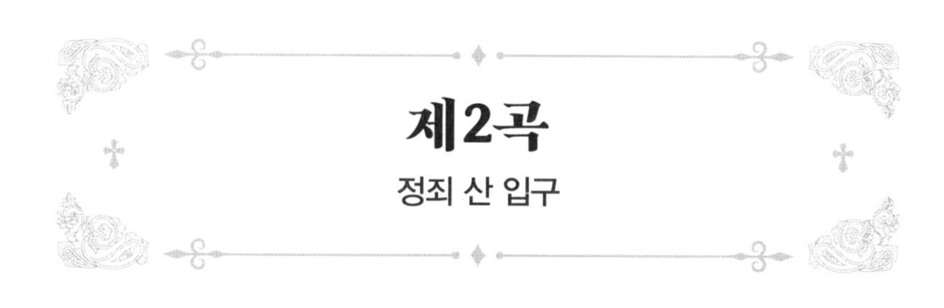

제2곡

정죄 산 입구

1300년 3월 28일 부활주일 오전 6시 경이다.
로마의 테베레 강 어귀에서 영혼들을 싣고 온 천사가 나타난다. 해가 지평선 위로 솟아오르며 정죄 산이 점점 밝아온다. 영혼들이 단테가 살아있음을 보며 경악을 금치 못하는 가운데 단테가 음악가였던 친구 카셀라를 만난다. 모두가 그의 노래를 들으며 기뻐한다.

1 태양이 예루살렘의 지평선에 닿는
북반구는 석양 무렵이고
이곳 정죄淨罪 산에는 해가 뜨고 있었다.

4 밤낮의 길이가 같은 춘분의 때에는
천칭자리는 낮이 되고
밤은 북반구의 지평선인 갠지스로부터 나오는데,

7 우리가 있는 이곳은 시간이 흐르며
희고도 불그스레한 여명이
점점 주황빛으로 바뀌고 있었다.

10 마음으론 서둘러 가고자 하나
몸이 말을 듣지 않아 제자리에 있는 사람처럼
우리는 아직도 바닷가에 머물고 있었다.

13 아침이 밝아올 무렵
화성이 자욱한 안개를 뚫고
붉은빛으로 서쪽 하늘을 비추듯이,

16 한 줄기 빛이 우리를 향해
바다 위를 달려오는데
무엇과도 비교할 수 없이 빠르더라.

19 내가 스승에게 말하려 할 때
그 빛이 점점 더 밝아지고
더 커지기 시작했는데,

22　빛의 양쪽에서 알 수 없는
하얀 것이 드러나기 시작했고
밑으로부터도 나왔다.

25　하얀 것이 날개로 밝혀지기까지
아무 말이 없었던 스승이
그것의 정체를 알아차리고는

28　소리 높여 외치길, "무릎을 꿇어라.
하늘의 천사 앞에서 두 손을 모을지니,
네가 하나님의 사자를 대면하도다.

31　보라, 사람처럼 노와 돛대를 사용치 않고
다만 날갯짓하여
머나먼 바다를 건너오는 모습을!

34　날짐승의 깃털과 같은 날개를
하늘 높이 퍼덕이며
바람을 안고 달려오는 저 천사를 보아라."

37　성스러운 새와 같은 하나님의 사자가
우리를 향해 가까이 다가오며
내가 그 빛살을 감당할 수가 없어

40 얼굴을 떨구었는데,
천사가 몰고 오는 날렵하고 가뿐한 배를
어떤 물결도 삼킬 수는 없겠더라.

43 배의 고물에 있는 하늘의 뱃사공에게
천상의 복이 함께하고 있었고
백도 넘는 영혼들이 거기에서

46 “이스라엘이 애굽에서 나오며”로
시작되는 시편을 노래하면서
죄와 죽음에서 구원 얻은 기쁨을 찬양했다.

49 천사가 영혼들을 향해 십자가 성호聖號를 그리자
그들이 물가를 향해 뛰어내렸고
하늘의 사자는 올 때처럼 다시 돌아갔다.

52 영혼들이 두리번거리면서
새로운 것을 경험하는 사람처럼
주변을 자세히 살피고 있었는데,

55 그때 태양이 빛의 화살을 쏘아
하늘 중천의 염소자리를 서쪽으로 떨어뜨리며
세상 구석구석에 광명을 비췄다.

58 영혼들이 고개를 들고
우리를 향해 외치길,
"정죄 산으로 오르는 길을 가르쳐 주오."

61 길잡이가 대답하길,
"우리가 이곳에 익숙한 것처럼 보일지 모르나
우리도 낯선 나그네라오.

64 우리는 험난하고 무서운
지옥의 어둠을 거쳐 여기에 왔나니,
그 길에 비하면 저 산은 쉬워 보인다오."

67 그때 내가 살아 숨 쉬는 것을
알아챈 영혼들이 소스라치게 놀라며
기겁을 했는데,

70 감람나무 가지를 들고 기쁜 소식을 전하는
사자使者에게로 몰려들며
서로 짓밟히는 것을 개의치 않는 사람들처럼,

73 복 받은 영혼들이 정결함을 얻기 위해
산을 오르는 것을 망각하고는
살아있는 나에게로 몰려들었다.

76 그들 중 한 영혼이 앞으로 나아오며
깊은 정을 내비치고는 나를 안으려 했고
나도 그를 반겨 포옹하려 했는데,

79 아, 눈에 보이는 것 말고는 다 허망한 그림자여!
내가 두 팔로 그를 세 차례 안아보려 했으나
그때마다 내 손은 내 가슴으로 돌아오더라.

82 내 얼굴이 놀라움으로 붉게 물들 때
그 허망한 그림자가 미소를 지었고
나는 그를 붙잡으려 손을 내밀었다.

85 그가 웃으며 내게 멈추라 했고
그때서야 내가 그를 자세히 보며
잠시만 머무르라 간청하였다.

88 그가 말하길, "내가 살아서 그대를 사모했고,
육신을 벗은 지금도 사랑한다오.
그런데 지금 그대는 어디로 가느뇨?"

91 내가 대답하길, "카셀라여, 내가 영계를 보고
다시 세상으로 돌아가는 긴 여행 중에 있는데,
그대는 어찌 이리 많은 시간을 지체했소?"

94 그가 말하길, "자기 뜻에 합당한 자를 취하는 천사가
여러 차례 내 연옥 행을 막았나니,
그러나 그것이 그릇된 일이 아닌 것은

97 그는 하나님 뜻을 자기 뜻으로 삼는 자라오.
석 달 동안이나 이곳에 들어오려는 나를
1300년 교황의 대사大赦를 통해 받아주었고,

100 그리하여 로마의 테베레 강물이
짭짤해지는 곳으로 향하던 나를
그가 자비로 거둬주었소.

103 천사가 강어귀에서 날개를 펴고 있으면
지옥의 아케론 강을 향하지 않는 영혼들이
다 그곳으로 모여든다오."

106 이에 내가 말하길, "나의 격정激情을
잠잠히 가라앉히던 그대의 사랑스러운 노래가
이 연옥 법에 저촉되지 않는다면

109 여기에 이르노라 피폐해진 내게
그대 노래를 들려주어
위로와 즐거움을 선사해 주오."

112 그가 '내 마음에 속삭이는 사랑'이란
노래를 불러 내 마음을 감미롭게 했고,
지금도 그 음성이 메아리치는도다.

115 우리와 그곳의 수많은 영혼들이
그와 함께하는 것을 즐거워하며
다른 것에 마음을 주지 못하고 있었다.

118 모두가 사랑의 노래에 취해있을 때
다시 나타난 거룩한 노인이
호통을 치며 말하길, "이 무슨 일이냐,

121 게으른 자들아, 어찌 여기에 있느냐.
하나님을 향한 마음속 허물을 씻기 위해
정죄 산을 향해 올라갈지니라."

124 비둘기 떼가 기품 있는 모습으로
한 데 모여 무리를 지어 다니면서
모이를 주워 먹다가는,

127 갑자기 두려움이 엄습해 오면
커다란 근심에 사로잡혀
먹이를 팽개치고 달아나는 것처럼,

130 무리가 노래 듣는 것을 멈추고는
어디로 가는지도 모르는 사람같이
산을 향해 내닫기 시작했다.

133 우리도 뒤질세라 그곳을 떠났다.

• 1~48

두 시인이 갈 길을 몰라 바닷가에서 망설이고 있다.
갑자기 수면 위로 하늘의 빛이 나타나며 단테가 무릎을 꿇는다.
천사가 로마의 테베레강 하구에서 영혼들을 싣고 정죄 산으로 온다.
하늘의 천사가 두 날개로 날갯짓하여 섬에 다다른다.
그들이 이스라엘 민족이 종노릇하던 애굽에서 나와서 자유의 몸이 되었을 때처럼 죄와 죽음으로부터 구원받은 기쁨을 노래한다.
"이스라엘이 애굽에서 나오며 야곱의 집이 방언이 다른 민족에게서 나올 때에 유다는 여호와의 성소가 되고 이스라엘은 그의 영토가 되었도다. 바다가 이를 보고 도망하며 요단은 물러갔으며." 시114:1,2

• 49~99

해가 지평선 위로 솟아오르며 정죄 산이 점점 밝아온다.
영혼들이 단테가 살아있는 사람임을 확인하며 경악을 금치 못한다.
로마 건국의 시조인 아이네이아스가 자기 아버지 안키세스의 영혼을 영계에서 만나 세 번 포옹하려 했으나 육체를 가지지 않은 영혼이 바람처럼 꿈처럼 그의 품에서 사라졌다는 베르길리우스의《아이네이아스》에 나오는 내용을 단테가 여기에서 사용하고 있다.
카셀라는 단테의 친구로서 피렌체 출신의 음악가로 활동하였다. 그가 1300년을 맞이하면서 교황 보니파티우스의 대사大赦로 정죄 산에 올 수 있었다.

• **100~133**

카셀라의 감미로운 노래를 들으며 무리들이 황홀해한다.
카셀라는 죽은 후에 3개월 동안 연옥 행을 거부당하다가 1300년을 맞이하는 성년聖年의 해에 교황을 통한 하나님의 은혜를 입어 이곳에 왔다.
바티칸 성당이 있는 로마를 흐르는 테베레강을 통해 영혼들이 정죄산에 이른다. 이것은 영혼 구원은 오직 주님의 몸인 교회를 통해 이루어진다는 것을 보여준다.
연옥을 지키는 카토가 다시 나타나 그들을 재촉하여 죄를 씻으라고 호통을 친다.

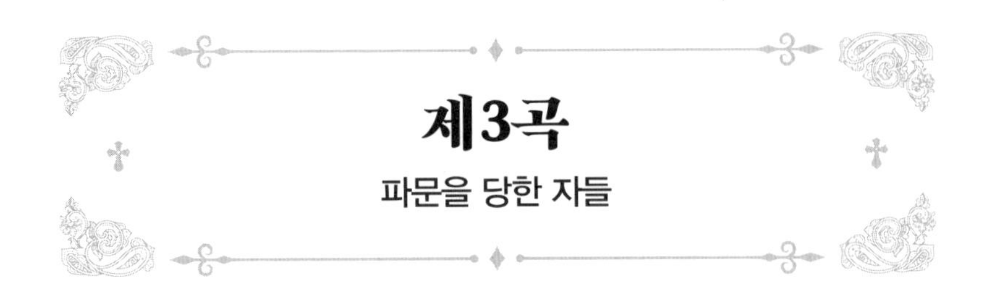

제3곡

파문을 당한 자들

1300년 3월 28일 부활주일 오전 6시경이다.

두 시인이 연옥의 입구인 산기슭에 도착하여 세상에서 게을러 파문破門을 당한 영혼들을 만난다. 그들 중에 프리드리히 왕의 서자인 만프레디가 있다. 파문을 당한 자는 연옥 입구에서 자신이 살았던 시간의 30배를 더 보내야 한다. 인간의 이성은 존재로 하여금 죄를 향한 경향성을 깨닫게 한다.

1 무리가 달음질치며 벌판을 달렸는데,
이는 이성理性의 소리가 영혼들로
정죄淨罪 산을 향하게 했기 때문이었다.

4 그래서 내가 길잡이에게로 다가섰나니,
어찌 그가 없이 내가 길을 가며
누가 나를 위로 이끌 수 있겠는가!

7 카토의 질책에 참회하는 모습을 보인
오, 고결한 양심이여!
사소한 허물조차 당신에겐 쓰라린 고통이어라.

10 성급함으로 무너진 존재의 존엄을
각성을 통해 돌이키는 내 스승을 보며
노인의 호통에 마음 조이던 나도

13 뜻이 분명해지며 호기심이 일어나
내 시선은 하늘을 향했고
드높이 솟은 산을 보았다.

16 그런데 등 뒤에서 타오르는 붉은 빛줄기가
내 앞에서만 사라지고 마는 것은
내 육체 때문이었나니,

19 내 앞에 드리워진 그림자로 인해
내 안으로 소외감이 젖어 들며
두려움이 밀려와 내가 두리번거렸다.

22 그러자 나의 위로이신 스승이 이르기를,
"아직도 나를 믿지 못하느냐?
내가 너와 함께하며 너를 인도하지 않느냐?

25 그림자를 드리우던 내 몸이 묻힌 곳은
벌써 석양에 물들고 있노니,
브린디시에서 죽은 내 몸을 나폴리가 간직하고 있노라.

28 지금 내 앞엔 아무런 그림자가 없지만
너는 놀라지 말지니, 하늘과 하늘은
서로의 빛줄기를 가로막지 않느니라.

31 지옥의 뜨겁고 차가운 벌을 견디게 하려
하늘의 전능은 그림자 없는 영체靈體를 만들었지만
그러나 그 신비를 인간에겐 드러내지 않으셨도다.

34 그러므로 그 비밀을 알려 드는 것은
삼위三位이시며 하나의 본체를 지니신 그 길을
이성으로 이해하려는 것과 같은 미친 짓이로다.

37 인간들이여, 있는 그대로의 지식에 만족할지니,
그대들이 모든 것을 알 수 있었다면
성모께서 주를 잉태할 필요도 없었으리라.

40 하물며 소망이 채워졌어야 할 현자賢者들이었지만
그들 바람은 결국 열매를 맺지 못하고는
희망 없는 영원한 슬픔의 림보에 머무르나니,

43 이는 아리스토텔레스와 플라톤과 수많은 지혜자들을
두고 하는 말이로다." 이 말을 하고는 그가
고개를 숙이고 슬픈 표정을 지었다.

46 어느덧 우리가 산기슭에 다다랐는데,
앞에 나타난 절벽이 얼마나 높던지
건강한 다리가 아무 소용이 없을 것 같더라.

49 험한 산속의 성城인 레리치와 투르비아 사이의
무너진 길을 여기와 견준다면
그곳은 오히려 완만하여 오르기 쉬운 곳이었다.

52 스승이 걸음을 멈추며 말하길,
"날개 없는 자가 오를 수 있는 길을
누가 알 수 있을꼬?"

55 그가 고개를 숙이고
고민하고 있을 때
내가 험준한 벼랑을 살폈는데,

58 왼편에서 한 무리가
우리가 있는 곳을 향하고 있었지만
그 움직임을 느낄 수가 없었다.

61 내가 길잡이에게 이르기를,
"스승이시여! 눈을 들어보소서.
우리가 찾지 못한 길을 저들이 알 것 같나이다."

64 그러자 스승이 기뻐하며 말하길,
"저들 걸음이 느리니 우리가 가자.
사랑하는 아들아, 희망을 갖자꾸나."

67 우리가 왼쪽으로 천 걸음 정도를 걸어
그들과의 거리가 돌팔매질을 하여
미칠 정도가 되었을 때,

70 그들이 놀라 몸을 웅크리고는
바위 뒤로 숨었는데,
두려움으로 걸음을 멈춘 것 같았다.

73 길잡이가 가까이 가서 말하길,
"오, 인생의 끝을 잘 마무리하여
구원 얻은 영혼들이여! 평화의 이름으로

76 우리에게 말할지니, 어느 곳으로 가야
산 정상에 오를 수 있느뇨?
시간을 허비하지 않음이 지혜라오."

79 마치 양 무리가 하나씩 둘씩 우리에서 나올 때
뒤따르는 것들은 무슨 영문인지도 모르면서
코끝을 땅에 대고 움직이는 것처럼,

82 또 앞선 양이 하는 짓을 따라 하다가
앞에서 멈추기라도 하면
꽁무니에 머리를 대고 있듯이,

85 아무것도 모르는 무리를 뒤에 두고는
우두머리처럼 보이는 자가 웃으면서
앞으로 나왔다.

88 그런데 앞선 자가 내 앞에서 빛이 나눠지고
또 나로 인해 드리워진 그림자가
바위에 걸려있는 것을 보고는

91 주춤거리면서 멈췄는데,
뒤를 쫓던 자들이 까닭을 모르면서
똑같이 그리하더라.

94 "그대들이 묻기 전에 내가 미리 말하노니
보다시피 이자는 살아있는 사람이라.
그래서 햇빛이 갈라진 것이며,

97 또 하늘의 섭리로 이 사람이
이 산의 장애물을 넘으려 하노니
그대들은 놀라지 마오."

100 스승이 이렇게 말하자 의젓한 무리가
손을 흔들면서 말하길,
"돌아서 앞으로 가오."

103 무리 중 하나가 내게 말하길,
"길을 가는 자여, 내가 누구이고
또 그대가 나를 본 적이 있는지 살펴보오."

106 그래서 내가 그를 보았는데,
그가 금발에 고귀한 자태를 지녔고
한쪽 눈썹이 상처로 인해 잘렸더라.

109 내가 그에게 본 적이 없는 것 같다 하자
그가 이르기를, "이 상처를 보오." 하며
가슴을 펼쳐 보이고는

112 미소를 지으며 말하길,
"내 이름이 만프레디요. 코스탄차 황후의 손자라오.
내가 청하노니 그대가 세상으로 돌아가거든

115 시칠리아와 아라곤의 국모가 된
내 자랑스러운 딸에게로 가서
떠도는 소문과 관계없는 진실을 전해주오.

118 내가 전쟁터에서 두 번의 치명적인 상처를 입고
죽어가면서 죄를 용서하시는 주님께
눈물로 기도를 드렸다오.

121 내 방탕의 죄가 너무 중했지만
한없이 넓은 팔을 가지신 분의 자비가
당신께 돌아오는 내 영혼을 받아주셨소.

124 그때 만약 클레멘스 교황에게 명을 받은
코센차의 주교가 성경 속
주의 말씀을 제대로 이해했더라면

127 내 뼈들은 베네벤토 근처 다리 밑의
육중한 돌 더미 아래에
아직도 눌려있을 것이오.

130 그런데 그자가 등불을 끄고 몰래 내 시신을
나폴리 왕국 밖에 있는 베르데 강변에 버려
지금 내 몸이 빗물에 젖고 바람에 흔들린다오.

133 그러나 목자가 제아무리 저주를 해도
나무가 희망의 푸른빛을 잃지 않는 한 죽으란 법은 없노니,
주의 사랑이 나를 버리지 않으셨소.

136 거룩한 교회를 거역하여 파문破門을 당하고
마지막에 죽으며 회개한 자는
오만하게 산 날의 삼십 배를

139 이 정죄 산의 문밖에서 머물러야 한다오.
그러나 세상의 선한 자들의 중보를 통해
정죄淨罪 시간을 단축할 수 있노니,

142 그러므로 그대가 살핀 내 처지와
이곳 법을 나의 착한 코스텐자에게 전하여
나를 기쁘게 해주오.

145 여기는 세상으로부터 얻는 유익이 참 많다오.

• **1~45**

인간의 이성理性은 존재로 하여금 자신의 죄성을 깨닫게 한다.
베르길리우스가 카토의 질책에 참회하며 마음을 새롭게 한다.
단테가 자기 그림자가 길게 드리워진 것을 보며 두려워한다.
베르길리우스는 기원전 19년에 브린디시에서 병사했고, 훗날 옥타비아누스 황제BC 63~AD 14가 그의 유해를 수습해 나폴리로 이장했다.
세상에서 탁월한 지식과 덕성을 통해 존경을 받던 현인들도 영원한 소망을 채우지 못하고 결국 아무런 희망이 없는 림보에 머물고 있다.
베르길리우스가 자신도 그런 처지이므로 고개를 숙이며 아파한다.

• **46~102**

두 시인이 가파른 산기슭에 도착하여 오를 엄두를 내지 못한다.
느리게 이동하는 영혼들이 나타나는데 그들은 평생을 자기 뜻대로 살다가 죽음을 앞두고 하나님을 만난 자들이기 때문에 발걸음이 느리다.
연옥의 영혼들이 땅 위에 비친 단테의 그림자를 보며 놀란다.

• **103~145**

만프레디는 황제 프리드리히 2세의 서자로 1231년에 출생하였다.
1258년 나폴리와 시칠리아의 왕이 되지만 클레멘스 4세 교황은 그를 방탕하다는 이유로 왕위에서 폐위시켰다. 1266년 시칠리아 왕이 된 샤를이 나폴리를 공격하여 베네벤토 전투에서 만프레디가 전사했다.
그가 죽었을 때 샤를의 군사들이 그의 시체 위에 돌을 던졌는데, 후일 교황의 명으로 코센차의 대주교가 그의 시체를 수습하여 베르데 냇가에 버렸다.
그의 딸이었던 코스텐자는 아라곤의 왕 피에트르 3세의 아내가 되어 알폰소와 야코포, 페데리코를 낳았다. 후일에 알폰소는 아라곤의 왕이 되었고, 야코포는 시칠리아 왕이 되었다.
세상 사람들은 만프레디가 파문破門을 당하여 지옥에 간 것으로 생각했지만 그가 연옥에 와있다. 이곳에 언급된 연옥의 법은 단테 상상력의 산물이다.

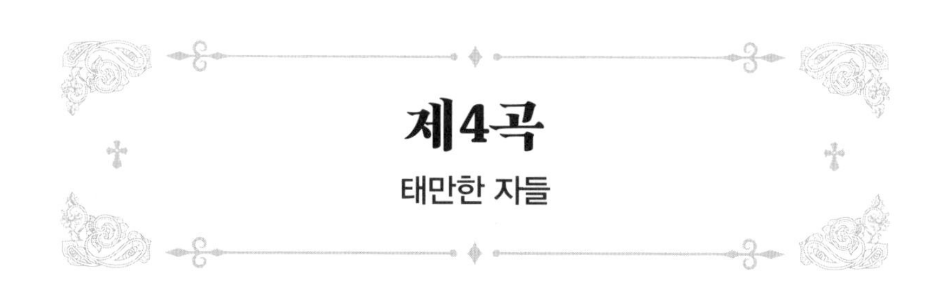

제4곡

태만한 자들

1300년 3월 28일 부활절 주일 오전 9시에서 12시 사이다.
단테가 연옥 입구의 두 번째 산비탈에서 덕을 행하는 일에 게을렀던 영혼들을 만난다. 그들 중에 세상일과 영적인 일을 소홀히 했던 음악가 벨라콰가 있다. 태만한 자들은 세상에서 살았던 만큼의 시간을 연옥 입구에서 보낸다.

1　　인간의 감각이 기쁨이나 슬픔 중
　　어느 하나에 붙들려 있을 때
　　영혼도 그것에만 쏠리는 까닭으로

4 다른 기능에는 힘이 전혀 미치질 못하나니,
이것은 한 영혼이 다른 영혼과 함께
우리 안에 동거할 수 없음의 근거가 된다.

7 그러므로 사람이 영혼을 사로잡는 무엇을
눈으로 보거나 귀로 듣게 될 때에
시간의 흐름을 인지하지 못한다.

10 이는 시간의 흐름을 인식하는 감각과
영혼을 사로잡는 감각이 서로 다르기 때문인데,
나는 그때 후자에 매여있었다.

13 내가 만프레디를 만나 대화를 나누며
이 사실을 깨닫게 되었는데,
태양이 이미 오십 도나 떠올랐음에도

16 나는 그 사실을 전혀 알지 못했다.
어느덧 우리가 비탈진 곳에 도착했을 때
무리가 외치길, "그대들이 찾는 데가 여기요."

19 포도가 검붉게 익어갈 무렵
농부가 쇠스랑으로 가시덤불을 긁어모아
빈틈없이 막아놓은 울타리의 구멍이

22 영혼들이 떠나며 우리에게
올라가라 일러준 길의 틈새보다
더 넓은 것 같았다.

25 산레오나 놀리로 내려가는 길이나
비스만토바의 꼭대기로 오르는 산길은
발로도 충분하지만,

28 여기는 내게 빛이 되어 희망을 주는
길잡이를 따라서 강렬한 의지의 깃으로
날갯짓해야 오를 수 있는 길이었다.

31 부서진 바위틈으로 올라가는데
험준한 모퉁이 돌들이 내 몸을 쥐어짰고
바닥은 손과 발을 끊임없이 괴롭혔다.

34 가까스로 벼랑 끝 산마루에 올라
내가 스승에게 묻기를,
"이제 어느 길로 가야 하나이까?"

37 스승이 대답하길, "너는 한 발자국도
물러서지 마라. 여기에 먼저 온 자들이
나타날 때까지 나를 따르라."

40 꼭대기는 너무 높아서 보이질 않았고
비탈은 사분원의 중앙에서 중심에 이르는
45도 선보다 훨씬 더 가파르더라.

43 내가 스승에게 말하길,
"오, 자상하신 아버지여, 당신이 멈추지 않으면
저는 홀로 남겠나이다."

46 "아들아, 저기까지만 가자꾸나."
길잡이가 조금 위쪽의 바위를
가리키며 말했다.

49 내가 그의 격려를 받으면서 힘을 내
험준한 비탈을 기어올라
바위 턱을 발아래 두고는,

52 동편을 향해 앉아 주변을 돌아보며
힘겹게 오른 만큼
돌이키는 여유를 맛볼 수 있었다.

55 내가 처음에는 낮은 물가를 보다가
눈을 들어 하늘을 보려 하는데
왼편에서 찬란한 빛이 비쳐왔다.

58 우리와 북쪽 사이에서
빛의 수레가 토해내는 빛살을 받는 나에게
길잡이가 말하길,

61 "만일 쌍둥이자리인 카스토르와 폴룩스가
저 태양과 함께 위아래로 빛을 발하는
하지夏至였더라면,

64 그래서 해가 지금처럼 양자리에 있지 아니하고
쌍둥이자리에 있었다면 황도대가 북두 가까이로
돌아가는 것을 네가 볼 수 있었으리라.

67 어떻게 이런 일이 가능한지를 알고 싶으면
마음을 가다듬고 생각해 볼지니,
시온 산이 이 정죄 산과 함께 땅 위에 있고

70 오직 하나의 지평선을 가지면서도
서로 다른 반구에 놓여있다는 사실을
너의 탁월한 지성으로 헤아려 본다면,

73 무지한 파에톤이 하늘 마차를 잘못 몰아
벗어났던 태양의 궤도가 여기서는 북쪽을 향하지만
예루살렘에서는 남쪽을 지나는 것을 알리라."

76 내가 말하길, "스승이시여,
지금처럼 저의 무지를 절실하게
느껴본 적이 없습니다만,

79 천문학에서 적도는
해가 있어 여름이 되는 반구와
해가 없어 겨울이 되는 반구 사이에 위치하노니,

82 남반구의 중심인 이 산과 북반구의 중심인
히브리 사람들의 동네는 서로 대척점이 되기에
적도는 각각 북쪽과 남쪽에 있는 줄 아옵니다.

85 그런데 우리가 얼마를 더 가야 되는지를
말씀하여 주소서.
산이 높아 시선이 미치질 못하나이다."

88 그가 이르기를, "이 산은 다른 산과 달라서
처음 오를 때는 힘이 들지만
위로 오를수록 수월해지노라.

91 그리하여 나중엔 산을 오르는 일이
마치 배를 타고 강물을 떠가는 것처럼
그렇게 쉽고 즐겁게 여겨질 때가 되면

94　너는 여행의 끝에 이르리니,
거기에서 고달픈 여정 중에 안식하리라.
이것이 전부이며 이 모두가 진실이로다."

97　스승이 말을 마칠 때
가까이에서 한 목소리가 들려오길,
"아마도 얼마 가지 못해 주저앉고 말리라."

100　내가 놀라 소리 나는 곳을 보았는데
미처 생각하지 못한 곳에
거대한 바위가 있었다.

103　내가 그곳을 자세히 살피는데,
바위 뒤 그늘 밑에
몸을 비틀며 게으름을 피우는 자들이 있었다.

106　그들 중 피곤한 듯 보이는 자가
무릎을 두 손으로 감싸고 앉아서
얼굴을 파묻고 있어

109　내가 자상한 스승에게 말하길,
"아무리 게으름이 누이처럼 편하다 해도
저렇게 늘어진 모습은 처음 보나이다."

112 그러자 그가 얼굴을 들고는
우리를 보며 말하길, "어서 올라가오,
그대들은 힘이 참 대단합니다 그려."

115 그때 내가 그가 누구인 것을 알았고,
조금 전까지 숨이 막힐 정도의 고통도
그에게로 가는 내 발걸음을 막지 못했다.

118 내가 그의 곁에 서자 그가 말하길,
"해가 빛의 수레를 타고 그대 왼쪽 어깨 위로
넘어가는 것을 알고 있느뇨?"

121 게으름으로 인한 그의 어설픈 행동과
마지못해 하는 말투가 나로 그를 알아보게 하여
내가 말을 걸었다. "벨라콰여! 내 그대 때문에

124 다시는 울지 않으리니 내게 말하오.
그대가 어떻게 여기에 왔으며 누굴 기다리고 있는지,
또 옛날 버릇을 지금도 되풀이하고 있는지를."

127 그가 대답하길, "형제여, 내가 올라간들
무슨 소용이 있겠는가. 문 앞에 있는 천사가
나의 정죄淨罪를 가로막을 것인데.

130 내가 마지막까지 회개를 미뤘기에
세상에서 죄 중에 살았던 만큼의 시간을
이 연옥 문밖에 머물러야 한다오.

133 하나님 은총 가운데
세상 사람들의 기도가 나를 돕지 않는 한
다른 것들은 아무 소용이 없소."

136 시인이 앞으로 다가오며 말하길,
"이제 그만 떠나자.
태양이 이미 자오선에 닿았고 밤은 벌써

139 모로코 바닷가에 발을 내딛고 있도다."

• 1~45

단테가 만프레디와 대화하며 시간의 흐름을 의식하지 못한다.

단테는 이를 통해 인간의 영혼이 하나인 것을 깨닫는다.

연옥 입구 두 번째 비탈길은 팔과 다리로는 오를 수 없는 험한 길이다.

스승의 격려와 위로를 통한 날갯짓으로 오를 수 있는 절벽이다.

• 46~96

단테가 비탈에서 태양이 왼쪽에서 올라오는 모습을 보며 놀란다.

제우스가 백조로 변장하고 레다를 사랑하여 두 개의 알을 낳게 했다.

그 하나에서 미녀 헬레네가 나오고 나머지에서 쌍둥이인 카스토로와 폴룩스가 태어났다. 이 쌍둥이가 죽자 제우스가 하늘로 보내 별이 되게 하였다.

태양의 궤도는 남반구 연옥에서 보면 북쪽을 향하고 있고, 예루살렘이 있는 북반구에선 남쪽을 향한다.

• 97~139

세상에서 태만하게 살았던 영혼들이 마지막에 회개하고 이곳에 왔다.

벨라콰는 음악가로서 영적인 일과 세상일에 태만했다.

단테는 그가 지옥에 간 줄로 알았는데 그를 여기에서 만나 기뻐한다.

영혼들이 정죄 시간을 단축하기 위해 세상 사람들의 기도를 갈망한다.

연옥은 정오이고 예루살렘은 자정이며 모로코에서는 밤이 시작된다.

제5곡

죽을 때 회개한 자들

단테가 연옥 입구의 두 번째 비탈에서 폭력에 의해 죽은 영혼들을 만난다. 그들은 태만하여 죽을 때에야 자기의 죄를 회개한 자들이다. 그 무리가 시편을 노래하며 산을 오르고 있다. 그들은 세상에서 살았던 만큼의 시간을 연옥 입구에서 보내야 한다.

1 내가 나태한 영혼들을 떠나서
길잡이를 따라 위로 오르는데,
뒤에 있는 무리 중 하나가 소리치길,

4 "보라, 뒤를 따라가는 자 왼편에

드리워진 그림자를!
그리고 살아있는 사람처럼 행동하는 모습을."

7 내가 놀라 뒤를 돌아보았는데,
그들이 빛이 부서지며 생긴
내 그림자를 주목하고 있었다.

10 스승이 말하길, "너는 마음을
빼앗기지 말고 발걸음을 서두를지니,
저들을 상관하지 말고

13 묵묵히 나를 따르라.
바람이 불어도 견고하여 흔들리지 않는
바위가 되어라.

16 사람이 생각 위에 생각을 얹다 보면
한 힘이 다른 힘을 약화시켜
스스로 목표에서 멀어지노라."

19 결국 나는 "갑니다."라는 말 밖에는
아무 말도 할 수가 없었고
또 송구스러운 표정을 지을 수밖에 없었다.

22 그때 산허리를 돌아 우리에게 다가오는 무리가
"우리를 불쌍히 여기소서."를 연발하며
노래를 부르다가

25 햇볕이 내 몸을 통과하지 못함을 보고는
부르던 노래를 "오오."로 바꾸어
놀라움의 탄성을 지르더라.

28 그들 중 둘이 사자使者처럼
나에게로 달려오며 외치기를,
"그대 정체를 밝히시오."

31 그러자 스승이 대답하길,
"그대들을 보낸 자에게로 가서
이자는 살아있는 사람이라 전하오.

34 그대들이 이 사람 때문에 멈춘 것이라면
이것으로 대답은 충분할 것이고
또 그대들은 이자를 존중해야 하리다."

37 8월, 해가 저문 고요한 밤에
하늘을 가로지르는 유성이 제아무리 빠르다 해도
달려가는 저 둘보다는 못했나니,

40 저들이 그렇게 가더니만
머지않아 다른 무리와 함께 돌아왔는데,
그 모습이 마치 고삐 풀린 망아지와 같았다.

43 시인이 말하길, "저들은 너에게
묻기 위해 오는 것이니
너는 가면서 이야기를 들어주어라."

46 무리가 달려오며 외치길,
"태어난 몸으로 흥겹게 걷는 자여,
걸음을 멈추시오.

49 우리들 중 누구의 소식을
세상에 전해줄 수 있는지 살피고
또 알만한 자가 있는지도 보아주오.

52 우리는 폭력으로 인해 죽었고
생의 마지막까지 죄인 된 삶을 살았지만
하나님 은총이 함께하므로

55 죄를 뉘우치며 자비를 얻었다오.
그래서 하나님 얼굴을 바라보며 소망 중에
사람들과 화해하고 세상을 떠났소."

58 내가 말하길, "비록 안면은 없으되
은총을 입은 그대들을 위해
무슨 일이든 할 수 있기를 바라오.

61 길잡이의 인도하심을 따라서
내가 모든 여정을 마치는 날
세상에서 평화의 이름으로 그리하리다."

64 그러자 한 영혼이 내게 말하길,
"무기력이 그대 의지를 꺾지 않는다면
맹세치 않아도 그대 선한 뜻을 믿으오.

67 그래서 내가 먼저 청하노니
그대가 로마냐와 카를로의 나폴리 왕국을
언제 가거든

70 그곳 파노에서 나를 위한 그대의 기도 요청이
그곳 선인善人들 마음을 움직여
나로 무거운 죄과를 씻고 연옥으로 들게 해주오.

73 내가 거기에서 태어났고
가장 안전하다고 믿었던 안테노라 영내에서
피를 쏟고 말았소.

76 나에게 치명적인 상처를 입혔던
에스티 가문의 그놈은 정의가 원하는 것보다
더 심한 분을 품고 나를 대적했다오.

79 내가 오리아고에서 기습을 당했을 때
만일 미라 쪽으로 도망쳤다면
나는 아직도 살아 숨 쉬고 있을 것이련만,

82 내가 늪으로 달아나는 바람에
억새와 진흙 때문에 넘어졌고
결국 내 피로 호수가 채워짐을 느꼈다오."

85 다른 영혼이 말하길,
"아, 저 높은 산으로 그대를 이끄는
소망이 이루어지면 내 소원도 들어주오.

88 나는 몬테펠트로 출신 부온콘테라오.
내 아내 지오반나와 가족들이 나를 돌아보지 않아
내가 고개 숙인 저들과 걷고 있다오."

91 내가 그에게 묻기를, "그 무슨 힘이,
어떤 운명이 그대를 캄팔디노 밖으로 이끌어
그대 묻힌 곳을 알 수 없게 만들었느뇨?"

94 그가 대답하길, “에르모 위에 있는
아펜니노 수도원에서 발원發源한 아르키아노란
물줄기가 카센티노 산록을 적시고는

97 그 이름이 아르노로 바뀌는데,
나는 그곳에서 목에 상처를 입은 채
바닥에 피를 쏟으며 맨발로 도망쳤소.

100 내가 점점 시력을 잃었고
내 입술은 기도하며 마비가 되었다오.
나는 결국 거기에 텅 빈 육체를 남겼소.

103 내가 진실을 말하노니 산 자들에게 전해주오.
천사가 나를 거두어 가자 지옥 악마가 와서 소리치길,
‘오, 천상에서 온 자여! 왜 훔쳐 가느냐?

106 한 방울 눈물 때문에 저 영혼을
내게서 빼앗아 가는가? 그리하면 나는
그의 육체라도 가져가리라.’

109 습습한 수증기가 공중에 모여
차가운 것에 닿으면서 엉겨
이내 물로 되돌아가는 법인데,

112 오직 악만을 찾아 헤매는 마귀가
타고난 능력을 발휘하여 계략을 짜
검은 구름과 바람을 일으켰고,

115 날이 어두워지자 프라토마뇨로부터
길게 이어진 계곡을 안개로 덮어버리고는
온 하늘을 검게 만들어 버렸소.

118 머지않아 마귀는 축축하게 젖은 대기로
차가운 기운과 부딪치게 하여 비를 내리게 했고,
땅이 감당할 수 없는 흐름으로 계곡을 넘치게 했소.

121 어느덧 물줄기가 모아져
아르노 강을 향해 흘러내리며
어느 무엇도 그것을 막을 수 없었다오.

124 결국 거세게 흐르던 물줄기가
기슭에서 싸늘하게 식어가던 내 몸을
강에 밀어 넣었고, 내가 고통 중에 참회하며

127 가슴 위로 팔을 꼬아 십자가를 만들었는데,
강물이 내 몸을 강둑 밑으로 굴려서
진흙과 모래 속에 묻어버렸다오."

130 두 번째에 이어 세 번째 영혼이 말하길,
“그대가 지치고 험난한 여행을 마치고
세상으로 돌아가 편히 쉴 때에

133 내 이름 피아를 기억해 주오.
시에나에서 태어난 나를 마렘마가 망쳤는데,
약혼할 때 내 손가락에 보석을

136 끼워주던 자가 그것을 잘 알 것이오.”

• 1~45

두 시인이 연옥 입구에 있는 두 번째 비탈을 지나고 있다.
죽음을 앞두고 하나님 앞에서 자기 죄를 회개한 영혼들이 여기에 있다.
무리들이 단테의 그림자를 보며 경악한다.
영혼들이 다윗이 밧세바와 동침한 후에 나단 선지자의 책망을 듣고 불렀던 시편 51편을 노래한다.
"하나님이여 주의 인자를 좇아 나를 긍휼히 여기시며 주의 많은 자비를 좇아 죄과를 도말하소서. 나의 죄악을 말갛게 씻기시며 나의 죄를 깨끗이 제하소서. 대저 나는 내 죄과를 아오니 내 죄가 항상 내 앞에 있나이다. 시51:1~3

• 46~84

무리가 나타나 자신들은 죽을 때 하나님의 은총을 입은 자라 말한다.
단테가 세상으로 돌아가 영혼들의 소망을 들어줄 것을 약속한다.
무리들 중 밀라노의 통령이었던 캇세로가 페라라의 에스티 가문의 원한을 사서 하수인에게 암살을 당하지만 죽으면서 하나님께 회개하고 상대방의 허물을 용서하고 하나님의 자비를 구하므로 이곳에 왔다고 말한다. 캇세로가 고향 사람들이 자신을 위해 기도해 주길 간절히 바란다.

• 85~136

단테 앞에 나타난 두 번째 영혼은 부온콘테다.

그는 기벨리니 당의 지도자로 아렛초의 겔피당을 축출하기 위해 여러 전투에 참가했다가 캄팔디노 전투에서 전사한다. 그가 목에 치명적인 상처를 입고 아르노 강으로 피신했으나 끝내 의식을 잃으며 하나님의 자비를 구하며 죽는다. 그의 기도를 들은 하늘의 천사들이 그의 영혼을 거두어 가자 악마가 이를 보고 그의 육체를 다 찢는다.

세 번째 영혼은 시에나 출신 피아인데, 마렘마 출신인 남편 넬로와 결혼하지만 그에게 살해당했다는 말도 있고 자살했다는 설도 있다.

제6곡

시기와 질투와 탐욕이 가득한 사회

1300년 3월 28일 부활주일 3시경이다.

단테가 연옥 입구의 두 번째 비탈을 지나면서 계속해서 폭력에 의해 죽임을 당한 영혼들을 만나며 당시 사회가 안고 있는 시기와 질투와 탐욕을 고발한다. 단테가 그곳을 지나다가 말도 없이 도도한 소르델로를 만난다. 그러나 베르길리우스가 자기 고향 만토바를 말하자 소르델로가 동향이라며 돌변해 두 시인을 환대한다. 단테가 자기 고향 피렌체 사람들의 반목을 생각하며 탄식한다.

1　　주사위를 던지는 노름판이 파장했을 때
　　돈을 잃은 자는 남아서 불운을 아파하며

돌을 다시 던져보는데,

4 함께 있던 구경꾼들은
딴 자와 더불어 앞서가기도 하고
뒤에서 옆에서 붙잡기도 하며 관심을 끌어보지만,

7 딴 자는 딴청을 부리며 멈추지 않고
들려오는 소리에 귀 기울이며
동전 한두 푼을 주고는 자리를 피해 나오듯,

10 나 또한 많은 자들을 보며
두루두루 약속을 건네고는
그곳을 빠져나올 수 있었다.

13 그들 중에는 기노 티 타코의 복수로
죽임을 당한 아렛초 출신이 있었고
쫓기어 도망치다 물에 빠져 죽은 구초도 보였다.

16 또 페데리코 노벨로가 손을 들어 나를 반겼고
아들을 죽인 자를 용서하므로 스스로를 강한 자로 만든
마르축코의 죽은 아들 파리나티도 거기에 있었다.

19 나는 또 피살된 오로소 백작을 보았고,

지은 죄 때문이 아닌 원한과 시기로
영혼이 육체로부터 분리되었다는

22 피에르 달라 브로차도 보았다.
오, 브라반테 여인이여! 이 불행한 무리에
들지 않으려면 매사에 삼갈지어다.

25 세상 사람들의 중보를 열망하며
정죄淨罪를 통해 신령한 은혜 입기를 원하는
영혼들을 떨치고 나오며

28 내가 묻기를, "오, 나의 빛이시여!
당신 글 중에 기도는 하늘의 법을 결코
꺾을 수 없다고 하였나이다.

31 그러면 저에게 부탁하는 이 무리의 갈망은
결국 헛된 망상으로 인한 것은 아닐는지요?
제가 당신 말씀을 잘못 이해했나이까?"

34 스승이 대답하길, "내가 그렇게 적었노라.
그러나 저들 소망이 바른 마음에서
비롯되었다면 헛된 일이 아니로다.

37 이곳 영혼들이 감당해야 할 시간을
세상 사람들이 기도라는 사랑의 불꽃으로 사른다 해도
하늘의 정의가 구부러지는 것은 아니로다.

40 내가 그 대목에서 그렇게 말한 것은
하나님의 사랑을 잃은 자의 기도는
결코 허물을 지울 수 없음을 말한 것이니라.

43 진리의 빛이 되는 여인이
너에게 말할 때에는
의심의 먹구름이 다 사라지리라.

46 네가 잘 이해를 했겠다만
내가 말하는 여인은 베아트리체니라.
너는 이 산 정상에서 아름다운 그녀를 만나리라."

49 내가 말하길, "어른이시여, 이제 가시지요.
저는 피곤하지 않나이다.
보다시피 벌써 산 그림자가 드리워졌나이다."

52 스승이 이르기를, "우리가 날이 저물기 전에
오를 수 있는 데까지 나아가야 하리라.
그러나 네 뜻대로 되는 것은 아니로다.

55 태양이 이미 비탈에 가려져
네 그림자가 사라졌지만 그러나 우리가
산꼭대기에 이르기 전에 다시 돌아오리라.

58 저길 보아라. 외로운 영혼 하나가
홀로 앉아서 우리를 지켜보는도다.
우리가 저에게 지름길을 묻자꾸나."

61 우리가 그 영혼 앞에 섰을 때
그가 얼마나 도도하고 뽐내며
그의 시선이 얼마나 차갑고 당당하던가.

64 그가 한마디 말도 건네지 않고
주저앉은 사자처럼 우리를 지켜볼 뿐
그 자리에 그대로 있었다.

67 베르길리우스가 그에게 다가가
정상으로 오르는 길을 물었지만
그는 아무런 반응을 보이지 않았다.

70 그리하다 그가 고향을 말했고,
이에 길잡이가 자기 고향 만토바를 이야기하자
온갖 상념에 사로잡혀 있던 그가

73 벌떡 일어나 외치길,
"오, 만토바 출신이여! 나도 그곳 소르델로에서 태어났소."
그리고는 그가 손을 내밀어 내 스승의 목을 안으려 했다.

76 아, 노예가 되어버린 이탈리아여!
고통스러운 여인숙이여! 모진 풍파에 시달리는 사공 없는 배여!
고을과 고을이 사창가 갈보 집이 되었도다.

79 저 점잖은 영혼은 오직 한 가지
자기 고향의 목소리만으로
이렇게 기뻐하며 환대하는데,

82 너희들은 같은 곳에 살면서 서로 적이 되어
전쟁만을 생각하며 성벽과 해자垓字를 사이에 두고
나누어져 물고 뜯고 하는도다.

85 참으로 가엾은 일이로다. 네 안에 평화한 곳이
한 군데라도 있는가. 네 품속 도시로부터
바다 언저리까지에 그런 곳이 있단 말인가.

88 안장에 앉을만한 지도자가 없는데 유스티니아누스가
말고삐를 고쳤다 한들 무슨 소용이 있겠는가.
차라리 법전이 없었던들 망신살은 뻗치지 않았으리라.

91 아, 무지한 목자여! 그대가 하나님 마음을 알았더라면
카이사르를 그 안장에 앉게 하고
그대는 경건한 자리에 머물렀어야 했도다.

94 보아라, 목자장의 손에 말고삐가 쥐어진 후에
야수로 변해버린 이탈리아가
얼마나 사납게 변했는지를.

97 오, 독일 출신 알베르트여!
그대가 이 야생의 이탈리아를 팽개쳤나니,
그대가 그 안장 머리에 앉았어야 했도다.

100 그러므로 그대 선혈鮮血 위에
하늘로부터 정당한 심판이 임하므로 후임자가
전례 없는 두려움과 떨리는 마음을 갖길 원하노라.

103 이는 그대와 그대 부친이
탐욕에 이끌려 독일에만 머무르며
제국의 정원을 황폐하게 만들었기 때문이로다.

106 무지한 자들이여, 로미오와 줄리엣의 몬테키와 카펠레티 가문과
모날디와 필리페스키 양가의 불화를 보아라.
저들은 이미 통곡하고 이들은 두려워 떨고 있도다.

109 보아라, 잔인한 자들이여! 와서 당파 싸움으로 인한
고통을 살피고 그 슬픔을 치료하려무나.
그리하면 황폐해진 산타피오라의 눈물을 알리로다.

112 오, 구원의 카이사르여! 어찌하여 우리를 버렸는가.
자식을 잃고 홀로 되어 밤낮없이 울부짖는
이 로마를 돌아보아라.

115 지존하신 예수여! 우리를 위해
십자가에 못 박히신 당신께서는
의로운 시선을 어느 곳으로 돌리시나이까?

118 아니면 우리가 알 수 없는 선[善]을 위해
당신 섭리의 심연 속에
우리 불행을 예비해 놓으신 것입니까?

121 그래서 카이사르에게 대적했던 마르첼루스처럼
이탈리아 도시 군주들이 패를 지어 망나니가 되어
제국에 반항하고 있나이까?

124 내 조국 피렌체여! 너는 스스로 사리분별에
능하다 하며 이런 불행을 피해갈 수 있다고
확신하니 기뻐할 일이로다.

127 많은 자들이 마음속에 정의의 화살을 품고서도
활시위를 당기는 일에 신중한데,
너는 마음에도 없는 정의를 입술로 쪼아대는도다.

130 모두들 공직이라는 책무를 꺼리는데
너희 백성들은 부름이 없어도 외치기를,
"내가 그 책무를 지겠노라." 하도다.

133 너 기뻐할 이유가 마땅하면 기뻐하라.
스스로 부유하고 평화하며 현명하다 생각하는 너, 피렌체여!
그러나 결과가 너의 진실을 보여주도다.

136 고대 문명의 불을 지핀 아테네와 스파르타가 제정한 법을
네가 만든 법령과 비교하면
그것은 행복을 위한 초보의 발걸음에 불과한데,

139 네가 시월에 제정한 법과 제도가
동짓달 중순도 되지 못하여
또다시 바뀌고 마는도다.

142 네가 기억하기에 너는 그동안 몇 번이나
법률과 화폐와 관습을 뜯어고쳤는가?
얼마나 많은 벼슬아치들을 바꾸었더냐?

145 네가 이런 모든 형편을 헤아리며 진리 앞에 서면
깃털로 만든 이불을 덮고서도
잠을 이루지 못하고 뒤척이며 괴로워하는

148 병든 여인의 모습이 바로 너인 것을 알리로다.

• 1~48

두 시인이 여전히 연옥 입구의 두 번째 비탈을 지나고 있다.
폭력으로 죽임을 당한 영혼들이 세상 사람들의 기도를 부탁한다.
마르추코는 피사의 법관으로 그의 아들 파리나타가 피살되었을 때 아들을 죽인 자를 관대하게 용서하여 스스로 강한 자임을 입증했다.
단테가 많은 인물들이 폭력에 의해 살해된 모습을 보여주는 이유는 당시 사회가 안고 있는 시기와 질투와 탐욕을 말하려 한다.
여기에서 베르길리우스가 단테가 사랑하는 여인 베아트리체를 상기시킨다. 베르길리우스는 인지認知와 이성理性을 상징하며, 베아트리체는 진리와 신성神性을 상징한다.

• 49~96

단테가 베아트리체를 만날 수 있다는 스승의 말에 힘을 낸다.
정상을 향해 가다가 도도한 한 영혼을 만나지만 그가 아무 말도 하지 않는다. 그러나 동향同鄕이라는 사실 앞에서 소르델로가 돌변한다.
단테가 이탈리아의 탐욕스러운 귀족들과 사제와 교황을 생각한다.
지도자들의 권력 다툼으로 찢긴 조국 이탈리아를 안타까워한다.
동로마제국의 황제 유스티니아누스AD 527~565 재위가 《로마법전》을 정비했다. 그러나 그 탁월한 법을 집행할 수 있는 유능한 왕이 없어 아무 소용이 없다. 오히려 그런 법을 만든 유스티니아누스가 웃음거리가 되어버렸다. 이탈리아가 참된 지도자의 부재로 흔들리는 배처럼 표류하는 것을 한탄한다.

단테가 성경 말씀 "가이사의 것은 가이사에게, 하나님의 것은 하나님께 바치라." 마22:21는 말씀을 통해 교황과 사제는 영적인 일에 전념하고, 세상 정치는 황제에게 맡겨야 함을 주장한다.

• 97~151

독일인 알베르트는 합스부르크 왕가의 아들로 신성 로마제국의 황제로 선출되지만, 자신의 대관식에 불참하고 이후 1308년에 조카에게 살해당한다. 그의 후계자인 룩셈부르크의 하인리히 7세가 1311년 로마에서 대관식을 올리지만 1313년 그가 죽음으로 이탈리아의 정의를 소망하던 단테의 기대가 무너져 버린다.

이탈리아가 로미오와 줄리엣의 두 집안처럼 서로 나누어져 싸우고 있다. 모날디와 필리페스키 양가는 이탈리아의 같은 지역에 살면서 서로 원수처럼 지냈다.

단테는 이탈리아를 통일시킬 수 있는 능력의 카이사르를 간절히 기다리고 있다.

자신의 조국 피렌체가 이탈리아의 정쟁의 중심에 서있는 것을 안타까워하며, 권력이 바뀔 때마다 사리사욕을 위해 제도를 바꾸고 사람이 바뀌는 현실을 반어적으로 비판한다.

세상 부귀영화에 취해 산 자들

소르델로가 베르길리우스를 알아보고는 그 앞에 엎드려 존경을 표한다. 그리고는 빛이 사라지면 정죄淨罪의 발걸음을 옮길 수 없는 연옥의 법을 말한다. 단테가 그곳에서 세상 부귀영화에 정신이 팔려 하나님으로부터 멀어진 영혼들을 만난다. 왕들의 계곡에서 군왕과 제후들이 정죄 산을 오르기 위해 머물고 있다.

1　소르델로가 밝은 표정으로
　정중하게 인사를 하고는
　묻기를, "그대 이름이 무엇이오?"

4 길잡이가 대답하길, "십자가 그리스도를 통한
구원이 있기 전에 내 영혼은 림보로 내려갔고,
내 몸은 옥타비아누스에 의해 나폴리로 이장移葬되었소.

7 내 이름은 베르길리우스요.
죄 많은 삶을 산 것은 아니지만
믿음이 없어 천국을 잃었다오."

10 뜻밖의 일을 만난 사람이 놀라서
'그렇구나.'와 '그게 아닌데.'를 연발하며
믿으려 하다 부인하는 것처럼

13 소르델로가 그러했는데,
그가 자기 얼굴을 아래로 묻더니
스승의 무릎을 감싸 안으려 하다 말하길,

16 "오, 라틴의 영광이여!
당신으로 인해 우리 언어가 세상에 우뚝 섰나니,
당신은 우리 조국의 영원한 자랑이옵니다.

19 제게 무슨 공로가 있어 당신을 뵙게 되고,
무슨 은총으로 당신 말씀을 듣게 되나이까?
당신은 지금 어디에서 오시나이까?"

22 길잡이가 대답하길, “내가 고통스러운
지옥의 둘레를 거쳐 이곳에 왔나니,
하늘의 힘이 우리를 여기까지 인도했소.

25 나는 그리스도를 알지 못해
그대가 열망하는 천국을 잃었다오.
나는 너무 늦게 구세주를 만났소.

28 저 아래에는 어둠으로 슬픈 곳이 있나니,
그곳은 고통으로 비명이 난무하는 곳이 아닌
희망 없는 한숨이 하늘을 찌르는 곳이라오.

31 나는 거기에서 아이들과 함께 있었는데,
그들은 세례를 받지 못해 원죄를 씻지 못하고
절망의 이빨에 씹히고 있소.

34 또 그곳에는 믿음과 소망과 사랑의 덕을
입지는 못했으나 악습을 떨치고
덕을 실천한 자들이 있다오.

37 내 그대에게 부탁하노니,
우리가 연옥이 시작되는 곳에
이를 수 있도록 길을 안내해 주오.”

40 그가 대답하길, "우리는 일정한 거처가 없어
여기저기 자유롭게 다닐 수 있기에
제가 오를 수 있는 데까지 함께하리다.

43 그러나 보다시피 날이 저물어
위로 오를 수 없사오니
여기에서 편히 쉬도록 하지요.

46 저쪽 오른편에 영혼들이 있는데
원하시면 제가 저들에게로 인도하리니,
당신께서 저들을 만나시면 즐거워하리다."

49 길잡이가 놀라며 이르기를, "그게 무슨 말이오?
누가 오르는 것을 막기라도 한다는 것이오?
아니면 그럴만한 힘이 없다는 말이오?"

52 그러자 소르델로가 손가락으로
땅을 그으며 말하길, "해가 지면 이 선을
넘어설 수 없음을 알게 되리이다.

55 하늘의 빛이 사라지면
어둠이 몰려와 위로 오르려는
우리 의지를 앗아가 버립니다.

58 그렇지만 지평선이 낮day을 가두는 어둠 속일지라도
아래로는 어디든 갈 수 있고
산 주위를 이리저리 다닐 수도 있나이다.”

61 그러자 스승이 놀라며 이르기를,
“그러면 그대가 말한 대로
쉴 수 있는 곳으로 인도하오.”

64 그리하여 우리가 걸어서
산이 움푹하게 패인
계곡을 지나가는데

67 소르델로가 다시 말하길,
“언덕이 아늑한 품을 만든 곳으로 가시어
새날을 맞이하도록 하지요.”

70 산비탈과 평지 사이에 오솔길이 있었고
그 길이 우리를 골짜기 복판으로 인도했는데
가장자리는 움푹 꺼져있었다.

73 황금과 순은, 주홍빛 보석과 백연,
청아한 인도의 흑단黑檀과
방금 부서진 싱싱한 벽옥을 다 합쳐놓는다 해도,

76 마치 작은 것이 큰 것을 이길 수 없음 같이
이 계곡을 메우는 풀과 꽃들의
찬란한 빛깔에는 지고 말 것이었다.

79 그렇게 자연은 이곳을 형형색색으로 물들여 놓았나니,
신선하고 그윽한 향기가 날리는 여기는
나에게 전혀 새로운 곳이었다.

82 많은 영혼들이 꽃밭에 앉아서
'살베 레지나'를 노래했는데,
움푹하게 패인 곳이어서 밖에서는 보이지 않겠더라.

85 우리를 인도하는 만토바 영혼이 말하길,
"지는 해가 둥지를 찾고 있나이다.
여기에서 잠깐 머무르지요.

88 저 아래 구렁으로 내려가
저들과 함께하기 전에 먼저 이 언덕에서
저들의 모습을 보고자 하나이다.

91 저곳에 가장 높은 지위에 있었음에도
게으름으로 자기의 소임을 다하지 못하고,
또 다른 자들의 노래에도

94 화답하지 않은 루돌프 황제가 보이나니,
저자가 이탈리아를 파멸로 이끌어
다른 이가 치유할 수 없게 하였나이다.

97 저를 위로하듯 보이는 자는
몰다우 물이 엘베 강으로, 엘베 강물이
바다로 흘러가며 통과하는 곳을 통치한

100 오토카르입니다. 기저귀 찰 때의 저의 행실이
사치와 게으름을 일삼던 그의 아들 벤체슬라우스가
수염이 났을 때보다 더 낫다 했지요.

103 저기 인자하게 생긴 나바라 왕 엔리코와
밀담을 나누는 납작코는 전장戰場에서 도망치다
백합이 새겨진 깃발을 떨어뜨린 필립 3세입니다.

106 나바라 왕은 한숨을 쉬며 손바닥으로
턱을 괴고 있고 그의 곁 필립 3세는
가슴을 치며 괴로워하는데,

109 이는 저들이 프랑스의 불행인 필립 4세의 장인이고
아비이기 때문입니다. 그의 악한 행실을 알기에
가슴을 쥐어뜯는 고통을 겪고 있지요.

112 저기 건장하게 보이는 아라곤 왕 페드로 3세가
코가 사내답게 생긴 샤를 1세와 노래를 부르는데,
저는 덕으로 자신의 허리띠를 삼았던 자입니다.

115 페드로 3세의 뒤를 이은 젊은 첫째가
왕좌에 좀 오래 머물렀더라면 덕스러움이
아비에게서 아들로 이어졌을 것인데,

118 그러나 후사後嗣에 대해선 아무도 장담할 수 없노니
둘째 자코모와 셋째 페데리코가 왕국을 이었지만
더 나은 유업을 이룩하지 못했지요.

121 선善이라고 하는 것은 아비로부터 자식에게로
이어지는 것이 극히 드문 일이나니, 이는 하나님께서
당신께 구하는 자에게만 주시기 때문입니다.

124 결국 코 큰 샤를이나 노래하는 페드로 후손들이
이런 미덕을 이어받지 못해 샤를 2세가 다스리는
풀리아와 프로방스가 벌써 비탄에 빠졌나이다.

127 나무는 그 나무를 있게 한 씨앗보다 못하여
코스탄차는 아들인 베아트리스나 마르게리타보다
자기 남편 페드로를 더 자랑스럽게 여긴답니다.

130 저기 홀로 있는 영국 왕 헨리를 보세요.
평생 소박하게 살았던 그의 나무에는
더 나은 열매가 무성하게 맺혔답니다.

133 저들 중에 가장 낮은 곳에 앉아
위를 올려다보는 자가 굴리엘모 후작인데,
저로 인해 알렉산드리아와 전쟁이 일어나

136 몬테라토와 카나베세가 환란에 시달렸지요.

• **1~48**

베르길리우스는 기원전 28년부터 11년 동안 로마의 건국신화를 썼다.
그가 《아이네이아스》에서 그리스에 의해 멸망한 트로이의 영웅 아이네이아스가 신의 뜻을 따라 백성들과 함께 로마 건국의 기초를 닦는 모습을 그렸다.
소르델로는 1200년경에 만토바에서 출생하였고 《비가》를 썼다.
베르길리우스가 자기는 예수 이전의 시대를 살아서 믿어야 할 하나님을 믿지 못하여 구원을 받지 못했다 말하며, 자기가 있는 림보에는 세례를 받지 못하고 죽은 아이들과 그리스도 이전의 성현들이 아무런 희망이 없이 지내고 있다 말한다. 그곳 영혼들은 덕이 있는 삶을 살았지만 믿음과 소망과 사랑을 몰랐던 자들이라 말한다.

• **49~90**

소르델로가 어두워지면 정죄淨罪의 발걸음을 옮길 수 없다 말한다.
"예수께서 대답하시되 낮이 열두 시가 아니냐. 사람이 낮에 다니면 이 세상의 빛을 보므로 실족하지 아니하고 밤에 다니면 빛이 그 사람 안에 없는 고로 실족하느니라." 요11:9,10
꽃밭 위에 앉은 영혼들은 세상에서 부귀영화를 누린 왕과 왕족들이다.
그들이 이 눈물 골짜기에 모여서 '기뻐하소서, 성모여'를 노래 부른다.

• **91~136**

신성 로마 제국의 황제로 임명된 루돌프가 이탈리아에서 소임을 다하지 않았다. 그의 후임으로 룩셈부르크의 하인리히 7세가 이탈리아를 통일하려 했지만 뜻을 이루지 못했다. 그가 온 해는 1311년이었고 그가 죽은 해는 1313년이었다.
오토카르는 1253년 보헤미아 왕이 되지만 루돌프를 황제로 인정하지 않으며 그와 싸우다가 1278년 비엔나 근방에서 전사했다. 그의 아들 벤체슬라우스가 왕이 되고 루돌프 황제의 딸과 결혼하지만 그의 아버지에 미치지 못했다.
납작코는 1270년에 루이 9세를 이어 프랑스의 왕이 되었으나, 아라곤의 페드로 3세와 싸워 대패하므로 프랑스의 명예를 떨어뜨려 납작코라 불리었다. 백합은 프랑스 왕가의 문장紋章이었다.
필립 4세는 프랑스의 불행으로 그의 아내는 조반나이며 나바라 왕 엔리코의 딸이다. 그래서 필립 4세에게 필립 3세는 그의 아버지이고 엔리코는 그의 장인이다.
선善은 조상에게서 물려받는 것이 아니라 하나님께서 가계家系와 관계없이 당신을 간절하게 찾고 사모하는 자에게 허락하신다.
코 큰 샤를 1세에 비해 자질이 떨어지는 샤를 2세로 인해 여러 지방이 고통을 당했다.
아내들이 자식에 비해 선한 자질의 남편들을 더 자랑스럽게 여긴다.
코스탄차는 페드로 3세의 부인이고 베아트리스는 샤를 1세의 아내다.
마르게리타는 베아트리스가 죽은 이듬해 샤를 1세의 후처가 되었다.
영국 왕 헨리 3세AD 1216~1272는 영국의 법을 개혁한 자로 신성 로마

제국에 속하지 않았기에 홀로 있다.

굴리엘모 7세AD 1254~1292는 기벨리니당 수령으로 알렉산드리아와의 전투에서 패배하여 죽었고, 그의 아들이 원수를 갚으려 전쟁을 하며 백성들이 도탄에 빠졌다.

왕들의 계곡에 있는 자들

1300년 3월 28일 부활주일 오후 7시경이다.
연옥에서의 첫날 밤이다. 하늘로부터 손에 뭉툭한 칼을 들고 천사가 내려온다. 에덴동산에서 하와를 유혹해 선악과를 따 먹게 만든 마귀가 뱀의 형상을 입고는 풀과 꽃 사이로 다가오자 천사가 마귀를 쫓는다. 단테가 아름다운 혈통을 지닌 쿠라도 말라스피나를 만나며 그에게서 자신의 미래에 대한 예언을 듣는다.

1　어느덧 항해하는 뱃사람에게
　애틋한 정이 새록새록 고개를 들어
　가족이 그리워지는 시간이고,

4　또 멀리서 들려오는 만종晩鐘 소리를 들으며
첫 번째 순례의 길을 떠나는 나그네가
사랑 때문에 가슴 아픈 때였다.

7　내가 소르델로의 말을 듣는 중에
영혼들 가운데 하나가
우리에게 손짓을 하고는

10　두 손을 높이 들고 동쪽 하늘을 향했는데,
마치 하나님께 "다른 것엔 관심이 없나이다."라고
고백하는 것 같았다.

13　이어서 그가 감미로운 음성으로
'빛이 다하기 전에'를 노래했는데
내가 넋을 잃을 정도였나니,

16　뭇 영혼들도 하늘을 향해
하나님 도움을 앙망하는 노래를
따라서 불렀다.

19　오, 독자들이여! 진리를 향해 불을 밝힐지니,
이젠 진리를 가리는 휘장이 얇아져
안을 들여다보는 것이 너무 쉬운 일이로다.

22 그때 부귀영화를 누렸던 자들이
하늘을 보다가는 갑자기
그들 얼굴이 파랗게 변했는데,

25 이는 불로 달구어진 두 자루 칼을 들고
하늘에서 내려온 두 천사 때문이었다.
그 칼끝은 부러졌고 칼날은 이지러졌더라.

28 두 천사가 파란 하늘을 배경 삼아
연록의 잎사귀와 같은 깃을 날갯짓하여
미풍을 일으키며 날아왔다.

31 그들 중 하나가 우리에게로 내려왔고
다른 하나는 언덕 저편에 자리를 잡았는데,
그 사이에 수많은 영혼들이 있었고

34 우리 곁으로 날아온
천사의 금빛 머릿결이 반사하는 빛을
내가 감당할 수가 없었다.

37 그때 소르델로가 말하길,
"저 두 천사는 마귀로부터 이 계곡을 지키려고
하늘에서 왔나이다."

40 마귀의 길을 알 수 없는 내가
두리번거리면서 온몸에 소름이 돋아
길잡이에게로 다가설 때

43 소르델로가 다시 말하길,
"자, 이제 영혼들이 있는 저 아래로 가시지요.
저들에게 큰 기쁨이 되리이다."

46 우리가 발걸음을 옮겨 도착한 곳에
나를 뚫어지게 바라보는
한 영혼이 있었는데,

49 어느덧 해가 뉘엿뉘엿 저무는
황혼 무렵이었지만
서로가 흐릿하게 보일 정도는 아니어서

52 나는 그에게로, 그는 나에게로 향하며
결국 그가 법관 니노인 것을 알고는
내가 그를 지옥에서 만나지 않음을 얼마나 기뻐했던가!

55 그가 다정하게 인사를 하며 묻기를,
"테베레 강 입구로부터 머나먼 길을 지나
이곳 정죄 산에 이른지 얼마나 되었느뇨?"

58 내가 대답하길, "지옥을 거쳐 오늘 아침
이곳에 왔나니, 나는 영원한 생명을 위해
이 길을 가고 있지만 아직 첫 번째 삶을 사나이다."

61 내 말은 들은 소르델로와 니노가
깜짝 놀라며 얼빠진 사람처럼
어리둥절하다가는,

64 소르델로는 베르길리우스를 보았고
니노는 가까이에 있는 쿠라도를 보며 외치길,
"오, 하나님의 자비하심을 보라!"

67 그가 다시 나를 보며 말하길, "섭리의 손길을
숨기시는 하나님께서 건널 수 없는 강을
넘게 하시는 그 특별한 은총으로 비노니,

70 그대가 다시 거대한 물결 저편에 닿게 되면
내 딸 지오반나에게 순수한 자의 간구를 들으시는
하나님께 기도해 달라 전해주오.

73 그러나 안타깝게도 내가 죽자 내 아내는
새로운 사랑을 위해 하얀 너울을 바꿔버렸소.
그녀는 나를 다시는 좋아하지 않을 것이오.

76 여자에게는 부드러운 눈길과
뜨거운 감촉의 불길을 자주자주 불붙여 주지 않으면
사랑이 지속되기가 어렵다는 것을 알았소.

79 그녀는 밀라노의 비스콘티 가문으로 재가再嫁하여
수탉을 문장紋章, emblem으로 삼은 피사의 우리 집안을 떠났소.
그녀 무덤은 독사와 수탉이 새겨져 아름답지 못할 것이오."

82 이렇게 말하는 니노의 얼굴이
가슴속에서 타오르는 회한悔恨의 불길로
붉게 물들고 있었다.

85 하늘을 열망하는 내 시선이 마치
회전의 중심이 되는 축軸에 접해있는 바퀴처럼
서서히 움직이며 뭇별들을 보는 중에

88 길잡이가 말하길, "아들아, 무엇을 보느냐?"
내가 대답하길, "이 남극을 타오르게 하는
세 개의 불꽃을 보나이다."

91 스승이 이르기를, "네가 오늘 아침에 보았던
네 개의 별들은 아래로 내려앉았고
이젠 저 세 개의 별이 그 자리를 대신하도다."

94 갑자기 소르델로가 스승을 당기며
"저기 우리 원수를 보십시오."
그가 손가락으로 뱀을 가리키며 말했다.

97 막힘이 없이 펼쳐진 골짜기에
뱀 한 마리가 나타났는데 옛날 하와에게
쓰디쓴 과실을 맛보게 한 그놈 같았다.

100 매끄러운 몸으로 풀과 꽃 사이를
이리저리 휘젓고 다니면서 흉물스러운
띠를 띠고 우리에게로 왔는데,

103 내가 뱀에게 정신이 팔려
천사들이 처음 어떻게 움직였는지 볼 수 없었으나
두 천사가 날아온 것만은 분명했다.

106 푸른 날갯짓에 대기가 갈라짐을 느끼면서
그놈이 달아나기 시작했고 두 천사도 돌이켜
왔던 곳으로 날아가더라.

109 니노가 부를 때 그의 곁으로 갔던 쿠라도가
그 싸움이 벌어지는 동안 내내 나에게서
시선을 떼지 못하고 있다가

112 말하기를, "그대를 이끄는 등불이
그대가 저 지상낙원에 이르기까지 뜨거운 열기를
그대 자유의지 안에 부어주길 비오.

115 그대가 발 디 마그라의 주변 소식을
안다면 내게 말해주오.
내 일찍이 거기에서 세도를 부렸소.

118 내 이름은 쿠라도 말라스피나라오.
내 조부와 같은 이름을 사용했소.
종족의 부귀영화를 탐했던 죄를 씻고 있다오."

121 "나는 그대가 살던 지역을 가본 적은 없지만
그러나 유럽 땅에 살면서
그곳을 모르는 자는 없을 것이오.

124 그대 집안의 빛나는 명성이
영주들과 온 나라를 명예롭게 했기에
그곳에 가보지 못한 자라도 다 아는 바라오.

127 내 확신하노니 내가 다시 세상으로 돌아갈 때
그대 집안은 재물을 통한 자선의 미덕과
용맹스러운 칼의 용기를 보여줄 것이오.

130 또 그대 가문의 남다른 혈통과 가풍은
악마와 같은 목자장이 세상을 비틀어도
홀로 바른길을 가며 악한 자들을 질책할 것이오."

133 내가 이렇게 말하자 그가 이르기를,
"양자리가 네 개의 발을 펴고 걸터앉은 침상에
태양이 일곱 번 쉬러 오기 전에 그대는

136 하늘의 섭리가 멈추지 않는 한,
다른 어떤 말보다도 우리 가문에 대한
그대의 공손하고 자상한 말이 씨가 되어

139 내 고향에 가서 그런 모습을 보게 되리다.

• 1~42

연옥에서 보내는 첫 밤으로 오후 6시 경이다.
계곡에 있는 무리들 중 한 영혼이 동쪽 하늘을 향해 기도를 올린다.
하늘로부터 천사들이 내려와 마귀로부터 이곳을 지키려고 한다.
손에 칼을 들고 있는데 날이 뭉툭한 이유는 마귀를 멸하기 위함이 아닌 방어하기 위한 것이며, 이 천사들이 파란 옷을 입고 있는 것은 이 색이 평화를 상징하기 때문이다. 지옥은 적색이며 천국은 흰색이다.
뱀은 사탄이며 유혹을 상징하는 마귀다.

• 43~93

니노는 피사의 비스콘티 가문의 사람으로 1275년에 갈루라의 판사였다.
니노 부인은 베아트리체로 1296년에 니노가 죽자 1300년에 재혼한다.
당시 여인들은 너울을 쓰고 다녔는데 하얀 너울은 과부를 상징한다.
그녀가 밀라노의 비스콘티 가문의 갈레아초와 재혼하지만 1302년에 쫓겨난다.
독사는 비스콘티 가문의, 수탉은 피사의 니노 가문의 문장紋章이다.
지오반나는 니노의 외동딸로서 9살 때 아버지가 죽고 이후 결혼하지만 겨우 11살 때 과부가 되었다.
단테가 입은 특별한 은총은 몸으로 영계를 편력遍歷하는 것이다.
세 개의 불꽃은 밤과 어울리는 관조觀照적인 생활을 이끄는 믿음과 소망과 사랑이고, 네 개의 별은 아침으로 상징되는 활동적인 삶과 어울리는 신중함과 정의와 강인함과 절제다.

• 94~139

마귀가 뱀의 형상으로 풀과 꽃 사이를 휘저으며 다가온다.
에덴동산에서 하와를 유혹하여 선악과를 따 먹게 만든 뱀이다.
"뱀이 여자에게 이르되 너희가 결코 죽지 아니하리라. 너희가 그것을 먹는 날에는 너희 눈이 밝아 하나님과 같이 되어 선악을 알 줄을 하나님이 아심이니라. 창3:4,5
단테가 이곳에서 발 디 마그라 유역의 쿠라도 말라스피나를 만난다.
그의 가문은 교황 보니파티우스 8세가 세상 정쟁의 중심에 서있던 때에도 혈통의 아름다운 관습을 잃지 않고 이웃에 덕을 쌓았던 집안이다.
지금으로부터 7년이 지난 1306년에 단테가 피렌체에서 쫓겨나면서 루지자나의 쿠라도 말라스피나 집안을 방문하게 되며 그곳에서 환대를 받는다.

제9곡

연옥 문으로 들어감

1300년 3월 28일 부활주일 저녁 9시에서 다음날 오전 8시 사이다. 왕들의 계곡에서 잠든 단테가 루치아의 도움으로 연옥 문 앞에 도착한다. 거기에 서로 다른 세 개의 계단이 놓여있고, 그 위에 거룩한 천사가 앉아있다. 천사가 단테 이마에 일곱 개 P자를 새긴다. 이 P는 단테가 연옥의 일곱 개 권역을 돌며 씻어야 하는 일곱 가지 죄다.

1 옛 트로이 왕 티토노스의 정부情婦인
새벽의 여신 에오스가 임의 달콤한 품을 떠나
북반구의 동쪽 하늘을 희게 물들이고,

4 그녀 이마의 전갈 형상의 보석들은
하늘의 별이 되어
찬란한 빛을 발하고 있는데,

7 이곳 연옥은 밤이 시작된 자리에서
두 걸음을 지나 세 번째 시각으로
나아가려 나래를 펴고 있었다.

10 그런데 우리 다섯 중 나만이
아담에게서 물려받은 육체 때문에
풀밭에 쓰러져 곤한 잠에 빠졌다.

13 어느덧 시간이 흘러 먼동이 트면서
제비가 옛날의 쓰라린 아픔을 기억함인지
구슬픈 노래를 부르기 시작했다.

16 마음이 육신으로부터 자유하고
생각에도 붙들리지 않아 성스럽게 나래를 펴는
새벽 무렵의 내 꿈속에서

19 금빛 깃털을 가진 독수리 한 마리가
날개를 활짝 펴고 지상을 향해
날아왔는데,

22 옛날 트로이 왕자 가니메데스가 사냥을 나가
그 새에게 채여 올림포스 신전으로 잡혀갔을 때
그의 친구들이 남아있던 이다 산에 내가 있는 것 같더라.

25 내가 속으로 생각하길, '정녕 이 새는
여기에서 나를 낚아채려 날갯짓할 뿐
다른 것엔 아무런 관심이 없도다.'

28 독수리가 잠깐 공중을 선회하고는
번개처럼 아래로 곤두박질치더니
나를 움켜쥐고 불꽃을 향해 날아올라

31 거기에서 나와 그 새가 불태워졌고,
나는 너무 뜨거워
그만 꿈에서 깨어났다.

34 어머니 테티스의 품에서 고이 잠든 아킬레우스가
케이론에서부터 그가 장성하여 오디세우스를 따라
길을 나섰던 스키로스까지 도망쳐 갔을 때,

37 그가 깨어나서 두리번거리다가
어리둥절하여 몸을 부들부들 떨면서
놀라던 그 모습처럼,

40 나도 잠에서 깨어나
겁에 질려 온몸이 얼어붙으며
마비가 되어버렸다.

43 해는 벌써 두 시간이나 솟아있었는데,
내가 길잡이를 통해 위로를 받고는
바다를 향해 눈을 돌렸을 때

46 길잡이가 말하기를,
"이제는 안심하여라.
우리가 좋은 곳에 왔도다.

49 우리가 연옥 입구에 도착했나니,
빙 둘러막힌 벼랑을 보아라.
저기 벌어진 틈 사이로 문이 보이도다.

52 조금 전 여명이 동트기 전에
저 아래 꽃밭에서 네 영혼이
몸 안에서 안식하고 있는 동안

55 한 분이 다가와 이르기를,
'나는 루치아다. 나로 이 잠든 자를 데려가
그의 앞길을 예비하게 하여라.'

58 날이 밝을 무렵 소르델로와 다른 영혼들은
거기에 있고, 그분은 너를 데리고 위로 오르며
나도 뒤를 쫓았노라.

61 그리고는 너를 여기에 내려놓고
나에게 열린 문을 보여주고는
그분이 떠났고 너도 잠에서 깨었도다."

64 사람이 진실이 드러나면
처음엔 당황하다가도 나중엔 확신을 가지고
두려움을 떨치며 용기를 내는 것처럼

67 나도 그때 그러했는데,
길잡이가 걱정을 버리는 나를 보며
힘차게 비탈을 올랐고 나도 뒤를 쫓았다.

70 독자들이여, 이제 내가 어떻게 시재詩材를
고양高揚시켜 나가는지를 주목할지니,
내가 기교를 부려도 놀라지 마시라.

73 어느덧 우리가 한 곳에 도착했는데
조금 전 보았던 것처럼
벽이 쩍 갈라져 있고

76 거기에 문이 있었으며
그곳에 문지기가 딱 버티고 있었다.
그 아래엔 색이 다른 세 개의 층계가 놓였는데,

79 내가 맨 위 계단에 앉아있는
그를 보려다가 눈부심으로
그의 얼굴을 제대로 볼 수가 없었다.

82 또 그가 뽑아 들고 있는 칼이
반사하는 빛으로
내가 제대로 눈을 뜨지도 못했다.

85 그가 말하길, "무슨 일로 여기에 왔느냐?
허락 없이 위로 오르려는 것은 위험하도다.
누가 너희를 인도하느냐?"

88 길잡이가 대답하길, "이 일은 하늘의 여인
루치아께서 도모한 일로서, 그분이 '저리로 가라
거기에 문이 있노라.' 했나이다."

91 문지기가 친절하게 말하길,
"그분께서 너희 앞길을 인도하시리니
위로 오르라."

94 내가 발을 디딘 첫 번째 계단엔
깨끗하게 다듬어진 하얀 대리석이 깔려있어
내 허물 진 모습이 거기에 다 비치더라.

97 둘째 계단은 불에 그슬린 흑자색보다
더 어두운 까슬까슬한 돌로 되어있었는데,
위아래로 또 옆으로 금이 가있었다.

102 그 위 계단은 마그마가 지표면에서
냉각되어 고결固結된 붉은 반암처럼 이글거려
마치 핏줄에서 피가 솟는 것 같았다.

103 그 위에 하늘의 천사가
두 발을 내려놓고는 다이아몬드처럼 보이는
문지방 위에 앉아있었는데,

106 길잡이가 나를 이끌어 계단 위로
오르게 하며 이르기를, "문의 자물쇠를
열어 달라고 청하라."

109 내가 거룩한 천사의 발 앞에 엎드려
가슴을 세 번 두드리고는
자비를 베풀어 달라 말하자

112 천사가 칼끝으로 내 이마에
일곱 개의 P자를 새기며 이르기를,
"안으로 들어가 이 상처를 씻으라."

115 천사의 옷 빛깔이 잿빛 같기도 하고
파헤쳐 말라버린 흙빛과도 같았는데,
그가 주머니에서 두 개의 열쇠를 꺼냈다.

118 그것들이 금과 은으로 되었는데,
그가 먼저 은으로 된 열쇠를 문에 댔고
나중에 금으로 된 것을 대면서

121 말하기를,
"이 두 개의 자물쇠 중 어느 하나라도
잘못 사용하면 이 길은 열리지 않노라.

124 황금으로 된 열쇠가 더욱 귀하나 은으로 된
것을 사용하려면 비상한 슬기가 필요하나니,
이것들로 죄의 매듭을 풀 수 있으리라.

127 이것을 베드로 사도께서 내게 주며 당부하길,
'네 발아래 엎드리는 자에게 잘못 열어줄망정
결코 잠가두지는 말라.' 하셨노라."

130 천사가 거룩한 문을 열면서 다시 말하길,
"들어가라. 그러나 뒤를 돌아보는 자는
다시 밖으로 나가야 하리라."

133 그때 문이 열리기 시작하면서
쇠로 된 암톨쩌귀 안을 수톨쩌귀가 돌아가며
내는 소리가 얼마나 요란하던지,

136 로마의 보물이 있는 타르페시아 신전을 지키던 메텔루스가
루비콘 강을 건넌 카이사르에게 약탈당할 때
문을 열며 울부짖던 울음도 이 같지는 못했으리라.

139 내가 마음을 가다듬고 들려오는 노래에 집중했는데,
"하나님이시여, 당신을 찬미하나이다."라는
감미로운 찬양이 어렴풋이 들렸다.

142 마치 오르간 연주에 맞춰
부르는 노래를 들을 때에
그 가사가 들렸다 말다 하는 것처럼

145 그 찬송도 내게 그런 느낌을 주었다.

• 1~45

티토노스와 그의 정부 에오스는 신화 속 인물들이다.
구슬픈 노래를 부르는 제비는 오비디우스의 《변신》에 나온다.
프로크네와 필로멜라는 판디온 왕의 두 딸이다. 필로멜라가 형부인 트라키아 왕 테레우스에게 겁탈을 당했고, 왕은 이 사실을 감추려 그녀의 혀를 자른다. 이 사실을 안 언니 프로크네가 자신과 왕 사이에서 태어난 아들을 죽여 남편에게 먹여 복수를 하지만 쫓기는 신세가 된다. 이 두 자매가 신들에게 도움을 청했고, 신들은 필로멜라는 제비로, 프로크네는 꾀꼬리로 변신시킨다.
단테가 새벽에 꿈을 꾸는데, 그 당시에 새벽에 꾸는 꿈은 진실된 것이며, 이후에 실상이 된다고 생각했다.
가니메데스는 세상에서 가장 잘생긴 청년이었기 때문에 제우스가 그를 납치하여 그로 올림포스 산에서 신들의 화해를 위해 제사하며 자신을 섬기는 역할을 하게 했다.
아킬레우스의 어머니는 트로이 전쟁으로부터 아들을 보호하기 위해 그를 케이론에서 스키로스로 피신시키며 여장女裝을 하게 했지만, 후에 오디세우스에게 붙잡혀 전쟁에 참가하게 된다.

• 46~102

단테와 베르길리우스가 루치아의 도움으로 연옥 문 앞에 도착한다.
루치아는 하나님의 은총을 상징하는 성녀로서 단테가 길을 잃고 헤맬 때 베아트리체를 통해 베르길리우스를 보내고 그를 구하게 한 자다.

거기에 서로 다른 색깔의 세 계단이 놓여있고 그 위에 천사가 있다.
하얀 대리석 계단은 자신의 죄를 비추는 참회를 상징하고,
둘째 계단의 검고 거친 돌은 자신의 죄악을 고백하는 고해를 가리킨다.
세 번째 계단의 붉은 반암은 하나님 주신 형벌을 감사함으로 받는 것이다.

• 103~145

단테가 천사 앞에서 가슴을 세 번 친다.
생각과 언어와 행동으로 하나님 앞에 지은 죄를 뉘우친다.
일곱 개의 P자는 이 연옥의 일곱 개의 원을 돌면서 씻어야 하는 죄로,
교만과 질투와 분노, 나태함과 탐욕과 무절제와 사음邪婬이다.
잿빛은 성도가 죄를 고해할 때 사제의 겸손한 마음을 상징한다.
금으로 된 열쇠는 죄를 푸는 신권이고, 은은 사제의 재량권을 말한다.
정죄淨罪 산을 오르면서 뒤를 돌아보는 것은 다시 죄로 돌아가는 것이다.
"예수께서 이르시되 손에 쟁기를 잡고 뒤를 돌아보는 자는 하나님의 나라에 합당치 아니하니라 하시니라." 눅9:62

교만하게 산 자들

단테가 연옥의 첫 번째 권역에 이르러 그곳 벼랑과 내부 절벽 사이에 있는 하얀 대리석 위에 새겨진 작품들을 본다. 수태 소식을 알리는 가브리엘 천사장 앞에서 성모 마리아의 겸손한 모습과, 예루살렘으로 입성하는 하나님의 법궤 앞에서 춤을 추는 다윗의 모습이 거기에 조각되어 있다. 멀리에서 교만하게 살았던 자들이 무거운 돌짐을 지고 다가온다.

1 굽은 것을 곧은 것으로 알아
잘못된 사랑을 한 자는 지나갈 수 없는
문지방에 우리가 들어섰고, 뒤에서 들려오는

4 요란한 소리로 문이 닫히는 것을 알았다.
그때 만일 내가 뒤를 돌아보았더라면
무어라 변명할 수 있었겠는가.

7 밀려 나가고 다시 밀려와 부딪히는
파도와 같은 굴곡진 오솔길을 걸어서
우리가 바위를 타고 산을 오르는데

10 길잡이가 말하길, "여기에선
요령껏 대처해야 하리니
우묵하게 패인 곳에 몸을 기대라."

13 우리가 느린 걸음으로
바늘구멍과 같은 틈을 지나가는데
하늘에선 이지러진 달이

16 보금자리로 돌아가고 있었다.
어느덧 우리 앞에 움츠러든 산이 나타나
걷기에 거침이 없었지만,

19 나는 그때 너무 지쳐있었고
우리는 황량한 그곳에서 갈 길을 몰라
우두커니 앞만 보고 있었다.

22 그런데 거기에서 찬란한 장면이 나타났나니,
벼랑의 가장자리로부터 안쪽 절벽까지의 폭은
사람 키의 세 배 정도가 되어 보였고,

25 또 왼쪽에서부터 오른쪽까지
시선이 미칠 수 있는 곳을 가늠해 보니
그곳 7개 추녀는 넓이가 일정하더라.

28 내가 그 놀라운 광경을 보며
발을 내딛기도 전에 깨달은 사실은
나는 결코 저 벼랑을 오를 수 없다는 것과,

31 또 깎아지른 돌에 드러난 조각들은
폴리클레이토스뿐만이 아니라 신神이라 할지라도
그렇게 새기는 것은 불가능하다는 것이었다.

34 그러나 천신만고 끝에 오른 그곳에
긴긴 세월 눈물로 고대하던 평화의 복음을
하늘 문을 열고 세상에 가져온 천사장의 모습이

37 오랜 세월의 금기를 깨고 살아있는 형상으로
우리 앞에 드러났는데, 말 없는 모습이 아닌
살아 숨 쉬는 거룩한 모양이었다.

40 지고至高한 사랑의 문을 열기 위해
열쇠를 돌리신 마리아를 향해
가브리엘 천사장이 '아베'를 노래하고 있었고,

43 또 성모께서 겸손히 말한
"이 몸은 주의 계집종이옵니다."란 음성이
밀랍에 박힌 형상처럼 거기에 새겨져 있었다.

46 친절하신 스승이 사람 몸 중
심장이 있는 쪽에 나를 서게 하며 이르기를,
"한곳만을 보지 마라."

49 그래서 내가 뒤를 돌아보았는데,
나에게 말하여 나를 움직이게 한
길잡이가 있는 그곳에

52 겸손의 또 다른 사연들이 널려져 있었다.
내가 그 모습을 자세히 보려고
스승 앞을 지나 그곳으로 갔는데,

55 거기에 부여하지 않은 소임에 손을 댄 웃사와
거룩한 궤가 실린 수레를 끄는 암소가
대리석에 새겨져 있었다.

58 그 앞에는 7부로 합창을 하는 대원들이 있었는데,
내 두 감각 중 눈은 "그래, 그들이 노래한다." 하고
귀는 "아니."라고 하는 것 같았다.

61 분향단의 연기에 대해서도
내 눈과 코가 '그렇다'와 '아니다' 하며
서로 다른 반응을 보였다.

64 또 거기에 다윗성에 도착한 법궤 앞에서
시편 기자가 춤을 추며 기뻐하고 있었는데,
임금 같기도 하고 아닌 것 같기도 하더라.

67 그 맞은편 거대한 궁궐 창가에는
흘러내린 바지를 걷어 올리는 남편 다윗을 보며
못마땅한 표정의 미갈이 있었다.

70 그 뒤로 희미하게 보이는
다른 장면에 마음이 끌려
내가 있던 자리에서 발길을 옮겼는데,

73 거기에 그레고리우스 교황으로
위대한 승리를 거두게 만든 로마 황제의
영광스러운 이야기가 새겨져 있었나니,

76 이는 곧 트라야누스를 두고 하는 말이로다.
재갈을 물린 그의 말 옆에
주저앉은 노파老婆가 눈물을 흘리고 있었고,

79 그 주변엔 기사들이 가득했으며
하늘엔 황금색 독수리 형상을 수놓은
제국의 깃발이 펄럭이고 있었다.

82 "왕이여! 죽은 제 아들의 원한을 풀어주소서.
제 가슴이 무너지나이다." 수많은 무리 중에
불쌍한 여인이 이렇게 말하자

85 "내가 돌아올 때까지 기다리라."
그 여인이 이르기를, "만약 폐하께서
다시 오지 못하시면 어찌하나이까?"

88 "내 뒤를 잇는 자가 해결하리라."
"폐하께서 하셔야 할 일을 다른 이가 했을 때
그것이 폐하께 무슨 유익이 있나이까?"

91 "이제 안심하여라. 내가 떠나기 전에
겸손하게 내 본분을 다하리니,
정의가 나를 붙들고 자비가 나를 부르노라."

94 시간을 초월하시기에 새로운 것이 없으신 하나님께서
우리가 볼 수 있도록 이렇게 조각하셨나니,
정의와 연민이 사라진 세상에선 볼 수 없는 장면이었다.

97 내가 이곳에 겸손의 모습들을 펼쳐놓으신
하나님의 위대하심을 보며
기뻐하고 있을 때

100 시인이 이르기를, "느린 걸음으로
걷고 있는 영혼들을 보아라.
저들이 우리를 저 위로 인도하리라."

103 놀라운 장면에 몰입하여 기쁨을 만끽하던 내가
새로운 것을 보게 하려는 스승 음성에
시선을 돌린 것은 한순간이었다.

106 독자들이여, 하나님께서
빚이 어떻게 갚아지기 원하시는지를 깨달아
참회하는 마음을 잊지 말지니,

109 마음을 고난의 때에 집중하지 말고
그 끝을 생각할 것이니, 이곳의 벌은 아무리 모질어도
최후의 심판 이후를 넘어설 수 없도다.

112 내가 묻기를, "스승이시여, 우리에게 다가오는
저 무리는 사람의 영혼 같지가 않아
분별하질 못하겠나이다."

115 스승이 이르기를, "저들 고통이
너무 중하여 구부린 몸이 땅에 닿아
나도 처음엔 알아볼 수 없었노라.

118 그러나 돌을 등에 진 모습을 보면
하나하나가 어떻게 짓눌리며
참회하고 있는지를 헤아릴 수 있으리라."

121 오, 세상에 취해 마음의 눈이 병들어
교만의 발걸음을 내딛으며
뒷걸음질 치는 가엾은 그리스도인들이여!

124 우리는 심판을 향해 신속히 날아가는
천사와 같은 나비 모양으로 태어난
벌레 같은 존재인 것을 알지 못하느냐?

127 버러지처럼 형체마저 다 갖추지 못하고
온전하지도 못하면서 어찌하여
그토록 교만을 앞세우는가?

130 무르팍을 가슴에 대고 있는
사람 형상의 조각이 괴목을 대신하여
천장과 지붕을 떠받치는 것 같은

133 저들 모습이 거짓 괴로움이 아닌
진짜 고통으로 느껴져
내 가슴이 저미어 오는도다.

136 짐의 무게를 따라 저들이
덜 구부리기도 하고 더 구부리기도 했는데,
아무리 참을성이 강한 자라도

139 "더 이상은 못 가겠다."라고 소리치는 것 같았다.

• 1~45

두 시인이 연옥의 문을 지나면서 문 닫히는 소리가 들려온다.
단테가 그 소리에 놀라 뒤를 돌아보면 지금까지의 모든 수고가 허사다.
단테가 바늘구멍과 같이 협소한 바위틈을 기어서 밖으로 나온다.
"재물이 있는 자는 하나님의 나라에 들어가기가 어떻게 어려운지 약대가 바늘귀로 들어가는 것이 부자가 하나님의 나라에 들어가는 것보다 쉬우니라. 눅18:24, 25
달이 서쪽으로 넘어가며 오전 9시가 되고 두 시인이 연옥의 첫 번째 권역에 이른다. 그곳 벼랑과 내부 절벽 사이가 사람 키의 세 배이고 그 벽은 하얀 대리석이다. 그곳에 그리스의 유명한 조각가 폴리클레이토스의 솜씨를 능가하는 작품들이 있다.
성모 마리아에게 수태를 알려준 천사장 가브리엘의 모습과 그 음성이 새겨져 있다.

• 46~96

연옥의 첫 번째 권역의 두 번째 조각은 법궤를 운반하는 모습이다.
험한 길을 가는 암소가 비틀거릴 때 웃사가 하나님의 궤를 붙잡았다.
하나님께서 이런 웃사의 경솔한 행동을 죽음으로 엄하게 벌하셨다.
7부 합창이 울려 퍼지는 가운데 다윗이 법궤 앞에서 춤을 춘다.
다윗이 왕의 신분을 가진 자이면서도 하나님 앞에서 자신을 낮춘다.
다윗의 바지가 흘러내리는 모습을 보며 아내인 미갈이 비웃는다.

로마의 트리야누스 황제AD 98~117년 재위가 원정을 떠나는 길에서 만난 아들 잃은 과부의 소원을 풀어준다. 황제의 본분을 다하라는 여인의 질책을 겸손하게 수용하는 미덕을 단테가 조각을 통해 대면한다.

이런 겸손의 황제를 지옥에서 구하기 위해 그레고리우스 교황AD 590~604 재위이 온 정성을 다해 기도를 올리므로 트리야누스 황제가 천국으로 인도함을 받았다는 전설을 여기에 소개하고 있다.

• **97~139**

두 시인 앞에 무거운 돌덩이를 등에 지고 가는 자들이 나타난다.
세상을 살면서 자신을 내세우며 교만의 죄를 범한 자들이다.
그러나 고통스러운 고난이라 할지라도 최후의 심판이 닥치면 멈춘다.
그러나 지옥의 형벌은 그 이후에도 영원히 사라지지 않는다.
죄인이 겪는 고난이 심하기 때문에 회개를 통해 죄를 씻어야 한다.
천사와 같은 나비는 인간 영혼이다.

제11곡

교만으로 벌 받는 자들

1300년 3월 29일 월요일 오전 11시 경이다.

돌짐을 지고 허리를 구부린 채 걷는 무리 중에서 단테가 움베르토를 만난다. 그가 교만으로 자기도 살해되고 가문도 무너져 버린 이야기를 들려준다. 단테가 채색화가인 오데리시를 만나는데 그가 겸손하게 프란코를 높이며 인간의 업적이 허망한 것임을 고백한다. 앞선 자의 영광은 뒤따르는 자로 인해 무너진다.

1 “오, 하늘에 계신 우리 아버지!
창조하신 천사들과 여러 하늘에
크신 사랑을 베푸는 하나님이시여!

4 모든 피조물은 당신의 이름과 능력을
찬송할지니, 감미로운 그 사랑에
감사드림이 마땅하나이다.

7 당신 나라의 평화가 우리에게 임하게 하옵소서.
이는 우리의 어떠한 재주로도
그에 이를 수 없기 때문이옵니다.

10 하늘의 천사들이 호산나를 불러
자기들 뜻을 아버지께 올려 드리듯이
인간들도 그리하게 하옵소서.

13 오늘도 우리에게 일용할 만나를 주시어
거친 광야와 같은 이곳에서
뒷걸음질 치는 일이 없도록 하소서.

16 또 우리가 우리에게 죄지은 자를
용서해 준 것 같이 당신께서도
우리 허물을 자비로 용납하옵소서.

19 연약한 인간들이 마귀와 겨루어
시험에 빠지지 않게 하시고
다만 악에서 구원하옵소서.

22 사랑하는 주님, 우린 육신이 없기에
시험이 없사오니, 다만 저희 뒤를 따르는
인간들을 악한 마귀로부터 건져주소서."

25 교만하게 산 자들이
자신들과 세상을 위해 기도드리며
악몽과 같은 무거운 짐을 지고 가는데,

28 모두가 서로 다른 괴로움에 시달리면서
지친 모습으로 첫째 둘레를 오르며
세상 업보를 씻고 있었다.

31 연옥에서도 인간을 위해 이렇게 기도하는데
세상에서 선한 뜻을 품고 사는 우리가
저들을 위해 무엇을 해야 하겠는가?

34 우리도 기도하므로 저들로 때를 씻게 하여
맑은 모습으로 별들의 세계로
오르게 해야 하지 않겠는가?

37 길잡이가 말하길, "자비와 정의가
그대들 짐을 덜어주어 마음껏 날갯짓하여
저 하늘로 날아오르기를 비오.

40 그런데 우리가 다음 권역으로 가려면
어느 길로 가야 하는지를 가르쳐 주오.
험한 길을 피해야 함은

43 나와 동행하는 이 사람이 아직도
아담에게서 물려받은 육신의 옷을 입어
위로 오르는 것이 쉽지 않기 때문이오."

46 길잡이가 한 말에
그들 중 하나가 대답을 했는데
내가 알 수 없는 자였다.

49 "그대들이 오른쪽 언덕으로 가면
살아있는 자라도
오르는 데 어렵지 않은 길을 만나리다.

52 그런데 지금 교만했던 내 목덜미가 짓눌려 있고
또 얼굴을 처박게 만드는
무거운 짐의 방해를 받고 있지만,

55 내가 이름을 모르는 저 사람과
안면이 있는지를 확인하고 싶고
나를 위한 연민의 기도도 부탁하고 싶소.

58　나는 라틴의 유명한 토스카나 출신이고
부친은 굴리엘모 알도브란데스코라오.
내 이름을 그대가 아는지 모르겠다만

61　조상의 고귀한 혈통과 빛나는 업적이
오히려 나를 교만하게 만들었고,
나는 고향에 대한 애정마저 버렸소.

64　나는 이웃을 무시했고 끝내 그것 때문에
내가 살해된 것을 시에나와
캄파냐티코 성城의 아이들도 다 아는 바라오.

67　내 이름은 옴베르토요.
교만은 나 하나만을 망친 것이 아니고
온 집안을 재앙 속에 몰아넣었소.

70　이제 나는 하나님이 만족하실 때까지
이 돌을 지고 다니는 것이 마땅하다오.
살아서 하지 않은 일을 죽어서 한다오."

73　내가 그의 말을 들으며
교만했던 나의 삶을 돌아보는데
한 영혼이 돌에 눌린 몸을 비틀면서

76 나를 부르며 고개를 들려 했고,
나도 몸을 구부려
그에게 눈길을 주었다.

79 내가 그에게 말하길, "오, 당신은
구비오의 자랑이며 파리에서 유명했던
채색화의 거장巨匠 오데리시가 아닌가요?"

82 그가 대답하길, "형제여, 사실 내 솜씨는
보잘것없었다오. 볼로냐 출신 프란코의
생명력 있는 그림이 영광을 누렸어야 했다오.

85 내가 살아있는 동안
뛰어나고 싶은 욕망에 사로잡혀
나는 늘 그에게 친절하질 못했소.

88 그 교만이 나를 이곳으로 인도했지만
그러나 내가 육신에 거하며 죄짓고 사는 동안
그나마 주를 믿었기에 여기에 왔소.

91 오, 인간 능력의 헛된 영광이여!
나날이 새로운 세대가 이어지는 중에
봉우리 위의 푸르름은 어찌 그리 빨리 시드는가.

94 화가로서 한 시대를 풍미風靡, hold하던 치미부에도
어느덧 조토에게 밀려나기 시작했나니,
그의 명성이 빛을 잃고 있다오.

97 또 한 구이도가 다른 구이도로부터
언어의 영광을 빼앗고 있는데, 아마도 그 둘을
둥지에서 밀어낼 자가 이미 태어났을 것이오.

100 세상 영광은 한 줄기 바람 같아서
이리 불고 저리 불고 하다가
방향을 바꾸며 이름도 사라진다오.

103 그대가 오래오래 살다 얻은 명예가
'빵'과 '돈'이란 말을 배우다 죽은
어린아이보다 더욱 크다고 한들

106 그것이 천 년을 가겠는가? 또 그 천 년을
영원에 견줌은 마치 눈 깜빡할 순간을 하늘에서
가장 느리게 도는 항성천의 주기와 비교함과 같다오.

109 저기 작은 보폭으로 걷는 자는
토스카나에서 명성이 자자했던 자라오.
그러나 이제는 시에나에서나 그의 이름이 기억되나니,

112 저는 그곳 영주로서,
한때는 잘나갔지만 지금은 창녀처럼 더럽고 초라한
피렌체의 무서운 공격을 분쇄했던 자라오.

115 사람의 명성은 풀과 같아서
하나님께서 땅에서 화초를 자라게 하지만
때가 되면 다 시들게 하신다오."

118 내가 말하길, "당신의 참된 말씀이 저로
겸손을 일깨우고 교만을 잠재우나이다.
그런데 방금 당신이 말한 시에나 출신은 누군지요?"

121 그가 대답하길, "그자는 프로벤찬 살바니라오.
그가 분수를 모르고 시에나 전체를 장악하려다가
이젠 여기에서 정죄淨罪하고 있다오.

124 그가 죽은 후에 돌짐을 지고 쉼 없이 걷고 있는데,
이는 세상에서 매사에 너무 덤비며 산 자에게
빚을 갚게 하시는 하늘의 섭리라오."

127 내가 묻기를, "자신의 죄를 씻지 못하고
죽음을 맞이한 자들이 연옥 문밖에서
때를 기다리고 있는데, 저 살바니는 어떻게

130 자신이 살았던 만큼의 시간이 지나가기도 전에
이 높은 곳에까지 오를 수 있었나이까?
세상 사람들 중보 때문인가요?"

133 그가 대답하길, "저자가 잘나갈 때
온갖 체면을 벗어던지고 친구를 위해
시에나 광장인 캄포에서 구걸을 했다오.

136 그가 샤를 앙주의 감옥에 투옥된 친구를
구해내기 위해 일 만 속전贖錢을 마련하려고
핏줄이 서는 온갖 수치를 무릅썼다오.

139 내 동냥한 일이 없어 그 아픔이 실감 나지 않아
말을 그치노니, 머지않아 동료들이
그대로 구걸하는 고통을 알게 하리다.

142 저 살바니에겐 그 일이 연옥 문의 울타리를 치워주었소.

• 1~45

연옥의 첫 번째 권역에서 교만하게 산 자들이 죄를 씻는다.
그들이 무거운 짐을 지고 주님께서 가르쳐 주신 기도를 드린다.
이스라엘 민족을 광야에서 만나를 통해 구원하신 하나님을 향해
세상에서 교만하게 살았던 자들이 죄를 씻기 위해 기도한다.
연옥의 영혼들은 이미 육신의 옷을 벗었기 때문에 죄의 유혹이 없다.
그들이 세상 사람들이 마귀의 시험에 빠지지 않도록 기도한다.

• 46~99

단테가 교만으로 인해 살해당한 옴베르토 알도브란데스코를 만난다.
그의 교만으로 자신도 죽고 그의 가문도 무너져 버렸다.
부와 명예를 섬김의 도구로 사용하지 않고 억압의 구실로 삼았다.
단테가 채색화가인 오데리시를 만나 그의 솜씨를 칭찬한다.
생전과 달리 그가 겸손하게 찬사를 마다하며 프란코를 높인다.
그가 인간의 업적이 허망한 것임을 말한다.
앞선 자의 영광이 뒤따르는 자의 추격으로 영광이 무너진다.
"그러므로 모든 육체는 풀과 같고 그 모든 영광이 풀의 꽃과 같으니
풀은 마르고 꽃은 떨어지되 오직 주의 말씀은 세세토록 있도다." 벧전1:24, 25

• **100~142**

오데리시가 단테에게 토스카나를 통치하던 살바니에 대해 말한다. 살바니는 시에나의 기벨리니 당의 수령으로 1260년 몬타페르티 전투에서 피렌체의 겔피당을 전멸시키고 큰 공을 세웠다.
그런데 그의 친구가 샤를 앙주와 싸우다가 포로가 되어 투옥되었다. 일만 피오리노가 있으면 그를 석방시킬 수 있다는 말을 듣고 온갖 수치를 무릅쓰고 시에나 광장에서 속전贖錢을 구걸하는 동냥을 했다.
결국 친구를 구하려 자기를 낮춘 겸손이 연옥의 문을 통과하게 했다.
살바니가 구걸을 했던 것처럼 단테도 피렌체에서 추방이 되고, 유랑 생활을 하면서 동정을 구하는 삶을 살게 될 것을 오데리시가 예언한다.
가장 느린 항성천의 주기를 당시 천문학에서는 3만 6천 년이라 했다.

제12곡

교만한 삶을 산 자들

1300년 3월 29일 월요일 정오다.

연옥의 첫 번째 권역이다. 단테가 인간 역사에서 지속적으로 반복된 교만의 예를 조각한 작품들을 대한다. 시간이 정오를 가리키며 흰옷 입은 천사가 나타나 두 팔을 벌려 단테를 맞이하며 이마 위의 교만을 상징하는 P자 하나를 지워준다. 이 교만은 하나님 없이 살려 했던 루시퍼로 인한 것으로 모든 죄의 뿌리다. 이 P자를 지우므로 단테의 몸과 마음이 가벼워진다.

1 멍에를 메고 가는 황소처럼
무거운 짐을 진 영혼들과

내가 나란히 걷고 있었는데

4 길잡이가 이르기를, "여기를 떠나자.
이젠 힘을 다해
배에 돛을 달고 노를 저어 가자꾸나."

7 내가 모름지기 겸손에 대한 생각에
몰두하고 있다가는
스승의 말을 듣고 몸을 꼿꼿하게 세우고

10 기쁜 마음으로 그를 따르면서
정죄淨罪에 대한 기대감으로
발걸음이 가벼웠다.

13 그때 길잡이가 다시 말하길, "아래를 보아라.
네가 밟고 있는 바닥을 보면
흥미가 생겨 가는 길이 수월하리라."

16 매장한 시신을 대리석으로 덮고는
그 위에 죽은 자의 생애를 글로 새겨
고인을 기념하게 하는 것이

19 내용을 읽는 자로 하여금

추억을 되살려 가슴 저리는 눈물을
자아내게 하는 것처럼,

22 험한 산이 깎여 반반해진 그곳에
조각되어 새겨진 솜씨에는
무엇과도 비교할 수 없는 숙연함이 있었다.

25 다른 피조물보다 고결하게 창조된 루시퍼가
하늘로부터 번개처럼 떨어지는 모습을
내가 거기에서 보았고,

28 다른 편엔 거인 브레아레오스가
제우스의 번개 칼을 맞고
땅바닥에 싸늘하게 누운 장면도 있었다.

31 또 거기에 아폴로와 지혜의 여신 미네르바와
마르스가 무장을 한 채 아버지 제우스와 함께
거인들의 잘린 사지四肢를 바라보고 있었고,

34 거대한 바벨탑 발치에서 하나님의 노여움으로
얼이 빠진 니므롯이 스스로를 자랑스럽게 여기던
시날 백성을 보고 있었다.

37 니오베여, 자랑스러운 7남 7녀를 잃게 한
그대 교만이 거기에 새겨진 것을 보며
내 마음이 얼마나 비통했겠느냐.

40 오, 교만했던 사울이여! 그대 시신을 보며
다윗이 이슬과 비도 멈추라 저주했던 그 길보아 산에서
그대 자결하던 모습이 어찌 이리도 선명한가.

43 이겼다고 떠벌리던 아라크네여!
그대는 벌써 거미가 되어 미네르바가 찢어버린,
그대가 길쌈한 베 위에서 슬퍼하도다.

46 오, 백성들의 감세의 청을 거부한 르호보암이여!
여기에 새겨진 그대 모습이 위협적이진 않으나
그대가 두려움에 떨며 마차를 모는도다.

49 또 금목걸이에 눈이 멀어 남편을 죽음으로 내몬
어머니에게 알크마이온이 어떻게 값비싼 대가를
치르게 했나를 이 바닥이 보여주도다.

52 교만했던 앗수르 왕 산헤립이
신전에서 제사를 지내다가
아들들에게 죽임당하는 장면도 거기에 있었다.

55 또 스키타이의 여왕 토미리스가 아들을 죽인 페르시아 왕
키로스와 싸워 이기고는 “피에 굶주린 놈아,
너를 피로 채우노라.”며 목을 베어 주머니에 넣고 있었다.

58 과부 유딧에게 죽임을 당한 앗수르 대장
홀로페르네스의 시체가 짓밟히고 있었고,
그의 부하들이 유다에서 도망치는 모습도 보였다.

61 또 나는 파괴되어 재가 된 트로이를 목격했나니,
오, 교만했던 자여! 거기에 드러난 네 모습이
얼마나 초라하고 비천하던가.

64 아, 어떤 재주를 가진 자이기에 이렇게
찬란한 솜씨를 발휘하여 찬탄을 불러일으키는가!
선을 그리며 명암을 새겨 넣었도다.

67 죽은 자는 죽은 것처럼 산 자는 살아있는 듯 보였나니,
이것들을 실제 경험한 자라도 이렇게
세밀하게 살핀 나보다는 더 잘 알진 못하리라.

70 하와의 후손들이여! 이제 고개를
빳빳하게 세우고 얼굴을 번쩍 들지어다.
그리하면 신속하게 불행을 맞이할 것이로다.

73 내가 마음을 빼앗겨 시간 가는 줄 모르고
깎인 산을 두루두루 살피고 있었는데,
해는 가던 길을 더욱 재촉하더라.

76 묵묵히 앞만 보고 있던 길잡이가 말하길,
"이제 고개를 들고 서둘러 가자꾸나.
생각에 잠겨 사색할 여유가 없도다.

79 태양의 여섯 번째 시녀가
자기 일을 마치고 이제 돌아가는도다.
저기에 하늘의 천사가 보이나니,

82 마음을 경건하게 하여
그가 우리를 기쁘게 이끌 수 있도록 하여라.
오늘이 다시 돌아오지 않음을 기억하라."

85 시간을 허비하지 말라는 말에
익숙한 나였기에 내가 서둘러
그의 뜻에 순종했다.

88 우리가 위로 오르는데
하얀 옷을 입어 샛별같이 빛나는 천사가
우리를 향해 날아와

91 날개를 활짝 펴고 팔을 벌리며 말하길,
"이리로 오라. 여기에 계단이 있노니
쉽게 오를 수 있으리라."

94 오, 참으로 안타까운 일이여!
하늘의 초청에 화답하는 자가 없도다.
하늘을 날려다 미풍에 넘어지는도다.

97 천사가 바위가 깨진 곳으로 우릴 인도하며
날개로 내 이마를 쳐서 P자 하나를 씻어주고는
앞길이 수월해질 것임을 말해주었다.

100 루바콘테 다리 위의 산에 있는 교회가
잘사는 피렌체를 굽어보고 있는데,
그곳에 산으로 오르는

103 가파른 계단이 있나니,
피렌체의 장부帳簿나 됫박이
믿을만했던 시절에 지어진 것이었다.

106 그런데 정죄 산의 첫째 둘레에서
다음으로 이어지는 이곳에도 높이 솟은 바위가 부서져
오를만한 돌층계를 만들어 놓았더라.

109 우리가 그 계단을 오르는 중에
"심령이 가난한 자는 복이 있나니."란 노래가 들렸는데,
지금 나에겐 그때 감동을 표현할 말이 없도다.

112 아, 우리가 지나는 이곳 풍경이
지옥의 모습과 얼마나 다르던가!
여기는 찬송이지만 거기는 통곡이었노라.

115 우리가 계단을 오르면서
이전에 평지를 걸을 때보다 몸이
더 가벼워진 것 같아

118 내가 스승에게 묻기를,
"저에게서 어떤 짐이 내려졌기에
피곤을 느낄 수 없나이까?"

121 그가 대답하길, "네 이마 위에
남아있는 것들이
첫 P자와 같이 다 지워질 때에는

124 너의 발걸음이 넘치는 소망으로
가볍게 되리니, 위를 향해 오르는 것이
오히려 즐거움이 되리라."

127 머리에 무엇을 이고 가는 자가
지나가는 사람들의 시선 때문에
문득 이상한 느낌이 들어

130 눈으로 볼 수 없는 짐을
손을 올려 머리 위를 더듬어서
확인하는 것처럼,

133 그때 나도 오른손으로
연옥 문의 천사가 내 이마에 새겨놓은
여섯 개의 P자를 만져보았는데,

136 그 모습을 바라보던 스승이 미소를 지었다.

• 1~42

두 시인이 교만했던 자들 곁을 떠난다.

산이 깎여져 만들어진 길에 여러 조각상이 새겨져 있다.

첫 번째 것은 피조물 중 가장 아름답던 천사장인 루시퍼다.

"예수께서 이르시되 사단이 하늘로서 번개같이 떨어지는 것을 내가 보았노라. 눅10:18

두 번째 상은 거인들이 제우스가 던진 번개에 맞아 죽는 모습이다.

세 번째 상은 바벨탑을 하늘 꼭대기까지 쌓으려고 하다가 하나님의 노여움을 사서 언어를 잃고 망연자실하는 니므롯이다.

니오베는 테베왕 암피온의 아내로 많은 아들과 딸을 자랑하며 자식이 아폴론과 아르테미스밖에 없는 레토를 무시했다. 이에 레토가 두 아들을 보내 니오베의 7남 7녀를 화살로 쏴서 죽였다.

사울은 이스라엘의 초대 왕으로 블레셋 군대와 전쟁을 하다 패하자 포로가 되지 않으려 자결을 했고, 다윗은 시편에서 사울이 죽은 길보아 산을 저주했다.

• 43~87

교만의 일곱 번째는 미네르바와 길쌈 경쟁을 한 아라크네다.

아라크네가 여신인 미네르바를 이기고 자기의 솜씨를 자랑하자 미네르바가 그를 거미로 변신시킨다.

교만의 여덟 번째 예는 솔로몬의 아들 르호보암이다.

백성들의 감세에 대한 요구를 무시하고 오히려 더 부역을 강화하려

하자 백성들이 그가 보낸 감독 아도람을 살해하였다. 그러자 르호보암이 겁을 먹고 서둘러 수레를 타고 예루살렘으로 도망쳤다.
아홉 번째 예는 신화 속 그리스 왕 암피아라로스다. 점괘를 통해 테베와의 전쟁에 나가면 죽는다는 말을 듣고 숨었으나, 불카누스에게 금목걸이를 받은 왕비가 숨은 곳을 알려주어 그가 살해되었다. 이 사실을 안 아들이 어머니를 죽여 아비의 복수를 한다.
교만의 열 번째 예는 앗수르 왕 산헤립이다. 그가 하나님 앞에서 교만하여 여호와를 모독하고 유다를 공격하였으나, 하나님의 천사에게 참패를 당하여 니느웨로 돌아가 자기 아들들에게 살해되었다.
"앗수르 왕 산헤립이 떠나 돌아가서 니느웨에 거하더니 그 신 니스록의 묘에 경배할 때에 아드람멜렉과 사레셀이 저를 칼로 쳐 죽이고 아라랏 땅으로 도망하매 그 아들 에살핫돈이 대신하여 왕이 되니라. 열하19:36, 37
교만의 열한 번째는 오만했던 페르시아 왕 키로스가 스키타이의 여왕 토미리스의 아들을 속여 죽이자 그녀가 페르시아와 싸워 키로스의 머리를 베어 가죽 주머니에 넣고 통곡을 한다.
교만의 열두 번째는 잔인한 앗수르 군대 대장 홀로페르네스가 유대 마을의 과부 유딧에게 죽임을 당하자 그의 군대가 도망치는 장면이다.
열세 번째는 교만한 트로이가 그리스에 패배해 무너진 모습이다.
단테가 인류 역사에 지속적으로 이어진 교만을 반어적으로 비꼰다.
태양의 시녀인 시간이 정오를 가리키며 흰옷을 입은 천사가 나타난다.

• 88~136

하얀 옷을 입은 천사의 얼굴에 빛이 난다.

천사가 두 팔을 벌려 단테를 맞이하며 다음 둘레로 인도한다.

천사가 자기 날개로 단테 이마 위의 교만이라는 P자 하나를 지워 준다.

루시퍼가 교만한 마음으로 하나님 없이 살고자 하여 모든 비극이 싹튼 것처럼, 이 교만한 마음은 모든 죄의 뿌리다.

단테에게서 이 교만의 P자를 지우므로 몸과 마음이 가벼워진다.

1300년 3월 29일 월요일 정오가 지난 시간이다.
연옥의 두 번째 권역인 이곳은 세상에 살면서 이웃의 재앙을 기뻐하는 질투의 죄과를 범한 자들이 정죄淨罪하는 곳이다. 남이 잘되는 것을 시샘한 자들의 눈꺼풀이 철삿줄로 꿰매어져 고통을 당한다.

1　우리가 계단을 올라 사방을 보았는데
　영혼들의 죄를 씻어주는 산이
　또다시 깎여있었다.

4　바닥은 첫째 권역처럼 평평했으며

주변엔 작은 산들이 널려져 있었고
위로 오를수록 단지가 좁아지며 굽어 보였다.

7 그런데 그곳엔 아무런 형상이나
새겨진 글자가 보이지 않았고
납빛 길과 벼랑이 있을 뿐이었다.

10 내가 존경하는 시인이 말하길,
"여기에서 길을 묻기 위해
누군가를 기다리는 것은 막연하도다."

13 그리고는 그가 태양을 향해
오른편을 중심 삼아
왼쪽으로 돌며 기도하기를,

16 "오, 감미로운 은총이시여!
당신을 향한 믿음으로 우리가
이곳에 이르렀사오니 앞길을 인도하소서.

19 당신은 빛으로 세상을 밝히시며
우리가 당신의 뜻을 거스르지 않는 한
은혜로 이끌어 주시나이다."

22 우리가 길을 재촉한 덕분에
얼마 되지 않아 1마일 정도는
너끈히 간 것 같았는데,

25 영혼들의 모습은 보이지 않았고
어디선가 사랑의 향연에 초대하는
노래가 연이어 들렸다.

28 "포도주가 떨어졌도다."란
가나 혼인 잔치에서의
성모 마리아 음성 같았는데,

31 그 배려의 목소리가 흩어져 사라지기도 전에
"내가 진짜 오레스테스로다. 나를 죽여라."는
죽음을 자처한 사랑의 외침도 들렸다.

34 내가 묻기를, "아버지여, 이 무슨 노래입니까?"
그때 홀연히 세 번째 소리가 나기를,
"너희 원수를 사랑하라."

37 어진 스승이 대답하길, "이 두 번째 권역은
질투의 죄과를 매질하여 씻는 곳이로다.
이 매의 채찍은 한결같이 사랑에서 나오노라.

40 그러나 정죄淨罪의 또 다른 방법인 재갈curb은
채찍과는 다른 것으로, 네가 이 둘레를 벗어나기 전에
그것을 이해하게 되리로다.

43 눈을 들어 저 위를 보아라.
자세히 살피면 바위에 기대어 있는
무리가 보일 것이다."

46 내가 눈을 크게 뜨고 향한 그곳에
바위와 동일한 색깔의 망토를 걸친
영혼들이 있었다.

49 우리가 앞으로 나아가는데 그들이 외치길,
"마리아여, 우리를 위해 기도해 주소서.
미카엘이여, 베드로여, 모든 성인들이여."

52 그때 만약 그 영혼들을 본 사람이 있었다면
제아무리 강한 심장을 가진 자라도
연민으로 견디지 못했으리라.

55 내가 그들에게 다가서며
영혼들의 모습이 분명해졌고
내 눈에선 눈물이 흘렀나니,

58 그들이 고행을 위해 낙타 털옷을 입고는
서로의 머리와 어깨를 의지하며
산비탈에 기대어 있었다.

61 그 모습이 마치 교회 축일祝日에
배고픈 장님들이 성당 문 앞에서
먹을 것을 동냥하려 머리를 들이밀며

64 몸을 던지는 모습과 같았는데,
보는 이로 하여금
동정심을 유발하려는 표정이 살아있었다.

67 또 눈먼 장님이 빛을 누릴 수 없음같이
하늘은 이 무리를 온전한 빛의 세계로
이끌어 주지 않았나니,

70 그들 눈꺼풀이 철삿줄로 꿰어져 있었는데
마치 한순간도 잠자코 있지 않는
야생의 매에게 한 모양과 같았다.

73 내가 그들을 대면하며
그들이 나를 온전하게 보지 못함이 민망하여
돌아서 현명한 스승을 향했는데,

76 그가 내 마음을 알아차리고는
입을 열어 이르기를, “저 무리에게
간단하고 요령 있게 말을 건네라.”

79 그리고는 그가 울타리가 없어
아래로 추락할 것 같은 가장자리로 발을 옮기며
나를 안쪽으로 세웠다.

82 내가 바라본 또 다른 편에 경건하게 보이는
자들이 있었는데, 끔찍하게 꿰맨 그들 눈에도
서글픈 눈물이 볼을 타고 흐르더라.

85 내가 그들에게 묻기를,
“우리를 흐릿하게 보며 구원의 빛을
맞이할 것으로 확신하는 자들이여!

88 하늘의 은총이
그대들의 탁한 양심을 씻어주어
맑은 심성이 강물처럼 흐를 수 있기를 바라오.

91 혹시 그대들 중에 라틴 출신이 있느뇨?
나에게도 반가운 일이고
그도 기도를 청할 수 있어 좋으리라.”

94 “오, 형제여! 우리 모두는
천국 시민이지만 그대가 찾는 이는
이탈리아에서 순례자로 살았던 자군요.”

97 모여있는 무리 중에
앞에서 소리가 나는 것 같아
내가 그쪽으로 나아갔다.

100 한 영혼이 무엇을 간절히 열망하고 있었는데,
누가 그 모습을 묻는다면
장님이 턱을 위로 쳐든 모양과 같다 하리라.

103 내가 그녀에게 청하기를, “천국에 오르려고
자세를 바로잡는 영혼이여.
그대가 말한 자라면 이름과 고향을 말해보오.”

106 그녀가 이르기를, “나는 시에나 출신이오.
나에게 하늘의 은총이 임하도록
눈물로 기도하며 죄를 씻고 있다오.

109 내 이름은 사피아라오. 현명하지 못한
삶을 살았노니, 내가 잘되는 것보다
남이 잘못되는 것을 더 즐거워했다오.

112 내 말이 믿기지 않겠지만
내가 얼마나 어리석었는지 들어보오.
내가 인생의 반을 살 때에

115 콜레 근처 벌판에서 내 고향 사람들이
원수인 피렌체와 전쟁을 벌이고 있었는데,
나는 하늘 뜻대로 되길 기도했다오,

118 적군이 추격하며 내 조국은
쓰라린 패배를 맛보았고,
나는 그때 남모르는 희열을 느꼈소.

121 그리고는 외람猥濫, shameless되게도
마치 콩새가 날씨가 좋아지면 그러는 것처럼
내가 하늘을 향해 "나는 당신이 두렵지 않소." 했다오.

124 그러나 내가 삶의 종착역에 이를 즈음에
나를 불쌍히 여긴 선한 피에르 페티나이오가
자비에 겨워 그의 거룩한 기도 속에

127 나를 기억하므로, 내 뉘우침으로는
씻을 수 없는 죄를 그가 중보 하여
내가 연옥문 안으로 들어올 수 있었다오.

130 그런데 그대가 누구이기에 우리 처지를 물으며,
꿰매지 않은 눈으로 우릴 보며
숨을 쉬면서 말을 건네느뇨?"

133 내가 대답하길, "언젠가 내 눈도
여기에서 한동안 꿰어질 것인데, 이는 내가
질투의 마음을 다 떨치지 못한 까닭이오.

136 그러나 나를 짓누르는 더 큰 두려움은
교만이라는 무거운 짐이나니,
벌써부터 그것이 나를 억누른다오."

139 그녀가 묻기를, "누가 그대를 인도하며
그대가 다시 세상으로 돌아갈 수 있느뇨?"
내가 대답하길, "내 곁에 계신 이분이오.

142 택함을 받은 자여, 그대가 기도를 청하면
살아있는 내가 세상으로 돌아가
그대를 위한 중보仲保를 부탁하리다."

145 그녀가 말하길, "듣기만 해도
너무 놀라운 일이오. 하나님께서
그대를 특별히 사랑하시니 나를 도와주오.

148 그대가 갈망하는 하늘의 복으로 비노니
행여 토스카나에 가거든 내 친지들에게
내 이름을 상기시켜 주오.

151 그러나 그들은 아직도 탈라모네를 요새로 만들려는 미련을
버리지 못하고 있을 것인데, 결국 그들은 지하 하천
디아나를 갈망하던 때보다 더 절망할 것이오.

154 또 그 도시는 인재들까지 다 잃게 되리다."

• 1~51

첫 번째 권역에 비해 이 두 번째 권역이 좁아진다.
영혼은 보이지 않고 바닥엔 아무것도 조각되어 있지 않다.
스승이 태양을 보며 하나님께 앞길을 인도해 달라 기도한다.
두 시인이 길을 가며 보이지 않는 영혼들의 외침을 듣는다.
가나 혼인 잔치 때 마리아의 "포도주가 떨어졌다."란 배려의 목소리와 트로이 전쟁 때 죽은 그리스의 장수 아가멤논의 아들이며 자신의 친구인 오레스테스를 살리기 위해 필라데스가 "내가 오레스테스다."라고 외치며 죽음을 자처했던 사랑의 목소리가 들려온다.
세 번째 목소리는 예수의 "너희 원수를 사랑하며 너희를 핍박하는 자를 위하여 기도하라."이다. 마5:44
이곳은 세상을 살며 질투의 죄를 범한 자들이 정죄淨罪하는 곳이다.
질투를 정죄淨罪하는 방법은 채찍과 재갈의 두 가지 방법이 있다.
채찍은 죄인들을 적극적으로 교훈하기 위해 매질하는 것이고, 재갈은 소극적 교훈으로서 죄를 범하는 것을 경계하게 만드는 방법이다.
단테가 질투한 영혼들을 발견하는데, 그들이 낙타 털옷을 입고 산비탈에 앉아 간절한 목소리로 도움을 요청하는 기도를 드린다.

• 52~90

단테가 발견한 질투한 영혼들의 모습이 비극적이다.
야생의 매를 도망치지 못하게 하려 눈꺼풀을 꿰매어 길들이는 것처럼, 세상을 살면서 눈을 크게 뜨고 남이 잘되는 것을 시샘하고 미워하던 자들의 눈꺼풀이 철삿줄로 꿰매어져 있다.
단테가 은총의 빛으로 그들 죄가 씻어져 구원받기를 빈다.

• 91~154

단테가 질투한 무리 중에 이탈리아 출신이 있느냐고 묻는다.
그들 중 시에나 출신 사피아가 자신을 소개한다.
35세가 지나면서 시에나와 피렌체가 전쟁을 하게 되었는데,
자신은 오히려 조국의 패배를 보며 희열을 느꼈다고 말한다.
빗 장수를 하면서 가난하게 살며 선행을 하다가 수도회에 들어갔던 피에르 페티나이오의 거룩한 기도를 통해 그녀가 구원을 받는다.
이탈리아의 속담에 콩새가 추운 겨울에 날씨가 조금만 풀리면 힘을 내서 "겨울은 다 지나갔다. 주여 나는 당신이 두렵지 않습니다."라고 말하고는 아직도 겨울이 지나가지 않은 것을 깨닫고 후회를 한다고 말한다.
탈라모네는 시에나의 작은 항구로서 이곳을 군사적으로 사용하려 했고, 또한 물이 귀한 도시 시에나 사람들은 지하에 흐르는 디아나라는 물줄기를 찾으려 했으나 결국 모두 실패했다.

제14곡

시기 질투의 그물에 걸린 자들

1300년 3월 29일 월요일 오후 2시와 3시 사이다.

연옥의 두 번째 권역에서 단테가 구이도와 리니에리를 만난다. 구이도가 질투심이 많았던 자신을 소개하면서 옆에 있는 리니에리 후손의 타락상을 언급한다. 인간이 악마가 펼쳐놓은 시기와 질투의 그물에 걸려들면 아름다운 세상을 보지 못한다고 말한다.

1　“죽음을 맛보지 않고 우리 산을 다니며
　마음대로 눈을 떴다 감았다 하는
　저자는 누구일까?”

4 “누군지는 몰라도 혼자는 아니로다.
네가 가까이 있으니 청하라.
공손하게 맞이하여 함께 말이나 해보자.”

7 서로 기대고 있던 두 영혼이
오른편에서 나에 대해 이야기를 나누더니
고개를 들고 말을 걸었다.

10 “아직도 육신의 옷을 입고 하늘을 향해
순례의 길을 가는 영혼이여!
사랑으로 우리를 위로하여라.

13 그대는 누구며 어디에서 왔는가?
일찍이 어느 누가 이런 은총을 입었겠는가.
그대는 우리를 놀라게 하도다.”

16 이에 내가 대답하길, “팔테로나에서 발원하여
토스카나를 가로질러 흐르는 물줄기가
채 백 마일도 미치지 못한 곳에서

19 내가 태어났소. 나는 세상에 널리
알려지지 않아서 내가 누구라 말해도
그대들이 알 리 없으리다.”

22 먼저 말한 자가 이르되, "그대가 말한 바를
내가 제대로 이해한 것이라면
그 물줄기는 아르노 강이 되겠군요."

25 다른 영혼이 말하길, "사람들이
무서운 것을 생각 속에 떠올리지 않듯이
이 사람이 강 이름을 숨기는 이유가 무엇일까?"

28 먼저 말한 자가 대답하길, "알 수 없지만
강 이름과 강이 흐르는 계곡의 이름이 동일하기에
계곡 이름이 사라짐은 마땅하리라.

31 시칠리아 동북단에서 끊긴 험하기 그지없는
아펜니노 산맥 중 다른 어느 곳보다도
많은 수량을 가진 아르노 강 상류로부터,

34 하늘이 바다에서 빨아올린 무진장한 물들을
다시 지중해로 돌려보내기 위해
쏟아버리는 하류에 이르기까지,

37 그 근원에서부터 그 끝까지가 도대체 터가 나쁜 탓인지
아니면 그곳을 지배하는 나쁜 풍토 때문인지
거기 사는 자들이 덕을 뱀처럼 여긴다오.

40 그래서 그 계곡을 따라 사는 족속들은
본성이 타락해 마치 요녀妖女 키르케가
먹여 살리는 자들 같나니,

43 사람이 먹는 음식보다 도토리가 제격일 것 같은
저 더러운 돼지 같은 자들 사이로
강이 물줄기를 초라하게 흘려보낸다오.

46 강물이 흐르는 아레초에는 개들이 자릴 잡았는데,
자기 실력에 비해 더 짖어대므로
물줄기가 역겨워 방향을 틀어버린다오.

49 쉼 없는 싸움으로 붉게 물든 강물이
폭이 넓어지는 피렌체에 이르면
거기엔 개가 아닌 늑대들이 터를 잡고 있다오.

52 이어서 물줄기가 굴곡이 많은 못들을 지나며
꾀가 많은 피사의 여우들을 만나는데,
그들은 어떤 함정도 두려워하지 않는다오.

55 이 사람이 내 말을 듣고 있는지 모르겠다만
진리의 영이 내게 말하는 것을
생각해 보는 것도 좋을 것이오.

58 지금 내가 그대 손자를 보는데
그가 강둑에서 피렌체 늑대들을 사냥하며
도시를 부들부들 떨게 만들고 있소.

61 그자가 뇌물을 받고 늑대들을 산 채로
팔기도 하고 짐승처럼 잡아 죽이기도 하면서
자기 이름을 더럽히고 있다오.

64 그가 피로 물든 도시로부터 물러나올 때
그 숲은 완전히 황무지荒蕪地가 되어
천 년이 지나도 이전 같지 못할 것이오."

67 가슴 아픈 재앙의 소식을 접할 때
그것이 누구의 입에서 전달이 되던
당혹스러운 표정을 숨길 수 없듯이,

70 그 말을 듣고 있던 영혼이 괴로워하며
자기가 들은 말을 곧이듣고는
얼굴에 수심이 가득하더라.

73 내가 말하는 자와 듣는 자를 보며
그들을 알고 싶은 마음이
내 안에서 간절하게 일어나 물으니,

76 먼저 말한 자가 이르기를,
"그대는 자기 이름은 밝히지도 않으면서
우리로 말하게 하는구려.

79 그러나 하나님께서 크신 은총으로
그대와 함께하시니 나도 인색하지 않으리다.
나는 구이도 델 두카라오.

82 내 피는 늘 질투로 인해 끓고 있었나니,
행여 내 곁에 즐거워하는 자가 있으면
내 안색이 어두워졌다오.

85 사람이 심은 대로 거두는 법인데,
아, 인생들이여! 어찌하여 다 함께 누릴 수 없는
한정된 재물에만 마음을 두는가?

88 여기 있는 이자는 리니에리라오.
명예로운 카볼리 가문의 권속이지만
후손들이 문중의 전통을 잇지 못했소.

91 그러나 포 강으로부터 레노 강을 거쳐
바다에 이르기까지 진실과 기쁨을 누리기 위한 덕을
잃어버린 집안은 이들만이 아니었나니,

94 이는 로마냐의 영역 안에 살기殺氣를 품은
패륜의 독초들이 널려져 있기 때문이었소.
다시 그 땅을 기경起耕한다 해도 소용없을 것이오.

97 아, 고결했던 리치오와 아르리고 마나르디여!
피에르 트라베르사로와 구이도 디 카르피냐는 어디에 있느뇨?
개망나니가 되어버린 로마냐여!

100 언제나 볼로냐에서 파브로가 다시 일어나며
어느 때에 파엔차에서 베르나르딘 디 포스코가
초목의 고결한 줄기처럼 다시 자라날 수 있겠느뇨?

103 토스카나 사람 단테여!
구이도 다 프라다를, 우리와 함께 살았던
우골린 다초를, 페데리고 티뇨소와 그의 무리들을,

106 이 집안 저 집안 모두 대가 끊겨버린
트라베르사라와 아나스타지 가문을,
지금은 그토록 사악해져 버린 로마냐에서

109 우리에게 애정과 정의를 불러일으키던
그 여인들과 기사들을, 내가 이들 모두를 부르며
통곡하며 눈물을 흘릴지라도 그대는 놀라지 마오.

112 오, 브레티노로 마을이여! 너를 다스리던
자들이 죄를 짓지 않으려고 다 떠났는데도
너는 어이하여 도망치지 아니하는가?

115 아들이 없는 바냐카발의 영주는 좋으리라.
훌륭한 조상에 부덕한 자손을 두고 있는
카스트로카는 불행하고 코니오는 더 아프리라.

118 악마와 같은 가장 마기나르도가 죽은
파가니 족속은 이제는 평온하겠지만
그러나 아름다운 가풍은 다 무너졌도다.

121 오, 우골린 데 판돌린이여! 자식이 없어
덕스러운 가문의 이름을 그대로 보존할 수 있어
그대 이름은 안전하리로다.

124 토스카나 사람 단테여, 이제 우리 곁을 떠나주오.
통곡으로 내가 더 이상 말할 수가 없소.
지난날을 추억하는 것은 너무 아픈 일이오."

127 우리가 가는 곳을 어렴풋하게 보며
소리로 느끼는 영혼들이 침묵함으로
우리가 바로 가고 있음을 확인시켜 주었다.

130 우리가 산을 오르는데
갑자기 하늘을 찢는 소리가
압도적으로 들려오길,

133 "나를 만나는 자가 나를 죽이겠나이다."
그리고는 구름이 갈라지더니
그 소리가 천둥처럼 사방으로 흩어지더라.

136 우리가 걸음을 멈추었고
곧이어 언니를 질투하다가 바위가 된 여자의
우레와 같은 목소리가 들렸다.

139 "나는 돌이 된 아글라우스다."
내가 놀라 시인에게 몸을 피하려
오른쪽으로 나아가는데,

142 사방이 고요해지며 길잡이가 말하길,
"이것은 자기 분수를 지키며
남을 질투하지 말라는 하늘의 재갈이로다.

145 그러나 세상이 원수의 미끼를 맛본 탓으로
마귀의 낚싯바늘이 저들을 끌고 있나니,
그러기에 재갈과 권면이 별로 소용이 없노라.

148 하늘이 인간을 감싸고 돌면서

영원한 별들의 아름다움을 보이는데,

인생들은 땅만 보고 살기에

151 만물을 감찰하시는 이가 저희를 때리시는도다."

• 1~45

연옥의 두 번째 권역이다.
두 영혼이 서로 기대어 단테의 고향과 이름을 묻는다.
한 영혼은 로마냐 출신 구이도 델 두카이고, 다른 영혼은 로마냐의 리니에리 다 칼몰리다. 이 두 영혼이 단테가 자기 고향을 밝히지 않는 것에 대하여 의아해한다. 그러면서 한 영혼이 아르노 강을 따라 터전을 잡은 도시 백성들의 짐승 같은 성품을 비난한다.
아르노 강이 시작되는 곳은 카센티노인데, 그곳 주민들을 돼지라 한다.

• 46~99

아르노 강은 돼지라 일컫는 카센티노 지방을 거쳐 아레초로 흐른다.
아레초는 오랫동안 피렌체의 지배를 받아 그들에게 반감이 크다.
강은 다시 늑대들의 도시 피렌체를 거쳐 여우들의 도시 피사로 흐른다.
단테가 두 영혼에게 누구냐 묻자 구이도가 질투심 많은 자신을 소개하며 옆에 있는 리니에리를 밝히고 그의 후손들의 타락상을 말한다.
구이도와 리니에리는 로마냐의 포를리 마을의 귀족들이다.
리니에리의 손자 풀체리가 피렌체의 행정관이 되어 뇌물을 받고 백당의 사람들을 흑당에게 넘겨주어 피렌체로 다시 일어설 수 없게 만든다.
로마냐 사람들이 인간으로서의 도리를 버려 전역에 독초가 무성하다.

구이도가 로마냐를 이끌었던 고결했던 지도자들의 이름을 부른다.
세상 재물은 이웃과 나누기가 쉽지 않고, 영적인 보화는 이웃과 나누면 더 커지게 된다.

• **100~151**

단테가 너그럽고 고결하게 살았던 명문 가문의 사람들을 부른다.
어진 조상들에게서 악한 자손들이 나오기도 하고, 악마와 같은 가장이 죽어도 가풍이 좋아지지 않을 것이라고 말한다.
두 시인이 다시 길을 나서자 하늘에서 천둥 치는 소리가 난다.
첫 번째는 아벨을 질투하여 죽인 카인이 죄책감에 시달리는 소리다.
두 번째는 아테네 왕 케크롭스 딸 아글라우스가 헤르메스 신에게 사랑받는 언니 헤르세를 질투하여 신의 노여움을 사 바위로 변한 이야기다.
인간이 악마가 주는 시기와 질투의 그물에 걸리면 아름다운 세상을 보지 못하고 그것에 매여 살게 된다.

제15곡

분노한 자들

1300년 3월 29일 월요일 오후 3시에서 5시 사이이다.

시인들이 연옥의 두 번째 권역에서 세 번째 권역으로 이동한다. 단테 앞에 천사가 나타나 강렬한 빛을 발하여 질투의 죄를 씻어주며 높은 곳을 향하게 한다. 단테가 천사의 인도를 따라 마리아의 음성과 스데반의 모습을 통해 온유의 본을 대한다. 분노는 인간의 이성을 마비시킨다.

1　어린아이처럼 재롱을 부리는 태양이
동틀 무렵부터 세 번째 시각의 끝에까지
운행한 만큼을

4 일몰을 향해 더 나아가야 할 시간이다.
그래서 이탈리아는 아직 한밤중이고
이곳 정죄 산은 오후 3시이다.

7 우리가 산 둘레를 돌아
서쪽으로 나아가는데
오후의 햇살은 산모퉁이를 비추고 있었다.

10 그때 갑자기 감당할 수 없는
강렬한 빛이 내 안면을 강타해
나를 당황하게 했으므로

13 내가 손바닥으로 차양을 삼아
눈썹 위로 올려
막강한 빛을 막아보려고 애를 썼다.

16 빛이 물이나 거울에 반사될 때
내려오는 모양과 똑같이 솟아올라
입사각과 반사각이 동일한 것처럼,

19 또 떨어져서 튀는 돌멩이의
내리고 솟는 모양이 빛과 같은 것을
실험이나 이론이 보여주듯이,

22 내가 그런 빛에 얻어맞고는
시선을 돌려
스승을 보며 물었다.

25 "인자하신 아버지여, 저 빛은 무엇인가요?
저를 향한 저 빛살을 가리고 싶지만
피할 방법이 없나이다."

28 스승이 대답하길, "하늘의 천사가
너를 향해 날아온 것이니 놀라지 말라.
너를 위로 이끌려는 사자니라.

31 네가 저 빛을 보았다 하여
두려워 말고 오히려 하늘이
네 죄를 씻어주는 것을 즐거워하라."

34 우리가 천사 앞에 섰을 때
그 하나님의 사자가 기뻐하며 말하길,
"저 완만한 계단으로 오르라."

37 우리가 위로 향하는데
다시 뒤에서 소리가 나길, "긍휼히 여기는 자는
복이 있나니 기뻐하라. 질투를 이긴 자여!"

40 스승과 함께 호젓한 길을 걸으며
문득 그분 가르침을 받고자 하는
마음이 간절하여

43 내가 묻기를,
"로마냐 출신 구이도 델 두카가 말한
'함께 누릴 수 없는'이란 무슨 의미인가요?"

46 스승이 이르기를, "그가 질투로 인해
고통스러운 대가를 치르고 있어
시기하는 마음을 경계하는 말이로다.

49 서로 나누면 자기 몫이 적어지는
세상 재물에 마음이 끌리면
시기가 사람의 한숨에 풀무질을 하지만,

52 하늘의 사랑이 마음의 소원을
위로 이끌어 주면 서로 물고 뜯고 하는
생각이 사라지노라.

55 내 것이 아닌 우리의 것이라 말하는 자가
많을수록 천국의 자비가 불타올라
각자의 복도 더 많아지리라."

58 내가 말하길, "저는 잠잠히 있던 처음보다
더 배가 고파 만족스럽지 못하나니,
이는 마음속 의문 때문이옵니다.

61 보화를 몇 사람이 갖는 것보다
더 많은 자들이 함께 나눌 때
더 풍성해진다는 말은 무슨 뜻인지요?"

64 그가 대답하길, "사람의 마음이
세상 것에 집착하면 진리의 빛을 등지므로
어둠에 거하게 되노라.

67 최고의 선善이신 하나님은
마치 햇볕이 환한 물체를 향해 달려가듯
사랑을 향하노니,

70 사람이 하나님을 사랑하는 만큼
하나님은 스스로를 주시느니라.
그리하여 그 위에 무한한 능력이 임하노라.

73 그러므로 천상을 사모하는 자들이 많을수록
하늘의 은총이 더하고 서로를 사랑함도 깊어지나니,
서로는 자기 덕을 상대에게 비추는 거울이로다.

76 내 말이 너의 갈증을 풀어주지 못한다 해도
저 위에서 베아트리체를 만나리니,
그분이 네가 소망하는 것들을 해결하리라.

79 다만 너의 욕심 때문에 곪아버린
다섯 개 상처가 앞의 둘처럼
씻어질 수 있도록 힘을 다하여라."

82 "스승님은 저를 만족케 하십니다."라고 말하려다
우리가 다음 권역에 이르렀음을 알고는
내가 두리번거렸는데,

85 갑자기 나를 사로잡는 황홀한 장면이
내 눈앞에 펼쳐졌나니,
성전에 수많은 자들이 모여있었다.

88 한 여인이 어미의 모습으로 다가와
친근하게 이르기를, "아들아,
어찌하여 우리에게 이리하였느냐?

91 보라, 네 아버지와 내가 근심하여
너를 찾았노라." 이 말이 들려오고는
이내 그 장면이 사라지더라.

94 그리고는 또 다른 여인이 나타났는데,
그녀가 견딜 수 없는 분노 중에
흐르는 눈물을 주체하지 못하며

97 말하길, "도시 이름을 짓는 일로
지혜의 여신 아테나와 바다의 신 포세이돈이
싸워 건설한 나라의 어른이신

100 페이시스트라토스여! 감히 당신 딸을
포옹한 저 무엄한 팔에게 엄한 벌을 내리소서."
이렇게 말하는 아내를 인자한 눈으로

103 바라보던 왕이 웃음 지으며 말하길,
"우리가 우리를 사랑하는 자를 벌하면
우리를 원수로 여기는 자는 어찌해야 하겠느뇨?"

106 그 모습에 이어 분노의 불길을 내뿜으며
"죽여라, 죽여!"라 소리치고는
한 젊은이를 돌로 쳐 죽이는 장면이 나타났다.

109 그가 결박을 당한 채 무릎을 꿇었고
죽음의 그림자가 엄습해 오고 있었지만
눈을 들어 하늘을 우러르며

112 지극히 높으신 인자 예수께 기도하고,
그리고는 박해하는 자들을 연민하며
긍휼을 베풀어 달라 빌더라.

115 이후 내가 꿈같은 장면을 벗어나며
그것들이 환영幻影인 것을 알았는데,
그러나 그것이 거짓이 아닌 진실인 것도 깨달았다.

118 길잡이가 잠에서 깨어나는 것 같은
나를 보며 이르기를, "무슨 일이기에
이렇게 몸을 가누질 못하느냐?

121 술에 취하고 졸음을 이기지 못하는 사람처럼
너는 눈을 감고 비틀거리며
팔백 미터를 걷고 있지 않느냐?"

124 내가 대답하길, "오, 자상하신 아버지여!
내 다리가 휘청거릴 정도로
나를 놀라게 했던 일들을 말하리다."

127 이에 스승이 이르기를, "네 얼굴에
백 개의 탈을 쓴다 해도 네 생각의
아주 미세한 것도 숨길 수 없노니,

130 네가 그런 장면을 볼 수 있었던 것은
영원무궁한 샘으로부터 흘러내리는 평화의 물줄기에
네 마음이 열려있기 때문이로다.

133 영혼이 떠나면 죽는 육신의 안목으로
'무슨 일이 있었느냐?'고
물은 것이 아니고

136 내 의도는 네 다리에 힘을 공급하려 함이니,
정신이 들어도 나태하기 쉬운
인간을 각성케 하려 함이로다."

139 해가 질 무렵 햇살을 받으며
내가 마음을 새롭게 하여 할 수만 있으면
멀리 내다보면서 길을 가는데,

142 짙은 안개가 우리를 향해
엄습해 오면서 나는 그것을 피할
엄두를 내지 못하고 있었다.

145 그 안개가 우리 시야를 앗아가 버렸다.

• 1~57

태양이 쉼 없이 회전하는 모습이 아기가 노는 모양과 같다.
일출이 시작된 지 세 번째 시간이 오전 9시이고, 일몰이 이루어지는 시간은 오후 6시다. 그러므로 일몰 3시간 전인 지금은 오후 3시다.
단테가 서쪽 하늘을 바라보는 중에 천사가 강렬한 빛을 발한다.
단테가 천사들이 발산하는 빛을 받아 죄를 씻고 다음 권역에 오른다.

• 58~93

사람의 눈물은 나누면 반이 되고 기쁨을 나누면 배가 된다.
하나님의 사랑도 서로 나눌수록 더 커지고 풍성해진다.
하나님을 사랑하면 하나님의 크신 은총이 사람에게 임한다.
거울에 상像이 비치는 것처럼 사람의 인격도 서로에게 비친다.
두 시인이 천사 도움으로 3번째 권역에 도착해 온유함의 본을 대한다.
유월절에 열두 살 먹은 예수가 성전에서 랍비들과 교리를 논하며 예루살렘에 머물고 있었는데, 예수가 동행하는 것으로 알고 사흘 길을 가던 부모가 아들이 곁에 없음을 깨닫고는 가던 길을 돌이켜 돌아와 예수를 만나 마리아가 건넸던 따뜻한 음성을 단테가 듣는다.

• 94~145

신들이 도시의 이름을 지을 때 학문과 지혜의 신 아테나미네르바와 바다의 신 포세이돈 사이에 격렬한 전쟁이 벌어지지만 결국 아테나가 승리한다.
이 도시의 왕 페이시스트라토스의 딸이 도시의 젊은이로부터 포옹을 당한다. 왕비가 분개하여 무례한 행동에 대한 복수를 주장하나 왕은 공주를 연모한 청년을 용서한다. 오비디우스의 《변신》
온유함의 세 번째 예로 초대 교회 최초의 순교자 스데반 집사를 말한다. 자기를 돌로 쳐서 죽이는 자를 위하여 기도하기를, "주여 이 죄를 저들에게 돌리지 마옵소서." 행 8:60
사람의 분노는 안개처럼 이성을 마비시키고 분별력을 상실하게 만든다.
이곳에서 영혼들이 안개 속에서 분노의 죄를 씻고 있다.

제16곡

노여워한 자들

1300년 3월 29일 부활주간 월요일 오후 5시 경이다.

이곳은 연옥의 세 번째 권역이다. 분노한 영혼들이 안개에 휩싸여 앞을 보지 못하고 있다. 단테가 인간 타락의 원인이 하늘에 있는지 사람에게 있는지 마르코에게 묻는다. 그가 인간의 타락은 사람의 자유의지에 의한 것이고, 세상 부패는 지도자 탓이라 말한다.

1 먹구름이 자욱하여
별들을 빼앗긴 밤도,
빛이 없는 지옥의 어둠 속일지라도

4 우리를 덮어버린 이 안개처럼은
사방을 휘감지 못할 것이었고
이처럼 답답하고 힘겹게 만들지는 못하리라.

7 내가 그런 혼돈 속에서 눈을 뜬 채로
견딜 수가 없었는데, 지혜롭고 믿음직스러운
길잡이가 내 손을 잡아 주었다.

10 마치 장님이 길을 잃지 않고
또 부딪혀 몸이 상하는 것을 피하려고
인도자를 바짝 쫓는 것처럼,

13 내가 자욱한 안개 속에서
"나로부터 멀어지지 않도록 조심하라."는
스승 뒤를 그렇게 따랐다.

16 그때 어디선가 찬양이 들려왔는데
우리 죄를 씻어주시는 하나님의 어린 양에게
자비와 평화를 구하는 노래였다.

19 '어린 양 예수'로 시작해
같은 말과 같은 가락을 반복하는 찬송이
완전한 화음을 이루는 가운데

22 내가 스승에게 묻기를,
"이 노래를 부르는 저들은 누군지요?"
그가 대답하길, "분노의 매듭을 푸는 자들이로다."

25 그때 한 영혼이 외치길, "그대는 누구이기에
아직도 달력으로 시간을 나누는 사람처럼
안개를 가르며 우리에 대해 말하느뇨?"

28 스승이 내게 이르기를,
"네가 대답하라. 그리고 여기에서
저 위로 오르는 길을 물어라."

31 내가 말하길, "오, 그대를 창조하신 분께
돌아가려고 정죄淨罪하는 자여!
우리와 함께하면 놀라움을 맛보리라."

34 그가 대답하길, "갈 수 있는 곳까지 동행하리다.
안개로 인해 시야가 가리지만
내 듣는 감각이 그대를 도울 것이오."

37 내가 말하길, "죽음으로 해체되는
육신의 옷을 입고
지옥의 고통을 지나 여기에 왔다오.

40 주께서 특별한 은총을 허락하시어
이전에 있지 아니한 방법으로
나로 하늘 궁정을 보게 하려 하시나니,

43 그러므로 나에게 숨기지 마오.
그대가 누군지 말하고
길잡이가 되어 길을 안내해 주오."

46 "나는 롬바르디아 출신 마르코요.
내가 힘겨운 세상 형편을 알고는
아무도 관심이 없는 구제 일에 힘썼다오.

49 그대는 지금 바른길을 가고 있소.
내 그대에게 간곡히 부탁하노니,
쉽게 분노했던 나를 천국에서 기억해 주오."

52 내가 대답하길, "내가 믿음으로 약속하노니
그대의 청을 이행하리다.
그런데 견딜 수 없는 의문이 하나 있다오.

55 내가 이전에 구이도의 말을 듣고
죄에 대해 한 가지 의문을 갖게 되었는데,
그대 말로 인해 궁금증이 배가 되었소.

58 그대가 말한 바와 같이
세상은 미덕이 사라져 황무하게 되었고
사악함이 독풀처럼 번지고 있는데

61 그 원인이 무엇이라 생각하오?
누구는 하늘이라 말하고 어떤 이는 땅이라 하는데
내가 세상에서 대답할 수 있도록 해주오."

64 그가 한숨을 쉬며 말하길,
"형제여, 세상 사람들은 겉으로는 멀쩡하게
눈을 뜨고 있지만 사실은 다들 눈먼 봉사라오.

67 그들은 우주의 삼라만상이
예정된 길로 간다고 생각해
모든 결과의 원인을 하늘로 돌린다오.

70 그러나 그게 옳다면 인간의 자유의지는
아무런 의미가 없고 선을 기뻐하며
악을 미워하는 정의의 기준도 사라질 것이오.

73 하늘이 사람의 행동을 주장하지만 그러나
일방적으로 이끄는 것이 아니라오.
인간에겐 선과 악을 분별하는 빛으로서의

76 이성과 자유의지가 있나니, 비록 사람이
하늘의 별들과 혹독하게 싸우기도 했다지만
그러나 이 자유의지로 악을 이길 수 있다오.

79 또 인간은 자유로운 존재이지만
보다 더 큰 힘과 고귀한 성품에 예속되어 있기에
하늘의 별들은 이런 인간을 간섭할 수 없소.

82 그러므로 인간 세상이 어지러운 것은
그 원인이 사람 안에 있는 것이라오.
내가 그것을 그대에게 보여주리다.

85 창세전부터 우리를 사랑하신 하늘의 섭리 가운데
웃고 울면서 재롱을 부리며
순수한 생명으로 태어난 인간이,

88 기쁨의 원천인 창조주로부터 태어난 것 외에
아무것도 모르는 이 순진한 영혼이
자기를 즐겁게 하는 것들에 끌렸다오.

91 처음엔 아주 작은 기쁨에 이끌리다가
끝내는 길잡이나 재갈을 통해서도
욕망을 제어하지 못하고 본능에 종노릇했다오.

94　그래서 인간은 법을 만들어 재갈을 삼고
정의의 탑을 구축할 수 있는 지도자를 세워
사회를 유지해야 하는 초라한 신세가 되었소.

97　그러나 법을 감독해야 하는 목자가
되새김질을 할 줄은 알면서도
갈라진 발굽을 잃어버렸나니,

100　그리하여 백성들이 자기 목자가
세상이 탐하는 재물을 밝히는 것을 보고는
그에게서 멀어졌다오.

103　이제 그대가 알 수 있을 것이오.
세상이 혼란스러운 것은 인간의 악한 본성보다는
지도자의 부도덕 때문인 것을.

106　위대한 나라를 건설했던 로마는
두 개의 태양을 가지고 하나로는 세상을 밝히고
다른 것으로는 인생을 하나님께로 인도했다오.

109　그러나 이후 하나가 다른 하나를 집어삼켰나니,
목자장이 지팡이와 칼을 움켜쥐며
거칠 것이 없었다오.

112 세상 권력과 교권敎勸이 하나 되어 얼마나 무서운
결과를 초래했는지 모른다오. 내 말이 믿기지 않을지 모르나
나무는 그 열매로 판단을 받는 법이오.

115 또 신성로마 제국의 프리드리히 2세가 교권敎權을
침범하기 이전에는 아디체와 포 강이 흐르는 나라들에
예절과 미덕의 무용담武勇談이 넘쳤는데,

118 지금은 그 옛날
선한 이들을 상대하기를 꺼려하던
악한 자들이 거리를 활보하며 다닌다오.

121 그러나 그곳에 선한 노인 셋이 있어
그들이 옛 가르침으로 새 세대를 질책하며
자기들을 천국으로 부르심이 더디다 하소연하노니,

124 쿠라도 다 팔라초와 어진 게라르도와
프랑스식으로 '소박한 롬바르디아인'이라 불리는
구이도 다 카스텔이 그분들이라오.

127 이제 그대가 세상에 전해주오.
로마 교회는 두 개의 힘을 가지므로
수렁에 빠져 교권과 정권을 다 더럽혔다고."

130 내가 말하길, "오, 마르코여,
그대 말이 옳소. 왜 레위 자손들에게
세상 유업을 주지 않으셨는지를 알겠소.

133 그런데 지나간 세대의 본보기로 남아
부패한 이 세대를 꾸짖는
게라르도는 누구요?"

136 그가 대답하길, "그대가 토스카나 말을 하면서
어진 그분을 모른다고 하는 것은
나를 속이거나 떠보는 말 같소.

139 착한 아비와 악한 딸이란 말을 유전케 한
그의 딸 가이아밖에는 내 할 말이 없소.
이제 나는 돌아가야 하오. 주께서 그대와 함께하길 비오.

142 자욱한 안개 속에서 번쩍이는
저 불빛을 보오. 저기에 천사가 있노니,
그의 눈이 나를 발견하기 전에 떠나야겠소."

145 이 말을 남기고 그가 길을 가더라.

• 1~45

연옥의 3번째 권역에 도달했는데 안개가 자욱하다
지옥처럼 칠흑 같은 어둠 속에서 앞길을 분별할 수가 없다.
단테가 스승 도움으로 산을 오르며 분노의 삶을 살았던 자들을 만난다.
영혼들이 단테가 육신의 몸으로 여기에 온 것을 보며 놀란다.
단테가 그 영혼의 정체를 물으며 길잡이가 되어달라고 청한다.

• 46~96

마르코는 가난한 자를 구제하는 일에 힘을 쓴 자다.
그러나 사소한 일에도 쉽게 분노하는 성격 때문에 여기에 왔다.
단테가 2번째 권역에서 구이도 델 두카를 통해 인간의 죄악에 대해 의문을 갖게 되고, 이곳에서 마르코를 만나 그가 말하는 인간 타락에 대한 궁금증 때문에 견딜 수가 없다.
단테가 인간의 타락이 하늘의 탓인지 아니면 인간 자신의 문제인지에 대하여 궁금해한다.
점성술사들은 별자리의 움직임이 인간의 자유의지와 싸운다 하나 마르코는 사람의 타락은 인간의 자유의지와 정신의 문제라고 말한다.

• 97~145

분노한 영혼들이 시커먼 안개에 감싸여 앞을 보지 못한다.

단테가 질투와 분노의 화신이었던 베네치아의 귀족 마르코를 만난다. 학식이 풍부했던 그가 세상 부패는 지도자로부터 기인한다고 말한다. 교황은 하늘의 행복을 말하고 황제는 세상 행복을 백성에게 제공하면 되는데, 교황이 세상 권력까지 장악하고 흔들어 세상이 혼란에 빠졌다.

되새김질을 하면서도 갈라진 발굽을 갖지 못한 교황의 자격 미달과 세속적인 권력을 탐하는 성직자들의 부패를 단테가 비판한다.

프리드리히 2세1194~1250는 신성로마 제국의 황제로 교황청과 끊임없이 영토 분쟁을 일으켰고 잔인한 통치로 악명이 높았던 자다.

두 개의 태양은 정치 세력으로서의 황제와 영계의 지도자인 교황이다.

하나님은 레위 지파에게 세상 유업을 허락하지 않으셨다.

게라르도는 트레비소 사람으로 단테가 《향연》에서 그의 덕성을 노래했다.

제17곡

원한을 품고 분노한 자들

1300년 3월 29일 월요일 오후 5시와 6시 사이다.

단테가 어두운 안개 속을 지나며 상상력을 발휘하여 분노의 장면을 떠올린다. 그때 천사가 날갯짓하며 단테 이마 위의 P자 하나를 지워준다. 사랑이 악으로 기울어 교만과 질투와 분노가 되고, 하나님을 사랑함이 부족하면 태만이 되며, 세상 행복을 과하게 욕심내면 탐욕이 된다.

1　독자여, 안개가 자욱한 산에서
　저편을 바라보는 것은 마치 엷은 막이 덮여있는
　두더지 눈으로 세상을 보는 것과 같았나니,

4　습하고 농후한 수증기가 피어오를 때
햇볕이 그 속을 파고들 수 있겠는가를
생각해 보라.

7　그리하면 내가 석양 무렵에
안개 속에서 만난 태양이 어떤 모양으로
기울어 갔는지를 짐작할 수 있으리라.

10　내가 스승의 인도를 따라
안개 밖으로 나왔을 때
햇살은 지평선 아래에서 힘을 잃고 있었다.

13　아, 곁에서 천 개의 나팔이 울려 퍼져도
우리를 완벽하게 분리시키는
인간 상상력의 위대함이여!

16　사람의 감각이 깰 수 없는 이 힘을
누가 이끄는 것일까? 하늘이 내리는 능력이나
빛이 아니면 무엇이 이 상상력을 자극하리오.

19　어느덧 내 머릿속에선
분노의 죗값을 치르기 위해 꾀꼬리가 된
프로크네의 노래하는 모습이 떠올랐나니,

22 내 영혼은 밖으로부터 오는
일체의 것들을 받아들이지 못하고
상상 속으로 빠져들었다.

25 그리하여 아스라한 환상 속에서
비 오듯 흘러내리는 모습이 있었는데,
원한을 품고 분노한 모습으로 장대에 달린 하만이었다.

28 그 옆엔 지체 높은 아하수에로 왕이 있었고,
왕비 에스더와 언행에 있어서
의롭고 완전하였던 모르드개도 보였다.

31 머지않아 그 장면이 사라지면서
마치 물이 수챗구멍으로 빠질 때
밑에서 올라오는 물거품처럼

34 문득 한 여인이 내 상상 속에서 떠올라
울면서 이르기를, "오, 어머니여! 어이하여 분노해
모든 것을 잃으셨나이까.

37 딸 라비니아를 지키려 자신을 포기했나니,
이는 결국 저를 버리신 것입니다. 제가 우는 것은
약혼한 투르누스의 죽음이 아닌 당신 때문이옵니다."

40 잠잘 때 빛이 들이치면
눈을 가늘게 뜨고 껌벅거리게 되지만
결국 잠기운은 사라지고 마는 것처럼,

43 익숙한 햇볕보다 더 강렬한 빛이
나를 향하며 지금까지의 여러 환상들이
한순간 달아나고 말았다.

46 내가 주변을 둘러보는데
한 목소리가 들려오길, "이곳으로 오르라."
이 말이 여러 생각들을 앗아가 버렸다.

49 말한 이가 누군지 알고 싶어 내가 간절했고,
또 그 모습을 대면치 아니하면
견딜 수 없을 것 같았다.

52 그러나 태양 앞에서 시력이 무력해지고
또 그 빛으로 해가 가리어지듯
내 시야도 그렇게 속수무책이었다.

55 그때 스승이 말하길, "우리가 청하지 않았는데
천사가 길을 가르쳐 주고는
자기는 그 빛 속에 숨는도다.

58 사람이 자신을 위하듯 천사가 우리를 배려했나니,
이는 상대 어려움을 보고 청함을 기다리는 것은
거절함이라 여겼기 때문이로다.

61 이제 위로 오르자꾸나.
여기에서는 날이 어두워지면
한 발자국도 나아갈 수 없노라."

64 길잡이가 하는 말을 들으며
내가 네 번째 권역으로 오르는 계단에
발을 내디뎠는데,

67 그때 천사가 날개를 부채질하여 내 얼굴에
바람을 일으키며 말하길, "화평케 하는 자여!
이제 그대에게 분노가 없노라."

70 어느덧 해가 빛을 잃으며 밤을 불러와
하늘 여기저기에서
별들이 얼굴을 내밀고 있었다.

73 그때 내 입에서 "어찌 이리도
힘이 없는가."라는 말이 저절로 나오며
두 다리가 힘을 잃어

76 마치 나루터에 이른 조각배처럼
나는 마지막 계단에 올라
꼼짝도 못 하고 있었다.

79 네 번째 권역에서 무슨 소리가
들리는 것 같아 내가 귀를 기울이며
스승에게 묻기를,

82 "인자하신 아버지여,
잠시 저에게 가르침을 주소서.
여기에서는 무슨 죄가 씻기나이까?"

85 그가 대답하길, "이곳은 게으름으로
지존을 향한 사랑의 의무에 태만했던 자들이
다시 노 젓기를 시작하는 곳이로다.

88 네가 내 말을 이해하려면
집중하여 들을 것이니,
그리하면 여기에서 좋은 열매를 거두리로다.

91 아들아, 창조주나 피조물이나 모두는
사랑을 아니 가져본 적이 없노라.
그중 인간은 본능적인 사랑과 이성적 사랑을 갖는데,

94 자연적인 본능의 사랑이야 그르칠 것이 없지만
이성적인 사랑은 그 힘이 그릇된 목적을 향하거나
넘치거나 부족하면 일을 망치노라.

97 그러나 이성적인 사랑이 최고의 선을 향하고
본능적인 사랑이 세상 행복을 조절하면
사악한 쾌락은 그런 자를 넘볼 수 없도다.

100 그런데 인간 이성이 악으로 기울거나
선善을 추구하며 모자람이 있거나 지나칠 때에
인간은 창조주를 거스르느니라.

103 여기에서 네가 알 수 있으리니,
이성적인 사랑은 마음에 덕의 씨앗을 심기도 하고
벌 받을 악의 씨를 뿌리기도 하노라.

106 그런데 인간의 사랑은
자기 행복을 목적으로 삼기 때문에
어느 누구도 자신을 미워하지 않으며,

109 또한 피조물은 행복의 근원이신 창조주로부터
분리되어 스스로 살아갈 수 없고
그분을 미워하며 행복해질 수도 없노라.

112 그러므로 사람이 사랑하는 불행은
나의 불행이 아닌 남의 불행인 것이니,
이것은 인간 본성에서 세 가지로 나타나도다.

115 셋 중 남을 무력하게 하여 자신의 우월함을
인정받으려는 교만이 있노니, 이것 때문에
사람은 위에서 아래로 추락하노라.

118 또 남이 높아지면 자기 능력과
명예와 권세가 약화될 것을 염려하여
그와 반대되는 상황을 열망하는 질투가 있고,

121 또한 원한을 품고 원수 갚는 일에
열의를 다 바치는 분노도 있나니,
이런 자는 반드시 남을 해칠 궁리를 하노라.

124 이런 잘못된 사랑 때문에 우리가 지나온 권역에서
영혼들이 울고 있었노라. 이제 너는 다른 죄를
정죄淨罪하는 자들에 대해 들어보아라.

127 사람들은 누구나 영혼에 안식을 주는 분을
어렴풋하게나마 알고 있기에 그분을 찾고
그분 앞에 이르고자 열망하노라.

130 그런데 그 사랑이 차지도 않고 덥지도 않은
태만한 자들이 있는데,
그들이 다음 권역에서 참회하고 있도다.

133 세상에도 선善이 있으나 그것으로는
결코 행복해질 수 없나니, 그 선은
좋은 열매를 내는 본질의 선이 아니기 때문이로다.

136 이 세상 선善에 취해 자아를 잃은 영혼들이
다음 권역의 세 둘레에서 울며 죄를 씻고 있노라.
그들이 셋으로 나누어진 이유를

139 네가 살펴서 찾도록 하여라."

• 1~39

두 시인이 석양 무렵에 안개에 휩싸인 분노의 영역을 떠난다.
단테가 상상력을 발휘하여 분노의 장면들을 떠올린다.
첫 번째 장면이 분노의 죗값을 치르기 위해 새가 된 프로크네이다.
분노로 꾀꼬리로 변한 이야기는 연옥 편 9곡의 13행에 나온다.
두 번째 장면은 자기에게 경의를 표하지 않는 모르드개에 분노하여 이스라엘 민족을 죽일 모략을 도모했던 하만이 오히려 자기가 만든 장대에 매달려 처형당하는 모습이다.
"왕을 모신 내시 중에 하르보나가 왕에게 아뢰되 왕을 위하여 충성된 말로 고발한 모르드개를 달고자 하여 하만이 고가 오십 규빗 되는 나무를 준비하였는데 이에 그 나무가 하만의 집에 섰나이다. 왕이 가로되 하만을 그 나무에 달라. 에7:9
단테가 본 세 번째 장면은 로마를 건국한 아이네이아스의 아내 라비니아 이야기다. 라티움의 왕비였던 어머니 아마타가 아이네이아스의 군대가 오는 것을 보며 딸의 약혼자 투르누스가 죽은 것으로 착각하여 절망하며 분노하여 목을 매 자살한다.

• 40~102

두 시인에게 천사의 음성이 들린다.
천사가 날개를 쳐서 이는 바람으로 단테 이마의 P자 하나를 지운다.
천사의 인도로 두 시인이 4번째 권역으로 이동한다.
하나님을 사랑하는 일에 태만한 자들이 자신의 죄를 씻는다.

사랑에 두 가지 종류가 있는데 하나는 모든 피조물이 공유하는 본능적인 사랑이고, 다른 하나는 자유의지를 통해 선택하는 이성적 사랑이다.
자유의지를 통해 드러나는 인간의 사랑은 세 가지 형태로 나타난다.
사랑이 악으로 기울면 교만과 질투와 분노가 되고, 하나님을 사랑하는 마음이 부족하면 나태함이 되며, 세상 행복을 지나치게 사랑하면 탐욕이 된다.

• **103~139**

하나님은 온갖 선의 본질이며 결과이고 모든 행복의 근원이다.
베르길리우스가 다시 한번 교만과 질투와 분노에 대해 말한다.
사람이 세상 행복을 추구하기 위해 지상의 선을 지나치게 탐하면 반드시 탐욕과 탐식과 음란의 죄에 빠진다.

제18곡

사랑에 태만했던 자들

1300년 3월 29일과 30일 사이의 자정 무렵이다.
연옥의 네 번째 권역에선 하나님을 사랑하는 일에 게을렀던 자들이 정죄한다. 단테가 스승에게 사랑이 선과 악의 근본이 되는 이유를 묻는다. 베르길리우스가 에피쿠로스 학파의 예를 들어 인간의 사랑이 언제나 선이 될 수 없음을 말한다. 그가 사랑과 자유의지에 대한 단테의 궁금증을 풀어준다.

1　고명高名하신 스승께서
설명을 마치고는 내가 만족하는지를
살피려 나를 돌아보았다.

4　그러나 새로운 갈증으로
안달이 난 내가 속으로 생각하길,
"정녕 내가 스승을 몹시도 괴롭히누나."

7　그러자 신실하신 분이
소심한 나를 헤아리며
하고 싶은 말을 하라 분부하더라.

10　내가 말하길, "스승이시여,
당신의 빛으로 제 눈이 밝아져
새로운 것을 보게 되었나이다.

13　그런데 사랑이 모든 선의 근본이며
또한 악의 원인이라고 하셨는데,
그 이유를 말씀해 주소서."

16　그가 이르기를, "너는 지성의 불을 밝혀
내 말을 들으라. 그리하면 모든 사랑을 찬미하는
장님들의 무지를 깨닫게 되리라.

19　사랑을 위해 태어난 인간은
아름다움에 눈을 뜨는 그때부터
자기가 좋아하는 것을 추구하노라.

22 인간은 실재에서 이미지를 이끌어 내고,
이를 의식 속에 펼쳐놓으므로
정신이 온통 그것을 향하게 되도다.

25 그 대상을 향한 인간 정신의 쏠림이
사랑인 것이니,
이것을 기뻐하는 것이 인간의 본성이로다.

28 불이 제 질료質料, element의 성질 때문에
기운이 오래 지속되는 화염계까지 오르려
위로 치솟는 것처럼,

31 사랑에 사로잡힌 마음이
욕망 속으로 들어가고 그것을 만끽하기까지는
인간은 내내 쉬지 못하노라.

34 그런데 사랑이란 어느 것이든
다 선한 것이라고 주장하는 자들에게는
진리가 숨겨져 있노니,

37 사랑의 대상이 다 좋아 보일 수 있지만
그러나 밀랍이 유익한 것이라 해도 나쁜 내용물에
봉인한다면 더러운 이름을 얻지 않겠느냐?"

40 내가 대답하길, “스승님의 가르침으로
제가 사랑이 무엇인지를 알았으나
새로운 의문이 일어나나이다.

43 만일 사랑이 외부의 자극으로 우리 안에 주어져
우리에게 아무런 선택의 여지가 없다면
인간은 옳고 그름에 대해 아무런 책임이 없겠나이다.”

46 그가 말하길, “여기서는 이성이 허락하는 만큼만
내가 말할 수 있고 그 이상은 신앙이 요구되기에
베아트리체가 너를 기다리노라.

49 영혼과 육체는 서로 분리되어 있지만
동시에 결합되어 있으므로 영혼은 육체 안에서
모든 것을 인식하고 사랑하는 이성적 능력을 갖노라.

52 만약 인간에게 이런 이성의 역할이 없다면
마치 식물의 생명을 푸른 잎사귀에서 확인하듯
인간은 결과로만 파악될 수 있는 존재가 되리라.

55 그러하면 인간은
이성과 원초적 욕망이
어디로부터 오는지 알지 못하고,

58 마치 꿀벌이 꿀을 빚는 본능으로 살아가듯
그렇게 되어 인간의 이성과 무엇을 욕구하는 의지는
상벌의 대상이 되지 못하노라.

61 그러나 인간은 이런 본래적 욕망과 함께
선악을 분별하고 선택하는 이성을 가졌기에
타협과 합의의 문지방을 의지로 넘게 되노라.

64 이것이 인간으로 선을 받아들이고
악을 경계하게 하여 공과功過의 원인을
판단하게 만드는 기본 원리가 되도다.

67 사람의 이런 속성을 깨달은 현자賢者들이
인간의 타고난 자유의지를 이해했기에
세상에 도덕률을 남겼노라.

70 그러므로 사람 마음에서 사랑의 불길이
타오르는 것은 필연적이지마는
그것을 조절하는 능력도 주어졌나니,

73 이 고귀한 능력을 베아트리체는 자유의지라
말했노라. 너는 그분이 이것을 언급할 때
마음속에 깊이 간직하려무나."

76 거의 한밤중이 되어서야 늑장을 부리던 달이
새빨갛게 달구어진 양푼처럼 빛을 발하며
별들을 희미하게 하더라.

79 사르데냐 섬과 코르시카 섬 사이로 기울어
로마를 붉게 물들이는 태양의 길과는 반대인
이 연옥의 달이 서에서 동으로 달려가는데,

82 만토바의 작은 피에톨라 마을을
유명하게 만든 나의 스승이
내 의문의 짐들을 이렇게 내려놓게 했다.

85 명료한 대답으로 궁금증을 해결한 내가
이제 긴장이 풀리면서 졸음에 겨워
배회하는 사람처럼 있었는데,

88 그러나 졸리는 것도 우리 등 뒤에까지
쫓아온 영혼들로 인해
한순간 사라지고 말았다.

91 옛날 테베인들이 수호신 박쿠스의 도움을 청하려
이스메누스와 아소푸스 강둑을 등불을 들고
광기를 부리며 뛰어다녔던 것처럼,

94 나태한 영혼들이
선한 뜻과 사랑의 채찍에 내몰려
요란하게 내달리다가

97 많은 무리가 우리에게로 몰려들며
내 앞에 서서는
앞선 자 둘이 울면서 소리치길,

100 "마리아가 일어나 산중으로 달려가고
카이사르는 알레르다를 정복하려
마르세이유를 포위하고 스페인을 향했도다."

103 뒤따르던 자들도 외치길, "우리 사랑이
부족했으니 어서 바삐 서둘러라.
선행을 위한 노력이 자비를 이끌어 낼 수 있도록."

106 "아, 선을 행하는 일에 미지근하여
나태했던 영혼들이여!
이제야 불꽃같은 열정으로 죄를 만회하는도다.

109 내 그대들에게 거짓을 말하지 아니하노니,
이자는 살아있는 사람으로 해가 뜨면
이곳을 떠나야 하므로 우리에게 출구를 보여주오."

112 길잡이가 이렇게 말하자
저들 가운데 한 영혼이 대답하길,
"우리를 따라오면 문을 만나리다.

115 세상에서 게을렀던 우리는 한순간도
지체할 수 없어 달리노니,
그대는 우리가 무례할지라도 용납하오.

118 나는 밀라노 사람들이 지금도 싫어하는
바르바롯사 황제 치하에서
베로나의 산 제노 성당의 수도원장이었소.

121 그런데 오늘날 발 하나가 무덤에 묻힌 그곳 군주가
절름발이 서자庶子를 수도원 원장으로 세웠나니,
그자는 그 일로 통곡할 것이오.

124 모세 율법에 육체에 흠이 있는 자는
사제가 될 수 없다 했는데, 그가 불의하게 낳은
자식을 목자의 자리에 앉혔다오."

127 그가 이 말을 하고는 우리에게서 멀어지며
또 무슨 말을 했는지 기억이 나질 않으나
나는 그의 말을 들으며 흥미진진했었다.

130 필요할 때마다 도움을 주는 길잡이가
내게 이르기를, “나태함으로 슬피 울며
달려오는 저 두 영혼을 보라.”

133 그때 뒤에서 달리던 자가 외치길,
“홍해를 건넌 족속들이 요단강이 그 후손들을
보기도 전에 게으름으로 광야에서 다 죽었노라.

136 또 안키세스의 아들 아이네이아스와
끝까지 함께하지 않고 시칠리아 섬에 남았던 자들은
태만으로 보람도 없이 생을 마쳤도다.”

139 그 영혼들이 빠르게 달려
우리에게서 멀어져 볼 수 없게 되면서
내 마음에 묘한 감정이 일었고,

142 또 그것에 다른 생각이 중첩되면서
나는 상당한 혼란 속에서
갈피를 잡지 못하고 눈을 감았는데,

145 생각이 꿈속으로 녹아들더라.

• 1~48

네 번째 권역에서 하나님 사랑에 나태했던 자들이 벌을 받고 있다.
단테가 베르길리우스에게 사랑이 선과 악의 근원인 이유를 묻는다.
베르길리우스가 인간의 이성과 지성의 범주에서 사랑을 논한다.
인간의 사랑이란 언제나 선의 원인이 될 수 없다고 말한다.
단테가 베르길리우스의 목소리를 빌어 육체의 쾌락이 인간이 행복해지는 비결이라고 주장하던 에피쿠로스학파를 비판한다.
모든 사랑이 아름답다고 말하는 자들을 소경이라 말한다.

• 49~105

인간의 사랑이 이성의 간섭을 받아야 자유의지를 지닌 사랑이 된다.
베아트리체는 이러한 이성의 기능을 자유의지라 말했다.
베르길리우스가 사랑과 자유의지에 대한 모든 궁금증을 풀어준다.
자정 무렵 달이 떠오르며 별들은 빛을 잃고 단테에게 졸음이 엄습한다.
태만의 죄를 지은 영혼들이 죄를 씻기 위해 각성하며 분발한다.
단테가 세상에서 나태하지 않고 열심히 살았던 두 사람을 소개한다.
마리아가 성령으로 잉태되었다는 소식을 천사를 통해 듣고 사가랴의 집으로 달려가 엘리사벳에게 소식을 전하는 모습과, 카이사르가 폼페이우스가 통치하던 알레르다를 정복하기 위해 마르세이유를 포위하고 나서 자신은 그곳을 떠나 스페인으로 신속하게 달려가 폼페이우스 군대를 격파한 장면을 통해 세상에서 나태하지 않고 근면

하게 산 경우를 보여준다.

• 106~145

두 시인이 연옥의 4번째 출구를 향하여 나아간다.
이곳의 영혼들은 끊임없이 뛰어야 하는 재촉의 벌을 받고 있다.
수도원의 원장을 통해 베로나의 군주 알베르토 델라 스칼라 소식을 듣는다. 죽음이 임박한 그1301년 사망가 자신의 서자이며 절름발이 아들을 수도원의 원장으로 임명하므로 하나님에게 받을 무서운 형벌을 예고한다.
단테는 여기에서 게으름으로 인해 망한 두 부류의 사람들을 소개한다.
첫째는 성경 속 인물들로 홍해 바다를 가르고 애굽을 탈출한 이스라엘 민족이다. 불만과 원망과 게으름으로 요단강과 가나안에 이르지 못하고 광야에서 다 죽었다.
다른 부류의 사람들은 트로이에서 도망한 무리들로 로마 건국의 주역이었던 아이네이아스와 끝까지 동행하지 않고 태만하여 중도에 시칠리아에 안주하므로 영광을 맛보지 못한 자들이다.

제19곡

탐욕의 삶을 산 자들

1300년 3월 30일 화요일 새벽이다.

단테가 꿈속에서 인간을 유혹하는 죄의 요정 세이렌을 만난다. 추한 존재인 그녀가 망상에 사로잡힌 인간들을 아름다운 노래와 겉모양으로 매료시킨다. 두 시인이 연옥의 다섯 번째 권역을 오르며 세상 낙을 탐닉하며 탐욕의 삶을 산 자들이 수족이 묶인 채 엎드려 울면서 기도하는 모습을 본다.

1 한낮의 열기가 지구의 냉기와
냉랭한 토성으로 인해 사라지고
달의 차가운 기운을 이기지 못하는 새벽이었다.

4 동트기 전인 이 시간은
점쟁이들이 어슴푸레한 동녘의 별을 보며
운수運數를 점칠 때인데

7 내 꿈에 한 여인이 나타났나니,
말을 더듬는 그녀 눈은 사팔뜨기이며
다리는 뒤틀렸고 팔은 잘렸으며 얼굴은 파리하더라.

10 밤의 냉기로 인해 얼었던 몸을 해가 녹여주듯이
나의 관심 어린 시선이
그녀의 굳은 혀를 풀리게 했고

13 뒤틀린 몸을 바로잡아 주었으며,
창백한 얼굴마저 사람이 사랑에 빠졌을 때처럼
화색을 돌게 하였다.

16 그녀가 노래를 부르기 시작했고
나는 한순간도 그녀에게서
시선을 뗄 수가 없었다.

19 "나는, 나는 어여쁜 세이렌,
뱃사공으로 나의 달콤한 노래에 취하게 만들어
바다 한가운데서 홀리게 하도다.

22 나는 방랑의 길을 떠난 오디세우스를
실패자로 만들었고, 나와 함께하는 모두를
나에게서 헤어나지 못하게 하였도다."

25 세이렌이 이렇게 노래하고 있을 때
갑자기 한 여인이 나타나
그녀를 가로막으며

28 노기를 참지 못하고 소리치길,
"오, 베르길리우스여, 이자가 누구인가?"
내 스승이 고귀한 여인을 바라보다가

31 갑자기 세이렌을 붙잡고 옷을 찢으며
앞자락을 젖히고 배를 보였는데,
풍기는 악취로 내가 꿈에서 깨어났다.

34 내가 일어나 스승을 향했는데
그가 이르기를, "내가 너를 세 번 불렀노라.
이제 가자꾸나."

37 벌써 거룩한 산의 둘레마다
햇살이 비치고 있었고
우리는 솟는 해를 등지고 서쪽으로 나아갔다.

40 내가 무지개 모양처럼
그렇게 고개를 숙이고는 사색에 잠겨
길잡이를 따르고 있었는데,

43 문득 필멸必滅하는 세상에서 들을 수 없는
거룩하고 자애로운 음성이 들렸다.
"여기에 길이 있으니 이리로 오라."

46 이렇게 말한 천사가 백조의 깃으로
날갯짓하여 위로 솟아오르며
바위 사이로 난 길로 우리를 인도하고는,

49 날개를 흔들어 바람을 일으켜
내 이마의 P자 하나를 씻으며 말했다.
"애통하는 자는 복이 있나니 위로를 받으리로다."

52 천사가 떠나고 우리가 위로 오르는데
길잡이가 내게 묻기를,
"무슨 일로 아래만 보느냐?"

55 내가 대답하길,
"꿈에 나타난 환영幻影을 떨치지 못해
제가 정신을 차리지 못하나이다."

58 스승이 말하길, "네가 태초로부터 있는
늙은 요부妖婦, sorceress를 보았도다.
이제 영혼들이 저에게서 어떻게 풀려나는지를 보리라.

61 이제 너는 땅을 박차고
온 우주를 섭리하시는
영원하신 하나님의 부르심에 눈을 돌리라."

64 제 발끝만을 바라보던 매가
자기를 부르는 소리에 몸을 돌리고는
먹이를 향해 질주하듯이

67 그때 내가 그러했나니,
바위가 위로 오르는 자를 위해 갈라놓은 틈으로
내가 새로운 곳을 향해 나아갔다.

70 머지않아 우리가 다섯 번째 권역으로 들어가며
앞을 보았는데, 수많은 자들이
바닥에 엎드려 울고 있었다.

73 "내 영혼이 땅에 붙었도다."
한숨을 내쉬며 이렇게 탄식하는
영혼들을 향해

76 시인이 말하기를, “의와 희망으로
모진 고통을 감내하는 자들이여,
저 높은 곳으로 가는 길을 가르쳐 주오.”

79 “빠르고 안전하게
위로 오르려면
항상 오른손이 밖을 향해야 하리다.”

82 고개 숙인 무리 중에
시인의 청함에 이렇게 말한 자를
내가 목소리를 통해 알아차리고는

85 길잡이를 보았는데,
그가 나의 간절한 열망에 갈채를 보내며
눈웃음을 치더라.

88 내가 스승의 지지를 받으며
조금 전 우리에게 대답한 자에게로
가까이 가서 청하기를,

91 “정죄淨罪함이 없이는 하나님께
나아갈 수 없기에 눈물로 인내하는 영혼이여!
나를 위해 잠깐 걸음을 멈추시오.

94 그대는 누구며 무슨 일로
등이 하늘을 향하느뇨? 내가 세상에 돌아가
그대를 위해 무엇을 해주길 바라오?"

97 그가 대답하길, "그대는 우리가 왜
하늘을 등지고 있는지를 곧 알게 될 것이고,
또 내가 누구인 것도 그리하리다.

100 시에스트리와 키아베리 사이에
아름다운 강 라바냐가 흐르고 있는데,
그 이름은 우리 조상의 이름을 딴 것이었소.

103 세상 흙탕물을 경계하던 내가
망토가 무거운 것을, 그것을 어깨에 걸친 지
한 달이 지난 후에야 알게 되었소.

106 아, 내 회개는 너무 늦었다오.
내가 로마의 목자가 되고 나서야 비로소
내 인생이 그릇된 것을 알았소.

109 내가 늘 마음의 평정을 누리지 못하고
또 더 이상 오를 자리가 없음을 알면서도
세상 욕심이 내 안에서 불탔다오.

112 결국 내가 하나님과 상관이 없는
탐욕의 삶을 산 것을 깨달았고,
그래서 여기에서 이렇게 허물을 씻는다오.

115 탐욕이 어떤 결과를 초래하는지는
회개하는 자들의 정죄淨罪 속에서 드러나나니,
이 산에서 이보다 더 고통스러운 벌은 없다오.

118 세상에서 우리 눈이 땅의 것에 틀어박혀
하늘을 보지 못했던 것처럼 이제는
하나님의 정의가 우리 눈을 땅에 잠기게 한다오.

121 탐욕이 일체의 선에서 우리를 망쳐놓으므로
사랑할 수 없게 만든 것같이
하나님의 정의가 우리 손과 발을

124 땅바닥에 묶어놓았소.
그래서 정죄를 통해 의로운 분의 뜻이 채워지기까지
우리는 엎드러져 꼼짝도 못 한다오."

127 내가 그분 앞에서 무릎을 꿇으려 했으나
그가 내 말의 떨림을 듣고는
내 마음을 알아차리고 말하길,

130 “이렇게 몸을 굽히는 것은 무슨 연유요?”
내가 대답하길, “당신의 권위 앞에서
바로 서있음을 제 양심이 허락하질 않나이다.”

133 그가 이르기를, “형제여, 일어나오.
나는 그대뿐만 아니라 모든 영혼들과 함께
하나님의 권능 앞에 있는 종이라오.

136 장가도 아니 가고 시집도 아니 가고 모두가
하늘의 천사들과 같다는 말을 그대가 아노니,
내가 이렇게 말하는 뜻을 알리다.

139 이제 가오. 더 이상 그대를 붙들 수 없노니,
허물을 눈물로 씻는 일에 그대 머무름이
오히려 방해가 된다오.

142 내 고향에 알라지아라 불리는 질녀가 있소.
그 아이가 가문의 몹쓸 본에 물들지 않았다면
그 아이는 지금도 천성이 고울 것이오.

145 나를 위한 기도를 부탁할 자는 그 아이밖에 없소.”

• 1~51

단테가 꿈속에서 아름답게 노래하는 세이렌을 만난다.
그녀는 시칠리아 인근의 반인반어의 바다 요정으로 뱃사람들을 홀린다.
연옥에서 만난 그녀가 사팔뜨기이고 팔은 잘렸으며 안색이 파리하다.
베르길리우스가 그녀의 옷을 들추니 배에서 썩는 악취가 풍긴다.
결국 세이렌은 인간을 유혹하는 죄의 상징으로 추한 존재이다.
그녀가 망상妄想에 사로잡힌 인간을 노래와 외모로 매료시킨다.
세이렌의 유혹에 사로잡히면 인간은 그녀에게서 헤어나지 못한다.
고귀한 여인 루치아는 하나님의 은혜를 상징한다.

• 52~99

천사가 단테의 이마에서 P자 하나를 씻어주며 떠난다.
시인들이 연옥의 다섯 번째 권역에 들어왔는데, 여기에선 탐욕과 낭비벽으로 산 자들이 벌을 받고 있다.
영혼들이 하나님 공의를 따라 주어진 고통을 감내하며 희망을 갖는다.
하나님이 온 우주의 신비와 하늘 위의 뭇별들의 아름다움을 통해 인간 영혼을 당신께로 이끄신다.
단테가 땅바닥에 붙어 탄식하며 정죄하는 교황 하드리아누스를 만난다.
그는 1276년 7월에 교황이 되지만 불과 38일 만에 죽는다.
"우리 영혼은 진토塵土에 구푸리고 우리 몸은 땅에 붙었나이다. 일

어나 우리를 도우소서. 주의 인자하심을 인하여 우리를 구속하소서.” 시44:25,26

- **100~145**

베르길리우스가 무리들에게 위로 오르는 길을 묻는다.

교황 하드리아누스가 오른쪽 방향으로 가라고 하며, 세상 행복이라고 하는 것은 다 헛된 것이라 말한다.

자신을 위한 기도를 부탁하며 단테에게 작별을 고한다.

땅의 것만을 바라보며 탐욕의 삶을 산 자들이 땅에 엎드려 산다.

제20곡

탐욕의 삶을 산 자들

1300년 3월 30일 화요일 오전이다.
연옥의 다섯 번째 권역에서 단테가 위그 카페를 통해 청빈의 본을 보인 마구간의 아기 예수와 뇌물을 거부한 로마의 집정관 파브리치우스 이야기를 듣는다. 위그 카페가 자기 후손들의 탐욕을 고발하며 하나님의 복수를 간절하게 빈다. 인간은 낮에는 성모처럼 성결하며 인자한 척하며 살지만 밤이 되면 배반하고 도둑질하며 탐욕의 길을 간다.

1　의지가 더 큰 의지에 불복함은 해로운 것이기에
　나는 그분 뜻을 받들어

못다 적신 갯솜sponge을 물에서 건졌다.

4 우리가 마치 성벽에 붙어
가장자리를 붙잡고 가는 사람처럼
벽 쪽으로 밀착해 길을 나선 것은

7 온 세상을 장악한 죄의 권세를
눈물로 씻는 영혼들이
둘레의 끝에까지 가득했기 때문이었다.

10 아, 늙어빠진 탐욕의 암늑대야! 하늘의 저주를
받을지어다. 끝없이 갈망하는 인간의 목마름으로
너는 다른 짐승들보다 먹잇감이 풍부하도다.

13 하늘의 별들과 천체의 움직임으로
사람 운명이 좌우된다는 헛된 믿음을
몰아낼 초월자는 언제나 오시려나.

16 우리가 천천히 걸으면서
애처롭게 울고 있는 영혼들을
살피고 있었는데,

19 갑자기 해산하는 여인의 외침 같은

간절한 목소리가 들렸다.
"자비로우신 마리아여!

22 당신은 가난한 삶을 사셨나이다.
당신 아들 예수께서 마구간에서 태어나셨음이
이를 보여주나이다.

25 오, 인자하신 파브리치우스여!
당신은 불의와 함께 부귀영화를 누리기보다
가난하지만 덕 있는 삶을 사셨나이다."

28 아, 이 말들이 얼마나 나를 기쁘게 했던가!
내가 노래 부른 영혼을 찾기 위해
소리 난 곳으로 가는데,

31 또 그 영혼이
니콜라우스가 가난한 세 처녀에게 보화를 주어
명예로운 삶을 살게 한 것을 말하더라.

34 내가 묻기를,
"아름다운 노래를 부르는 자여,
그대가 누구이기에 이 값진 노래를 들려주느뇨?

37 이제 끝을 향해 치닫는 내 짧은 생을
마저 매듭지으려 세상으로 돌아가면
반드시 그대를 위한 선인들의 기도를 청하리다."

40 그가 말하길, "내가 외친 것은
기도의 은혜를 구하려 함이 아니었소.
다만 그대에게 하늘의 은총이 함께하기 때문이오.

43 나는 믿음의 나라를 그늘지게 만든
악한 나무의 뿌리였소. 그래서 우리 집안에서
선한 열매를 맺는 것은 불가능하다오.

46 내가 기도하는 바는 두에이, 릴, 겐트,
부뤼지가 연합하여 폭력으로 그곳들을 탈취한
내 자손 필립 4세에게 복수하는 것이라오.

49 나는 내 고향에서 위그 카페라 불렸소.
나로부터 태어난 자들이 필립과 루이라는 이름으로
지금의 프랑스를 통치하고 있소.

52 나는 파리에서 백정의 아들로 태어났는데,
이전 샤를 왕가의 사람들이 사라지고
오직 잿빛 옷을 입은 사제가 남았을 때,

55 왕국의 고삐가 내 손에 들리며
거대한 권력이 나에게 주어졌고
수많은 추종자들이 내 곁에 있음을 알았소.

58 나는 주인 없는 왕관을
내 아들 머리에 씌워주었고
그리하여 새로운 왕가의 뼈대가 구축되었다오.

61 그러나 프로방스 지방의 상속녀가 가져온 엄청난 지참금이
내 자손들에게서 수치심을 앗아가 버렸다오.
그 전까지는 그들이 변변치 못했지만 악하지는 않았소.

64 이후 그들은 폭력과 약탈을 일삼아
영국 영토인 퐁띠에와 노르망디와
가스코니를 집어삼켰다오.

67 또 루이 9세의 형제 샤를 앙주가 이탈리아를 침공해
나폴리 왕국의 코라디노를 살해하고는 자신의 비행을
고발할까 염려해 토마스 아퀴나스를 독살했다오.

70 내가 짐작하건대 머지않아 다른 샤를이
자기 나라 프랑스에서 나와
족속의 더러운 이름을 널리 알릴 것이리니,

73 그는 군대도 동원하지 않고
가룟 유다가 가지고 겨누던 배신의 창을 들고
그 끝으로 피렌체의 창자를 터뜨릴 것이오.

76 그러나 그가 얻은 것은 땅이 아니고
죄악과 수치일 뿐이리니, 염치없는 그에게
죄로 인한 고통이 더욱 가중될 것이라오.

79 일찍이 아라곤 왕에게 잡혔다 풀려난 또 다른 샤를은
마치 해적이 남의 딸을 납치해 돈으로 거래하듯
자기 딸들을 흥정에 붙여 막대한 부를 챙겼다오.

82 오, 탐욕이여! 내 혈족이 너에게 사로잡혀
자신의 피붙이조차 돌아보지 못하거늘,
네가 할 수 있는 더 악한 일이 무엇이란 말이냐?

85 그러나 이 모든 죄악들을 사소하게 만드는 짓을
필립 4세가 감행했나니, 자신을 파문破門한 그리스도의 대리자가
머무는 알라냐에 심복들을 난입시켜 그를 납치했다오.

88 결국 주님께서 또 다시 조롱당하시고
쓸개즙과 신 포도주를 마시고는
살아있는 도적들 가운데서 죽으셨소.

91 내가 거기에서 또 다른 빌라도를 보았나니,
간악한 그자가 만족함을 모르고
성전 안에서 탐욕의 돛을 활짝 펼쳤다오.

94 오, 주님이시여! 당신의 의지 속에
감추어 두신 분노를 통해 내리실 징벌을
제가 어느 때에나 보며 기뻐할 수 있겠나이까?

97 성령으로 말미암아 잉태하신,
성령의 유일한 신부인 성모께서
그대를 내게 이끌어 내 말을 듣게 하시나니,

100 우리는 기도하는 것처럼
낮에는 청빈의 예를 외는 것을 반복하고,
밤이 되면 인색함과 탐욕을 뉘우친다오.

103 그래서 밤이 되면 황금에 눈이 멀어
동생 남편을 살해하고 그의 재산을
도둑질한 피그말리온과,

106 손을 대는 것마다 금으로 변하기를 빌어
음식마저 금이 되어 굶어 죽음으로
세상의 웃음거리가 된 마이더스의 슬픈 운명과,

109 여리고 성의 노획물을 훔쳐
여호수아의 분노가 아직도 물어뜯는 아간을
우리 모두가 한탄한다오.

112 우리는 아나니아와 그의 아내 삽비라를 비난하며,
앗수르의 헬리오도로스가 예루살렘을 약탈할 때 그를 걷어찬
말발굽을 칭찬한다오. 또 재산을 뺏으려 트로이 왕자 폴리도로스를 살해한

115 폴리메스토르의 치욕적인 이름이 이곳에서
조리돌림을 당하고 있고, 얼마 전에는 이런 외침도 있었다오.
'로마의 크라수스야, 황금의 맛이 어떠하더냐?'

118 우리가 여기에서 거세게 부르짖고
때로는 나직이 말하는 것은
우리들 감정의 기복에 따른 것이라오.

121 앞에서 그대가 들었던 선[善]한 노래는
나 혼자 외친 것이 아니었소. 다만 다른 영혼들이
목청을 돋우지 않은 까닭이었소."

124 이 말을 하고는 그가 우리에게서 멀어졌고,
나는 온 힘을 다해 위로 오르기 위해
발걸음을 재촉했다.

127 그런데 갑자기 온 산이 무너지는 것처럼
심한 떨림이 있었는데 그 순간 나는
죽음의 공포로 그 자리에 얼어붙었나니,

130 헤라의 질투를 받던 레토가 아폴론과 디아나를
해산하기 위해 부평초와 같은 섬을 타고
떠돌다 멈출 때에도 그렇게 흔들리진 못했으리라.

133 그리고는 사방에서 함성이 들려왔다.
스승이 내게 다가와 말하기를,
“내가 인도하니 두려워 말라.”

136 그래서 내가 정신을 차리고는
영혼들의 노래에 귀를 기울였는데,
“지극히 높은 곳에서는 하나님께 영광” 하더라.

139 이 노래를 처음 들었던 동방 박사들처럼
우리가 놀라서 꼼짝도 못 하고
노래와 진동이 멎을 때까지 그 자리에 있다가는,

142 땅에 엎드린 영혼들의 탄식과
한숨 짓는 소리를 들으며
우리가 거룩한 여정을 다시 시작했다.

145 돌이켜 보건대 내 기억이 틀림이 없다면
그때 그 산의 진동의 원인과
함성의 이유를 알고 싶은 열망처럼

148 나를 거세게 몰아간 것은 이제껏 아무것도 없었다.
그러나 우리가 지체할 수 없었으므로
아무것도 살피지 못하는 아쉬움 속에서

151 나는 오직 그 생각에 사로잡혀 길을 갈 뿐이었다.

• **1~51**

단테가 하드리아누스의 요청에 따라 헤어진다.

교황은 헤어져 죄를 씻으려 하고 단테는 그와 대화를 더 갖고자 한다.

탐욕의 죄를 씻는 무리들이 가득해 두 시인이 난간에 붙어 이동한다.

단테가 인간의 탐욕을 저주하며, 당시에 유행하던 점성占星 이론이 구세주의 강림을 통해 사라지기를 간절하게 빈다.

단테가 987년에 프랑스의 왕이 된 위그 카페를 통해 탐욕의 죄와 대립되는 청빈의 본을 보여준다.

첫 번째 예로 마구간에서 아기 예수를 낳은 마리아를 소개하고, 두 번째는 로마의 집정관이었던 파브리키우스를 말한다.

파브리키우스는 당시에 관행이었던 뇌물을 거부하며 탐욕과 사치의 삶이 아닌 청빈과 절제의 삶을 산 자다.

세 번째 예는 팔려가는 가난한 세 자매에게 세 개의 돈주머니를 선물함으로 그녀들이 존중받는 삶을 살게 만든 성 니콜라우스에 대한 전설을 언급한다.

위그 카페는 자신이 후손들의 기억에서 잊힌 존재이기에 단테의 친절한 중보기도 제의를 거절한다.

그는 987년에 프랑스 왕이 되어 996년에 죽었다.

그의 후손으로서 왕이 된 필립 4세가 1299년 플랑드르를 침략하였으나 1302년 쿠르트레이 전투에서 프랑스 군대가 대패하며 그가 추방된다

• **52~96**

위그 카페987~996 재위가 자신은 그리스도인들에게 악을 행하던 가문의 우두머리라 말하며, 파리에서 백정의 자식으로 태어났다고 고백하지만 사실은 그의 부친은 프랑스 왕국의 공작이었다. 이것을 단테가 잘못 알고 말한 것이며, 이 일로 인해 프랑스와1세1515~1547는 이 《신곡》을 금서禁書로 지정했다.

위그 카페 가문은 프랑스의 메로빙거 가문과 카롤링거 가문을 이은 제3의 왕가로서 위그 카페를 이어 왕이 된 필립들과 루이들이 있었으나, 그들이 하나님 보시기에 심히 악한 일을 행하므로 그들에게 하나님의 복수를 위그 카페가 빌고 있다.

루이 9세1226~1270의 형제 샤를 앙주가 프로방스의 상속인인 베아트리체와 결혼하면서 그 지방이 프랑스에 합병되며 왕조가 탐욕에 사로잡혀 국가에 폭력과 사기가 난무하게 되었으며, 영국의 영토를 약탈하고 나폴리와 시칠리아를 침략했다.

샤를이 1265년 이탈리아 군대를 이끌고 나폴리를 침공하였으며, 자신의 비행이 세상에 드러날까 염려하여 신학자이며 철학자인 토마스 아퀴나스1224~1274를 독살했다고 말한다.

위그 카페는 자신의 후손인 필립 4세1268~1314가 하나님의 대리자 교황 보니파키우스 8세와 반목하다가 파문破門을 당하자, 두 사람을 보내 교황을 로마의 알라냐에서 납치하여 온갖 수모와 협박을 가했다고 말한다. 충격을 받은 교황이 한 달 만에 죽는다.

위그 카페는 교황의 죽음에서 예수의 죽음을 떠올리고 교황을 납치한 살아있는 두 사람을 십자가상의 두 강도에 비유하여 말한다. 또 하나의 빌라도 역시 필립 4세로 십자군 전쟁 때 생긴 성전기사단을 해체하고 그 재산을 사유화했다.

• **97~151**

사람은 낮에는 성모처럼 성결하고 인자한 모습으로 사는 척하지만 밤이 되면 서로 배반하고 도둑질하며 탐욕의 길을 간다. 이러한 인간들처럼 이곳에서도 낮에는 청빈을 노래하고 밤에는 탐욕을 반성한다.

황금에 눈이 어두워 여동생의 남편을 살해한 페니키아 두로 왕 피그말리온과 손을 대는 것마다 금이 되게 해 달라고 바쿠스 신에게 빌었던 미다스의 탐욕을 영혼들이 상기하며 자신들의 탐욕을 회개한다.

요단강을 건넌 이스라엘이 여리고 전투에서 승리하지만 노획한 금과 은을 아간이 땅속 깊이 숨겨 여호와의 진노를 불러들였다. 전투에서 참패한 여호수아가 아간과 그의 일족을 돌로 쳐 죽인다.

아나니아와 삽비라는 사도행전에 등장하는 인물로 사도들을 속이고 땅을 판 값의 일부를 숨기려 하다가 죽은 인물이다.

트로이의 왕 프리아모스가 트라키아 왕 폴리도로스에게 자기의 아들을 부탁했는데, 왕자의 재산이 탐이 나서 그를 죽여 바다에 버린다. 아들의 시체를 발견한 어머니가 트라키아 왕의 두 눈을 빼서 죽임으로 원수를 갚는다.

크라수스는 카이사르와 폼페이우스와 더불어 로마의 삼두정치를 이끈 자로 황금에 대한 욕심이 강한 자였다. 그가 기원전 53년에 파르티아 원정에서 패배하여 죽게 되었을 때 그 나라 왕이 그의 잘린 목에 황금을 녹여 부었다 한다.

레토가 제우스와 관계를 가지므로 헤라의 질투를 받아 델로스 섬을 타고 이곳저곳을 떠돌다가 해의 신 아폴론과 달의 신 디아나를 낳으며 이 섬이 고정되었다 한다. 오비디우스의 《변신》

제21곡

영혼 구원을 위한 땅의 진동과 함성

1300년 3월 30일 부활주간 화요일 오전이다.

연옥의 다섯 번째 권역을 지나며 두 시인이 로마의 시인 스타티우스를 만난다. 땅의 진동과 천둥 같은 함성의 이유는 영혼이 죄를 씻고 하늘로 오르는 움직임 때문인 것을 단테가 알게 된다. 스타티우스가 시에 대한 자신의 열정의 뿌리는 베르길리우스의 《아이네이아스》라 말한다.

1 사마리아 여인이 갈망하던 생수가 아니면
풀 수 없는 의문이
나를 사로잡아 괴롭히는 가운데,

4 재촉하는 길잡이를 따라가며
정죄淨罪하는 무리 속에서
하나님의 의로운 복수를 보며 슬펐다.

7 그때 누가가 기록한 대로
부활하신 주님이 엠마오로 가는
두 제자에게 자신을 드러내신 것처럼,

10 내가 발밑에 엎드린 자들을 살피려
아래를 주목하며 걷는데,
한 영혼이 뒤로 다가와 말했다.

13 "형제들이여,
하늘의 평화가 함께 하기를!"
길잡이가 뒤돌아 그를 보며 이르기를,

16 "끝이 없는 귀양지인 림보로
나를 보내신 하늘의 법정이
그대를 축복의 자리로 인도하길 바라오."

19 그러자 그가 말하길, "하나님께서
오르게 하지 아니하시면 어느 누가
천국으로 가는 사다리를 탈 수 있겠느뇨."

22 스승이 말하길, “그대가 이 사람 몸에
천사가 새긴 P자들을 보면
이자가 천국의 성자들과 함께할 자임을 알리라.

25 그러나 운명의 여신 클로토가 이 사람을 위해
꼰 실로 밤낮없이 길쌈하는 라케시스가
아직도 그림을 다 그리지 못했나니,

28 이자는 그대와 나와 같은 피조물이지만
아직도 육체 안에 거하여 시야가 좁아
저 위로 오를 수가 없다오.

31 그래서 내가 지옥의 목구멍인 림보에서
불려 나와 안내하고 있노니,
내게 허락된 곳까지 인도하고 있소.

34 그런데 조금 전 무슨 일로 산이 요동쳤고,
또 영혼들이 바닷물에 발을 적시는
기슭으로부터 올라온 함성은 무엇이오?”

37 그 물음이 내 의문의 바늘귀에 실을 꿰어
내 갈증은 한순간 희망으로 부풀어 올라
나로 더한 기갈을 느끼게 했다.

40 그가 입을 열어 말하길, "이곳은
거룩한 곳이기에 법도와 관습에 어긋나는
일체의 것들을 용납하지 않는다오.

43 또 여기는 자연 현상으로부터
자유로운 곳이며 하늘의 원인으로만
변화가 이루어진다오.

46 그리하여 비와 우박과 눈도, 이슬과 서리도
베드로의 세 개의 계단으로부터 시작된
이 연옥 문 안으로는 내리지 않노니,

49 짙은 구름과 옅은 구름은 물론
번갯불과 이리저리 자리를 바꾸는,
타마우스의 딸 무지개도 여기엔 없고

52 또 물기 없는 증기蒸氣마저도
베드로를 대신한 천사가 발을 딛고 있는
계단 위로는 솟지를 못한다오.

55 내가 그 까닭을 모르는, 땅속의 바람과 같은
기운으로 세상이 흔들릴 수는 있겠지만
이 위는 요동친 적이 없다오.

58 그러나 이곳이 진동하고 합성이 울려 퍼지는 것은
오직 한 영혼이 정죄淨罪를 통해
정결함을 입고 위로 오르기 때문이오.

61 영혼은 자기 죄가 씻긴 것을 자유의지를 통해
깨닫게 되는데, 연옥에서 천국으로 자리를
옮기려는 이 의지는 그에게 기쁨을 준다오.

64 영혼은 처음부터 위로 오르려는 의지를 가지나
죄를 좇는 마음이 그 힘을 거스르므로
우리는 죄를 씻어 공의를 채우는 아픔을 겪는다오.

67 나도 이 둘레에서 괴로워하며
오백 년 넘는 세월을 보냈고
이제야 천국을 향한 자유로운 의지를 맛본다오.

70 그래서 나로 인해 산이 진동했고 경건한 영혼들이
우레와 같은 목소리로 찬양했나니, 내가 기도하는 바도
주께서 저들을 천국으로 인도하여 달라는 것이오."

73 갈증이 심할수록 해갈의 기쁨이 큰 것처럼
그의 말을 통해 내가 얼마나 기뻤는지를
다 표현할 수 없도다.

76 지혜로운 분이 이르기를, "이제야 그대를
붙들어 맨 죄의 사슬과 그것을 풀려는 열망과
땅의 진동과 영혼들의 함성의 이유를 알겠소.

79 그런데 이렇게 말하는 그대는 누구요?
또 무슨 이유로 수많은 세월을
여기에 머물렀는지 궁금하오."

82 그가 말하길, "유다가 팔아먹은 피를
하나님께서 복수하려 로마 황제 티투스를 통해
예루살렘을 파괴하기 시작했을 때,

85 나는 세상에서 가장 유명한 시인으로
명성을 떨치며 로마에 살았지만
나에겐 믿음이 없었소.

88 내 노래가 더욱 달콤했기에
내가 비록 툴루스 출신이었지만
로마가 나를 계관시인으로 삼았소.

91 그곳 사람들은 아직도 나를 스타티우스라 부른다오.
나는 테베를 노래하고 위대한 아킬레우스를 읊은
두 권의 책을 쓰다 쓰러졌소.

94 내가 사는 동안 내 열정의 씨앗이 되어
내 마음을 뜨겁게 달구고, 또 수많은 시인들의
빛이 되었던 거룩한 불꽃이 있었나니,

97 그게 바로 《아이네이아스》라오.
그것은 내 문학의 어머니였고 내 시의 유모였소.
그 책이 없었던들 난 아무것도 이룰 수 없었다오.

100 그 글을 쓰신 베르길리우스께서 계시던 때에
내가 살 수 있었다면 나는 한 해를 더
여기에 머문다 해도 기꺼이 그리했을 것이오."

103 이 말을 들으며 길잡이가 나를 보며
"잠잠하라." 했는데 그러나 사람의 마음이
자기 의지대로 움직이는 것은 아니었나니,

106 웃음과 울음이라고 하는 것은
감정의 소산물이기 때문에 결코
의지를 통해 통제할 수 있는 것이 아니었다.

109 내가 미소를 지으며 웃자
그 영혼이 말을 멈추고는
마음이 드러나는 내 눈을 살피며 말하길,

112 "그대의 모든 수고가 아름답게
열매 맺길 바라오. 그런데 지금 그대가
밝게 웃는 이유가 무엇이오."

115 그 순간 나는 난처한 입장이 되어
한숨만 내쉬고 있었는데, 한쪽은 "잠잠하라." 하고
다른 편은 몹시 보챘기 때문이었다.

118 그러자 스승이 다시 이르기를,
"망설이지 말고 말하라. 저렇게 간절하게
바라고 있으니 그의 청을 들어주어라."

121 내가 말하길, "이곳에 오래 머무는 영혼이여!
당신이 제가 웃는 이유를 궁금해하는데,
제가 더 놀라운 것을 말하리다.

124 지금 저를 하늘로 인도하시는 분이 바로
당신으로 인간과 하나님에 대한 영감을 갖게 하신
베르길리우스이십니다.

127 제가 다른 이유로 웃은 것이 아니고
당신께서 말씀하는 분이 바로
앞에 계신 저의 스승이기 때문이었나이다."

130 그러자 그가 엎드려 스승의 발목을 안으려 했고
나의 길잡이는 "형제여, 그대나 나나
다 텅 빈 그림자이니 그리 마오." 하더라.

133 스타티우스가 일어서며 말하길,
"이제 당신은 저의 불타는 사랑을 아십니다.
다만 제가 텅 빈 몸인 것을 잊고는

136 육신이 있는 양 붙들려 했나이다."

• 1~45

단테가 지진과 천둥과 같은 합창의 원인을 알고 싶어 안달이 난다.
두 시인이 탐욕의 무리가 가득한 길을 가는데 한 영혼이 말을 건넨다.
그는 로마의 시인으로 베르길리우스에게 많은 영향을 받았으며, 그리스의 도시 테베의 왕위를 놓고 두 형제가 벌이는 싸움을 그린《테바이스》12권의 저자다.
두 시인이 그를 통해 땅의 진동과 바닥으로부터 올라온 함성의 이유를 알게 된다.
인간의 운명을 결정하는 세 여신은 제우스와 테미스 사이에서 태어난 자들이다. 클로토는 생명의 실을 물레에 얹어서 생명을 결정하고, 라케시스는 클로토가 얹은 실을 가지고 운명의 그림을 그리며, 아트로포스는 실을 끊어 죽음을 결정한다.
지구는 자연 현상에 따른 물리적 변화가 이루어지는 곳이지만, 연옥은 자연의 법칙을 초월한 세계로 하늘에 근원을 두고 있다.

• 46~99

세상에서의 지진은 땅속의 바람과 같은 마른 기운이 지구의 표면을 뚫고 나오는 것이지만, 이 연옥에서의 지진은 영혼들이 죄를 씻고 천국으로 오르려는 움직임 때문이라 말한다.
즉 죄의 정화를 통해 하늘을 향한 바람이 일어나고, 자유로운 의지가 발동하게 되며 나타나는 현상이라고 스타티우스AD 45~96가 말한다.
그가 이러한 것을 깨닫기까지 이 다섯 번째 권역에서 오백 년 동안 지냈다 한다.

티투스AD 79~81 재위는 짧은 기간 동안 로마 황제로 재위했다. 그는 아버지 베스파시우스 황제를 도와서 유대 전쟁을 지휘했으며 그 전쟁에서 100만 명의 유대인이 희생되었다. 단테는 하나님이 예수를 죽인 이스라엘에 대한 보복의 도구로 로마 황제 티투스를 사용했다 말한다.

그는 포로로 잡혀 온 유대인을 동원하여 콜로세움을 건축하였으며 로마 광장 입구의 개선문을 세웠다. 그러나 그는 재위 2년 만에 열병으로 사망했으나 동생이 독살했다는 주장도 있다.

스타티우스가 자신의 문학적 소양은 베르길리우스의 《아이네이아스》로 말미암았다 말한다.

• **100~136**

베르길리우스를 앞에 두고 그에 대하여 말하는 스타티우스를 보며 단테가 묘한 웃음을 짓자 스타티우스가 그 웃음의 의미를 궁금해한다. 사실을 안 그가 육신을 벗어난 영적 존재인 것을 망각하고는 베르길리우스를 안으려 한다.

제22곡

탐욕과 낭비의 삶을 산 자들

1300년 3월 30일 화요일 오전 11시경이다.

두 시인이 스타티우스를 따라 연옥의 여섯 번째 권역에 오른다. 스타티우스가 자신의 낭비벽이 자기를 이곳으로 이끌었다 하며 낭비와 탐욕은 동일한 것으로 간주된다고 말한다. 세 명의 시인들이 가는 길에 열매가 주렁주렁 달린 나무가 세상에서 절제의 본을 보인 마리아와 다니엘과 세례 요한을 노래한다.

1 어느덧 우리를 여섯 번째 권역으로 이끌며
내 이마 위에 있는
또 하나의 P자를 지워준

4 천사가 떠나며 "의에 주리고 목마른 자는
복이 있나니."를 노래했는데,
'목마른'이란 말이 내 뇌리에서 계속 맴돌았다.

7 가는 길이 다른 둘레보다 수월하여
나는 별 수고도 없이 날렵하게
두 시인을 따를 수 있었다.

10 그때 길잡이가 말하길,
"덕德으로 불붙은 사랑의 불꽃이 겉으로 드러나면
또 다른 사랑을 불태운다오.

13 내가 림보에 머물며 만났던 유베날리스가
나에 대한 그대 애정을
진실하게 전해준 그때부터

16 그대를 향한 나의 사랑도 남달라서,
우리가 전에 본 적이 없지마는
함께 걷는 이 길이 무척 즐겁다오.

19 그러나 그대에게 묻는 내 물음이 지나쳐
예의를 벗어난다 해도
나를 벗으로 여겨 용납할지니,

22 그대가 한평생 공들여 가꾼
마음의 예지叡智, good sense가 내면에 가득했을 텐데
어찌 탐욕이 그대 안에 깃들 수 있었느뇨?"

25 이 말에 스타티우스가 미소를 지으며
말하길, "당신의 말씀이
제 삶의 지표가 되었나이다.

28 그런데 우리는 감추어진 모습을 보지 못하고
겉으로 드러난 것만을 보며 추정하므로
의구심疑懼心을 갖는 경우가 많지요.

31 당신도 제가 다섯 번째 권역에
머물렀던 것으로 미루어
탐욕의 삶을 산 것으로 생각하시겠지만,

34 사실 제 인생은 탐욕과는 동떨어진 삶이었나이다.
다만 제가 그곳에 머물던 오백 년 동안
뜨고 진 수많은 달들이 저의 무절제를 벌했나이다.

37 당신께서 인간의 본성을 꾸짖듯 말씀하신
'오, 황금에 대한 저주받은 갈증이여!
그대 어찌하여 탐욕에 대한 식욕을 다스리지 못하느뇨?'

40　제가 만일 이 대목을 보며
마음을 돌이키지 않았더라면
저는 지옥에서 참혹한 절규를 했을 것입니다.

43　저는 그 무렵 낭비하는 일에 재빠르며
그 재미에 혈안이 되어있었는데,
결국 당신의 가르침으로 뉘우칠 수 있었나이다.

46　세상엔 무지로 인해 죄를 깨닫지 못하고
최후의 심판 때 머리카락이 뽑힌 채로
무덤에서 나올 자들이 얼마나 많겠나이까?

49　또 여기선 낭비와 반대인 인색함이란 죄도
해가 초목의 푸름을 말려버리듯이
영혼들의 회개로 다 씻기나이다.

52　그래서 탐욕으로 인색하여 정죄하는 무리 중에서
낭비하는 일에 재빠르던 제가
함께 죄를 씻고 있었나이다."

55　《목가》를 쓴 가인歌人 베르길리우스가 말하길,
"테베의 주권을 놓고 서로 싸우다 죽은 쌍둥이 형제의
비극을 보는 어머니 이오카스테의 슬픔을 노래한

58 《테바이스》에서 그대가 뮤즈 중 하나인
클레이오를 찬양했는데, 그것으로 미루어
그대는 하나님에 대한 믿음이 없는 것 같았소.

61 그런데 어떤 등불이 그대로
어둠을 몰아내고 고기 잡는 어부를 따라
믿음의 길로 나아가게 했는지 궁금하오."

64 그가 대답하길, "당신께서 저를 시적 영감의 샘인
파르나소스로 보내어 생수를 맛보게 하셨고,
그 영생수가 저로 믿음의 눈을 뜨게 했나이다.

67 당신은 등불을 뒤로 들고서
따르는 자들의 앞길을 불 밝혀
그들을 슬기롭게 하신 분이시옵니다.

70 "세상이 새롭게 되도다. 이제 정의의 시대가 도래하고
인류의 진정한 역사가 시작되며
새로운 민족이 하늘로부터 내려오는도다."

73 당신의 이 말씀으로 저는 시인이 되었고
그리스도인으로 거듭났지요. 제가 말하는 것을
더 잘 알 수 있도록 색칠하여 드리리다.

76 그때 영원한 나라의 사도들이 씨 뿌린
참다운 복음으로
세상엔 진실한 믿음이 가득했는데,

79 당신께서 전한 "세상이 새롭게 되도다."는 말씀이
전도자들의 복음과 하나가 되어
제 마음에 감동을 주어 제가 그들을 찾았나이다.

82 그 후 주의 제자들이 성자처럼 보였고,
도미티아누스 황제가 그들을 박해할 때
제 눈물이 없는 그들 눈물은 없었지요.

85 제가 사는 동안 그들을 돌보았고,
그들의 바른 삶을 통해
저는 세상에 대한 미련을 버렸나이다.

88 제가 《테바이스》에서 왕이 그리스인을
테베 강가로 이끄는 모습을 기록하기 전에
세례를 받아 그리스도인이 되었지만

91 박해가 두려워 이교도인 것처럼 살았지요.
이런 미지근한 신앙으로 제가 네 번째 권역에서
사백 년 넘게 태만의 벌을 받았나이다.

94 당신은 저로 감춰진 보화의 뚜껑을
열게 하신 분이시옵니다.
그런 당신께서 올라야 할 길이 아득한 저에게

97 저의 벗 테렌티우스와 카에킬리우스,
플라우투스와 바를로가 어디에 있는지,
또 벌을 받는다면 어디에서 받는지 말씀해 주소서."

100 길잡이가 대답하길,
"그들과 더불어 페르시우스가
뮤즈가 사랑하던 그리스인 호메로스와 함께

103 지옥의 첫 번째 둘레인 림보에 있나니,
그들은 거기에서 우리를 키워준 아홉 뮤즈가 있는
영감의 산 파르나소스를 노래한다오.

106 그들과 함께 에우리피데스와 안티폰,
시모니데스와 아가톤과 그 옛날 이마를
월계수로 장식했던 수많은 그리스인들이 그곳에 있소.

109 또 그대 작품 속에 나오는 안티고네와
데이필레와 아르게이아가 거기에서 머물고,
언제나 슬픈 얼굴의 이스메네도 함께 한다오.

112 테베를 침공하는 적에게 란지아 샘을 가르쳐 준
힙시필레와 테이레이시아의 딸과 테티스,
그리고 데이다메이아도 자매들과 그곳에서 지낸다오."

115 계단을 통해 벼랑 끝에 오른
두 시인이 주변을 살피느라
한동안 말이 없었는데,

118 이미 해가 뜬 지 네 시간이 지났고
지금은 다섯 번째 시각을 향해
나아가는 때였다.

121 길잡이가 말하길, "우리가 전과같이
오른쪽 어깨를 밖으로 하여
산을 돌아가는 것이 좋을 것이오."

124 습관이 행동의 지침이 되는 그곳에서
존귀한 영혼이 함께 하므로
우리가 여유 있게 앞으로 나아갈 수 있었다.

127 그들이 앞장을 섰고 나는 뒤를 따르며
둘이 나누는 이야기를 들으며
내가 시의 묘미를 만끽할 수 있었는데,

130 그러나 달콤한 이야기를 멈추게 한 것은
길의 한복판에서 나타난,
향기로운 열매가 가득한 나무였다.

133 나무의 윗가지가 가늘어지는 것과는 달리
그것은 아래로 내려갈수록 그러했는데,
영혼들로 오르지 못하게 하려는 것 같았다.

136 길을 가로막는 왼쪽 산허리의 드높은 바위에서는
물줄기가 쏟아지고 있었고,
물방울이 잎사귀로 번져나가더라.

139 우리가 나무 가까이로 가는데
나뭇잎 사이에서 소리가 나길, "이 나무의 열매와
흘러내리는 물은 폭식暴食한 자들의 것이 아니로다."

142 이어서 들려오길, "마리아는 가나 혼인 잔치에서
자신이 먹을 음식보다는 잔치를 풍성하게 하고
거룩하게 만드는 것을 생각했노라.

145 또 옛날 로마 여인들은 마실 것으로
물이면 족하게 여겼고, 다니엘은 기름진
음식을 탐하지 않아 하늘의 지혜를 얻었도다.

148 황금처럼 아름답던 인류의 처음 시대에는
배고픔으로 상수리 열매가 그렇게 맛이 있었고,
목마름으로 시냇물이 그리 달았노라.

151 석청石淸과 메뚜기가 광야에 사는
세례 요한의 음식이었나니, 그는 복음서에
드러난 것과 같이 여자가 난 자 중에

154 가장 위대하고 영광스러운 인물이 되었도다."

- **1~48**

천사가 단테 이마에서 탐욕의 P자를 떼어준다.
단테가 베르길리우스와 스타티우스를 따라 여섯 번째 권역에 오른다.
시인이 스타티우스에게 무슨 이유로 탐욕의 둘레에 머물렀느냐 묻는다.
그가 탐욕과 낭비가 동일한 것으로 간주되기에 거기에 머물렀다 한다.
스타티우스가 베르길리우스의 《아이네이아스》를 읽고 낭비가 죄인 것을 깨닫고 다른 죄들까지 회개해 지옥 형벌을 면할 수 있었다 말한다.

- **49~114**

스타티우스가 《테바이스》를 쓸 때 이교도였으나 베르길리우스의 시를 통해 구원자의 도래가 예언되어 있음을 보며 믿음이 자랐고, 예수의 제자들의 삶을 보며 그리스도인이 되었다고 말한다.
그가 《테바이스》가 완성되기 전에 세례를 받았으나 그리스도인에 대한 로마의 핍박이 두려워 믿음을 숨기며 살았다.
그로 인해 오랜 세월 연옥의 네 번째 권역에서 정죄淨罪를 했다.
스타티우스가 여러 시인들에 대하여 소식을 묻는다.
베르길리우스가 많은 자들이 자신과 더불어 지옥의 림보에서 머물고 있음을 말한다.
도미티아누스AD 81~96 재위는 로마 황제인 베스피아누스의 아들이며 형 티투스를 이어 황제가 되었으나 이스라엘을 참혹하게 핍박했다.

• 115~154

해가 뜬지 5시간이 되며 베르길리우스가 습관을 좇아 길을 선택한다. 3명의 시인이 나아가는 길에 열매가 달린 나무가 앞길을 막는다. 무성한 잎사귀가 세상을 살면서 절제의 본을 보였던 자들을 노래한다.
사람과 예수를 중재하던 마리아의 절제와 술을 삼가던 로마의 여인들을 이야기하며, 바벨론의 느부갓네살이 주는 술과 고기를 멀리한 다니엘의 절제를 칭찬한다. 황금시대의 자연생활은 오비디우스의 《변신》에 나온다. 세례 요한에 관한 이야기는 마태복음 11장에 있다.

탐식한 자들

1300년 3월 30일 화요일 정오쯤이다.

연옥의 여섯 번째 권역에서 해골 같이 마른 영혼들이 입으로 탐식한 죄를 씻고 있다. 나뭇잎을 적시는 물과 향기 나는 열매가 식욕을 자극하지만, 영혼들이 그 주변을 돌면서 갈증과 굶주림을 채울 수가 없다. 포레세가 피렌체 여인들의 타락한 풍조를 비판한다.

1　작은 새를 잡으려는
　사냥꾼의 시선으로
　내가 푸른 나무를 주시하고 있었는데,

4　내 아버지보다 더 아버지 같으신 분이 이르기를,
“아들아, 우리에게 주어진 시간을 감안해
이제 떠나자꾸나.”

7　내가 빠른 걸음으로 두 분을 따르며
그분들 이야기를 들을 수 있어
난 피곤한 줄 몰랐다.

10　그때 문득 “주여, 내 입술을 열어주소서.” 하며
울먹이는 소리가 들렸는데,
탐식을 참회하는 노래 같았다

13　내가 묻기를, “오, 다정하신 아버지여!
저들은 누군지요?” 그가 이르기를,
“죄의 매듭을 풀고 가는 자들이로다.”

16　향수에 젖은 순례자가 길을 가다가
잠시 고개를 돌려 나그네를 보고는
멈추지 않고 그냥 지나치는 것처럼,

19　우리 뒤를 따르던 영혼들이
걸음을 재촉하여 우리 곁을 지나면서
의미 없는 시선을 보내더라.

22 그런데 그들의 거무스레한 눈언저리가 꺼져있었고
얼굴은 파리하며 말라빠져
뼈가 살갗에 붙어있었는데,

25 테실리아 왕자 에리식톤이 허기를 참지 못해
자기 사지四肢를 먹을 때에도
이처럼 가죽만 남지는 않았으리라.

28 내가 생각하기를, '아, 이 무리는
로마가 예루살렘을 공격할 때
굶주려 자식을 삶아 먹던 여인들 같도다.'

31 그들 눈이 보석 없는 가락지와 같았는데,
사람 얼굴에서 OMOhomo, 인간를 읽을 수 있는 자라면
깡마른 M 자의 의미를 알리로다.

34 과일 향과 물맛에 대한 욕구가
지대할 것 같았는데, 과연 무엇이 저들로
탐식의 욕망을 다스리게 하는지 궁금했고

37 또 저들이 왜 말랐는지를
알 수 없었기에 무슨 이유로 그렇게
굶고 살아가는지도 알고 싶었다.

40 그들 중 해골 같은 영혼 하나가
나를 빤히 보며 소리치길,
"오, 나에게 이런 은총이 있을 줄이야!"

43 내가 그의 일그러진 모습으로는
그를 알아볼 수 없었으나
목소리는 나로 그가 누구인 것을 바로 알게 했다.

46 그의 음성이 불씨가 되어 그가 포레세인 것을 알았고
그의 달라진 모습을 보며
그와의 추억들이 새록새록 고갤 들었다.

49 그가 말하길, "흉하고 말라빠진
내 모습을 주목하지 말고,
또 살이 없는 것도 개의치 마오.

52 그런데 그대와 함께하는
저 두 영혼이 누군지 말하여
내 궁금증을 풀어주오."

55 내가 대답하길, "그대가 죽었을 때
그대 얼굴을 보며 눈물 흘렸던 내가
이젠 달라진 그대 모습으로 또 눈물짓는 다오.

58　무엇이 그대를 이토록 야위게 했는지 말해주오.
나에게 다른 것을 말하지 말 것은
난 오직 그 생각만을 하고 있다오."

61　그가 말하길, "그대가 보는 이 나무와 물에는
영원하신 의지로 말미암은 힘이 담겨있어
그것으로 내가 이렇게 변했다오.

64　여기에서 울며 노래하는 자들은
세상에서 분에 넘치도록 먹고 마셨기에
주림과 목마름을 통해 정죄淨罪하나니,

67　잎사귀 위로 떨어지며 이는 물 내음과
과실에서 풍겨 나오는 향내로
우리가 먹고 마시고 싶은 고통을 겪는다오.

70　그러나 이곳을 돌며 죄를 씻는 것이
한 번만이 아니기에 우리는 이 정죄를
기쁨이라 말하기보다 괴로움이라 칭한다오.

73　그러나 '엘리'를 부르시며 당신의 보혈로
인간 구원을 위해 하늘의 공의를 달갑게 받으신
그분의 의지가 우리를 계속 이 나무로 나아가게 한다오."

76 내가 그에게 말하길, "포레세여,
미식가인 그대가 세상을 떠나 이곳에 온 지가
겨우 5년도 지나지 않았소.

79 그대가 임종이 가까울 때 회개했고
이후 죄를 멀리했다 하지만 그래도 그대는
고통스러운 정죄의 많은 시간이 필요했을 것인데,

82 어떻게 이렇게 빨리 이 높은 곳에 올랐느뇨?
나는 그대가 시간을 시간으로 메우는 저 아래
연옥 문밖에 있을 것으로 짐작했다오."

85 그가 말하길, "내 아내 넬라의 하염없는
눈물의 기도가 나로 이 고통스럽고 달콤한 쑥을
재빠르게 마시게 했나니,

88 그녀의 경건한 가슴 아픈 기도가
기다림의 언덕으로부터 나를 밀어 올렸고
눈물 뿌리는 둘레들을 벗어나게 했다오.

91 내가 애틋하게 사랑했던 그녀는
선한 일을 하며 남모르는 눈물 속에서
하나님의 사랑스러운 딸로 살아간다오.

94 그런데 그녀가 함께하는 피렌체 여인들은
옛날 야만인으로 살던 사르데냐의
바르바지아 여인들보다 정숙하지가 못하다오.

97 오, 형제여! 내가 이 말을 어떻게 해야 할지 모르겠으나
지금 이 시간이 그리 먼 과거가 아닌
미래의 모습이 내 눈앞에 보이나니,

100 그땐 가슴을 드러내고 다니는
피렌체 여인들의 염치없는 행동을
설교하는 강대상에서 금하게 될 것이오.

103 제아무리 미개인이고
또 사라센 여인들이라 할지라도 자기 몸을
가리는 것을 법으로 정하는 일은 없었다오.

106 만약 그 여인들이 눈치가 빨라
하늘이 예비하고 있는 징벌을 짐작했더라면
벌써 입을 열어 통곡했어야 했다오.

109 내 안목이 그릇됨이 없다면
지금 자장가를 들으며 자는 아이 뺨에 수염이 돋기 전에
그곳에 내리는 재앙을 볼 수 있으리다.

112 오, 형제여! 이제 말을 좀 해보오.
이곳 영혼들이 그대 몸이 태양을 가려 생기는
그림자를 주목하고 있다오."

115 내가 말하길, "그대와 내가
세상에서 즐기던 일들을 추억한다면
그 기억들이 그대를 더욱 아프게 하겠지만,

118 며칠 전 내 앞에 계신 저분이
태양의 누이인 달이 만월일 때에
세상으로부터

121 나를 불러냈다오. 나는 육신의 몸으로
저분을 따라 칠흑과 같은
지옥의 어둠 속으로 내려갔고,

124 또 저분의 도움으로 내가 이곳에 와서
세상을 그릇되게 만든 자들을 바로잡는
이 산을 오르고 있다오.

127 베아트리체가 있는 곳에 이르기까지
저분이 나와 함께할 것이고
이후에 나는 그곳에 남게 되리다."

130 내가 다시 그에게 말하길,
“내가 말한 나의 길잡이는 베르길리우스요.
다른 이는 이 나라를 지나 천국으로 향하는데,

133 그로 인해 조금 전 이곳이 흔들렸다오.”

• 1~48

해골같이 마른 영혼들이 울음 섞인 목소리로 시편을 노래한다.
"주여 내 입술을 열어주소서. 내 입이 주를 찬송하여 전파하리이다. 주는 제사를 즐겨 아니하시나니 그렇지 않으면 내가 드렸을 것이라. 주는 번제를 기뻐 아니하시나이다. 하나님의 구하시는 제사는 상한 심령이라. 하나님이여, 상하고 통회하는 마음을 주께서 멸시치 아니하시리이다. 시51:15~17
다윗이 밧세바와 동침한 후 선지자 나단이 왔을 때 부른 노래다.
마리아란 여인이 로마에 의해 예루살렘이 포위되며 식량이 다 떨어지자 배고픔을 이기지 못해 제 자식을 삶아서 먹었다.
탐식의 영혼들이 입을 즐겁게 한 죄를 씻기 위해 하나님을 찬미하는 노래를 부르며 죄의 고통과 신앙의 기쁨을 동시에 맛보고 있다.
에리식톤은 테실리아의 왕자로 곡물의 여신 테메테르의 신성한 숲의 떡갈나무를 잘라서 굶주림의 형벌을 받게 되었고, 배고픔의 고통 때문에 자신의 사지를 먹고 죽었다.
이탈리아어 OMO는 라틴어 Homo사람이다. OMO의 두 O자는 사람의 눈이며, M은 코와 이마와 얼굴의 윤곽이다. 깡마른 사람에게 이런 모습이 두드러지게 나타난다.
단테가 그들 중에서 처가 쪽 친척인 미식가 포레세를 만난다.

• 49~96

연옥의 여섯 번째 권역의 영혼들이 피골이 상접한 모습이다.

나뭇잎을 적시는 물과 나무 열매의 향기가 영혼들의 욕망을 자극한다.
그러나 그 주변을 맴돌면서도 그 갈증과 굶주림을 채울 수 없다.
임종에 임박하여 회개한 포레세가 세상에서 살았던 만큼 연옥 문밖에서 지내야 하는데, 그가 아내의 간절하고 진실한 기도를 통해 5년 만에 이곳까지 올랐다.
단테가 포레세의 목소리로 피렌체 여성들의 타락한 풍조를 비판한다.

• 97~133

포레세가 피렌체 여인들의 타락상을 통해 하나님의 심판을 경고한다.
교회가 풍기문란을 단속하기 위해 법을 제정할 필요성이 있다 말한다.
여인들의 도덕적 불감증으로 인해 피렌체는 1300년 이후 여러 가지 재앙이 있었고, 정치적으로 당쟁이 끊임없이 되풀이되는 아픔을 겪었다.
단테가 베르길리우스를 따라서 처음 길을 떠난 것이 3월 25일이고 오늘은 3월 30일이다.

제24곡

탐식한 자들의 면모

포레세가 여섯 번째 권역에 있는 탐식가들의 면모를 소개한다. 교황 마르티노 4세는 볼세나 호수에서 잡은 뱀장어를 포도주에 넣어 취하게 만들어 구워먹기를 즐긴 자다. 탐식가들은 입의 즐거움을 위해 살았기 때문에 이곳에서 입이 고통을 당한다. 천사가 단테 이마 위의 무절제의 P자를 떼어준다.

1 이야기는 발걸음을, 발걸음은 이야기를
더디게 하지 못했나니 우리가 순풍에
돛을 단 배처럼 앞으로 나아가는데,

4　창백하게 야위어
또다시 죽을 것만 같은 영혼들이 퀭한 눈으로
살아있는 나를 보며 놀라 당황하더라.

7　내가 포레세에게 말하길,
"저분은 죄를 씻기 위해 빨리 가길 원하지만
내 길잡이와 동행하려 걸음을 늦추고 있다오.

10　그런데 그대 자매 피카르다는 어디에 있느뇨?
또 그대와 함께 하는 영혼들 중에
알만한 자가 있는지 말해주오."

13　"사랑스럽고 선했던 내 누이는 이미
천국의 올림포스에서 승리의 면류관을 쓰고
기쁨을 만끽하고 있다오."

16　그가 이어서 말하길, "여기에선
굶주림과 갈증으로 모습이 뒤틀려
오직 이름으로만 서로를 확인할 수 있소."

19　그리고는 그가 손으로 가리키며 말하길,
"저자는 루카의 시인 보나준타고,
저기 심하게 일그러진 자는

22 거룩한 교회를 자기 팔로 안아본 투르 출신
마르티노 4세라오. 저는 볼세나 호수의 장어를
포도주에 넣어 취하게 하여 구워 먹었다오."

25 그가 나에게 많은 이름을 불러주었는데,
자기 이름이 불리어질 때마다
그들에게 어두운 기색은 보이지 않았다.

28 나는 거기에서 추기경 우발딘 델라 필라를 보았고,
많은 양들을 돌보던 제노바의 대주교 보니파시오가
굶주림으로 이빨 가는 모습도 보았다.

31 또 파엔차 장관 메세르 마르케세가 거기에 있었는데,
포를리에서 살았던 그는 배부른 것도 잊고
마시고 또 마시던 자였다.

34 여럿 가운데 오직 하나만을 주목하는 사람처럼
내가 그렇게 루카 출신을 보았는데,
이는 그가 나에게 남다른 관심을 표했기 때문이었다.

37 탐식貪食으로 정의의 심판을 입으로 겪는
보나준타가 중얼거리면서 말하는 중에
'젠투카'란 이름이 흐릿하게 들려

40　내가 묻기를, “오, 나하고 말하기를
원하는 영혼이여! 나로 그대 말을 듣게 하여
내 마음을 즐겁게 해주오.”

43　그가 말하길, “젠투카가 아직 결혼하지 않아
너울을 쓰지 않았는데, 그대는 그녀로 인해
모두가 헐뜯는 루카를 좋아하게 될 것이오.

47　그대는 내 말이 믿기지 않을지라도
이 예언을 잘 간직할지니,
훗날 이 말이 그대로 진실을 깨닫게 하리다.

49　이제 나에게 말해주오.
그대는 ‘사랑을 잘 아는 여인들’로
시작되는 시를 쓴 분이 맞지요?”

52　내가 대답하길, “그 시는 사랑이 파도칠 때에
내 마음이 속삭이는 대로 읊조리며
붓으로 그려놓았을 뿐이라오.”

55　“오, 형제여, 시칠리아 파 시인 아코포와
교훈 파 구이토네와 함께 나에게서 풀리지 않던
그대의 감미로운 문체의 매듭이 이제야 풀린다오.

58 붓이 그대 가슴속 사랑의 그림자를
바짝 쫓아 따르고 있는 모습이 보이나니,
우리의 붓이 무뎠던 것을 이제야 깨닫게 된다오.

61 그러나 우리가 아무리 파고든다 해도
이 문체와 저 문체 차이를 분별하기는 쉽지 않소."
이렇게 말하고는 그가 만족한 표정을 지었다.

64 겨울철 나일 강변을 나는 새들이
속도를 내기 위해
한 줄로 줄지어 날아가는 것처럼,

67 그곳 영혼들도 얼굴을 돌리고는
정죄淨罪의 소망을 가지고
한 줄로 가던 길을 더욱 재촉하더라.

70 마치 달리다가 녹초가 된 사람이
속도를 늦추며 다른 이를 먼저 가게하고는
헐떡이는 가슴을 진정시키고 다시 출발하듯이,

73 포레세가 거룩해지려는 자들을 보내고는
내 뒤를 따르며 말하길,
"내 언제나 다시 그대를 볼 수 있을지?"

76 내가 대답하길, “내가 얼마나 더 살지 몰라도
고향의 재앙을 보기 싫어 빨리 오고자 하나
그것이 내 뜻대로 되는 것은 아니지요.

79 내가 태어나 살던 곳이
날마다 더 악해져만 가고
멸망을 앞둔 것 같아 슬프다오.”

82 그가 말하길, “마음을 굳게 하오.
죄 많은 내 형제 코르소가 분노한 마귀 꼬리에 묶여
지옥으로 떨어지는 모습이 보이나니,

85 이제 마귀는 걸음마다 제 속도를 더할 것이며
결국 내 형제는 짐승에게 짓밟혀
온몸이 다 바스러질 것이오.”

88 포레세가 위를 보며 다시 말하길,
“저 하늘이 몇 바퀴 돌기도 전에 내가 더 이상
밝힐 수 없는 일들이 그대 앞에 펼쳐지리다.

91 이제 그대는 천천히 길을 가오.
이 나라에선 시간이 중요하기 때문에
내가 더 이상 그대와 함께할 수 없다오.”

94 적을 향해 돌진하는 기사가
적진에 가장 먼저 이르러
적의 선봉을 격파하는 것을 명예롭게 여기는 것처럼,

97 그가 보폭을 넓게 펴며 우리 곁을 떠났고
나는 세상에 발을 딛고 살았던
가장 위대한 두 시인과 남게 되었다.

100 포레세가 아득히 멀어져 갔고
내 눈이 더 이상 그를 쫓을 수 없음이 마치
내가 그의 예언을 알아들을 수 없음과 같았다.

103 우리가 길을 돌아 나오는 어귀에서
열매를 주렁주렁 매달고 있는
푸른 나무를 다시 보게 되었는데,

106 거기에도 수많은 무리가 손을 들고
잎사귀를 가리키며 소리치고 있었다.
그 모습이 마치 쓸데없이 조르는 아이에게

109 아무런 대꾸도 하지 않는 어른이
어린아이가 원하는 것을 높이 들어 올려
애를 태우는 것과 같았다.

112 머지않아 영혼들이 속은 표정으로 떠났고
우리는 숱한 애원과 눈물을 외면하는
그 나무 곁으로 다가섰다.

115 “가까이 오지 말고 그냥 지나가거라.
하와가 입에 물었던 열매는 저 위 낙원에 있나니,
이 나무는 그 나무로 인한 것이로다.”

118 나뭇가지 사이에서 흘러나오는 소리에 놀라
두 시인과 내가 꼭 붙어서
치솟은 벼랑을 향해 오르는데,

121 또 다시 음성이 들려오길, “구름 속에서 태어나
반인반마半人半馬의 두 겹 가슴을 가진 켄타우로스가
술을 탐해 테세우스와 싸우다 죽었노라.

124 또 기드온이 미디안 군대를 칠 때에
물가에서 무릎을 꿇고 개처럼 물을 마신 자들을
다 집으로 돌려보냈노라.”

127 우리는 이렇게 비참한 결과를 초래한
탐식貪食이란 죄를 경고하는 소리를 들으며
왼쪽 길을 따라 걷고 있었다.

130 내가 생각에 잠겨
아무 말 없이
천 걸음도 넘게 길을 가고 있었는데

133 홀연히 다시 음성이 들려오길,
"너는 무슨 생각을 하고 있느냐?"
내가 어린 짐승처럼 놀라며

136 누구 목소리인지 궁금해 고개를 들었는데,
일찍이 도가니 속에서 보았던 어떤 유리나 금속도
그렇게 빛나진 못하겠더라.

139 그가 누구인지를 알고 싶은 가운데
그가 또 이르기를, "저 평화의 곳으로 오르려면
왼쪽으로 가야 하리라."

142 말하는 자가 천사인 것을 알았으나
그의 얼굴빛으로 눈이 부셔
내가 언제나 그랬던 것처럼 스승 뒤로 피했다.

145 먼동이 트며 불어오는
오월의 산들바람이 풀과 꽃들을 흔들어
향기를 피우듯이,

148 한 줄기 바람이 내 이마 위의 P자를 스치는 중에
암브로시아 향기를 날리며 날갯짓하는
천사의 퍼덕거림을 내가 분명히 느낄 수 있었다.

151 그리고는 이런 말이 들렸나니,
"하늘의 은총을 풍성하게 입은 영혼은
입의 즐거움을 탐하지 않고

154 오직 의에 주리고 목마른 자로다."

• **1~54**

단테가 두 시인과 포레세와 더불어 이야기를 나누며 길을 간다.
6번째 권역에 있는 영혼들이 살아있는 단테를 보며 놀란다.
단테가 포레세의 아름다운 누이 피카르다의 안부를 묻는다.
포레세가 그곳의 탐식가들의 면모를 소개하며 그들 중 교황 마르티노 4세1281~1285 재위를 가리키는데, 그는 볼세나 호수에서 잡히는 뱀장어에 포도주를 부어 취하게 만들어 구워 먹기를 즐긴 자다.
보나준타가 얼버무리면서 루카의 젠투카란 소녀를 예언하는데, 단테가 1314년 루카에 갔을 때 어린 젠투카의 덕과 겸손을 통해 즐거움을 맛보게 된다.
단테는 사랑이 주는 감미로운 영감을 새로운 시 형식에 담고자 했다.
탐식가들은 입의 즐거움을 위해 살았기 때문에 입이 고통을 당한다.

• **55~99**

단테는 시칠리아 파와는 달리 예술성을 내면화하는 시풍을 완성했다.
포레세가 작별을 아쉬워하며 언제나 다시 볼 수 있겠느냐고 묻는다.
단테가 피렌체의 타락해 가는 모습을 보기 싫어 죽기를 열망한다.
포레세가 피렌체의 비극은 자기 형제 코르소 도나티에게 있다 말한다.
그는 흑당의 우두머리로 단테를 추방하는 일에 앞장을 섰던 자다.
교황을 설득해 샤를 발루아 왕을 피렌체로 불러들여 자기 영향력을 강화하려 했다. 그러나 그 일이 실패하며 1308년 정적에 의해 반역죄로 사형을 언도 받고 도망치다 말에서 떨어져 말발굽에 짓밟혀 죽었다.

• **100~154**

포레세가 떠나면서 열매가 맺혀있는 나무가 다시 나타난다.
그 나무에서 무절제한 켄타우로스에 대한 이야기가 들려온다.
제우스가 익시온을 떠보려고 구름으로 아내 헤라의 형상을 만든다.
그랬더니 익시온이 구름을 덮쳐서 태어난 자식이 켄타우로스다.
그의 상반신은 사람의 모습이고 하반신은 말의 형상이다.
그가 결혼식에서 술을 마시고 신부와 다른 여자들을 납치하려했다.
그리하다 아테네의 영웅 테세우스에게 살해되었다.
이스라엘의 사사 기드온이 미디안 군대를 칠 때 하나님 보시기에 너무 많은 백성들이 모였기에 하나님께서 기드온에게 300명을 선택하라 하셨다. 기드온이 백성들을 물가로 인도하여 그들의 물 마시는 자세를 보고 용사를 선발했다. 무릎을 꿇고 물을 마시는 것은 전쟁 중 갈증을 절제하지 못하는 정신무장의 결여라 판단했다.
천사가 단테의 이마에서 무절제의 P자를 지우자 천사의 날개에서 신들의 음식인 암브로시아 향기가 풍겨 나온다.
천사가 예수님의 산상설교 말씀을 들려준다.
"의에 주리고 목마른 자는 복이 있나니 저희가 배부를 것임이요." 마5:6

제25곡

애욕에 사로잡혀 산 자들

1300년 3월 30일 화요일 2시에서 4시 사이다.

여섯 번째 권역을 떠나며 단테가 스승께 연옥의 영혼들은 영양 공급이 불필요할 것 같은데 왜 야위느냐고 묻는다. 베르길리우스가 그리스도인인 스타티우스에게 대답을 부탁한다. 시인들이 일곱 번째 권역에 도착해 애욕에 사로잡혀 산 자들이 불꽃 사이를 지나며 정죄하는 모습을 본다.

1 태양이 자오선의 고리를 황소자리에 걸쳐놓아
예루살렘의 밤이 전갈자리에 있어
우리는 정죄 산을 오르기에 거리낌이 없었다.

4　견딜 수 없는 충동으로 길을 가는 자는
어느 무엇에도 구애받지 않고
갈 곳으로 달려가는 것처럼,

7　우리도 그런 마음으로 산을 오르며
비좁은 틈으로 인해 줄을 지어
골짜기로 들어서고 있었다.

10　어린 황새가 하늘을 날려 퍼덕이다가
날갯짓할 엄두를 내지 못하고
다시 둥지에 주저앉고 마는 것처럼,

13　나도 궁금한 것이 있어
못 견뎌 하다가는 결국
두 분을 괴롭히지 않나 해서 마음을 접었다.

16　그러자 앞서가던 스승이 이르기를
"그렇게 망설이지 말고
네 의문의 화살을 힘껏 당겨라."

19　그래서 내가 묻기를,
"육신이 없는 저들은 영양이 불필요할 것 같은데
어떻게 저리 야윌 수가 있나이까?"

22 길잡이가 말하길, "나무토막이 불타며 죽어간
멜레아그로스를 생각하면
생명을 좌우하는 운명의 힘이 존재하는 것과,

25 또 거울 안에 있는 네 모습이
너의 동작을 따라 움직이는 것을 보면
몸이 영혼의 실상을 드러내는 것을 알리로다.

28 이제 네 마음 속 영적 갈망을 가라앉히기 위해
그리스도인인 스타티우스에게 부탁해
너의 의문이 치유되게 하리라."

31 스타티우스가 대답하길, "당신 앞에서
제가 이자에게 영적인 원리를 펼쳐 보이는 것이
당신 뜻이기에 거절하지 못하나이다."

34 그가 이렇게 말하고는,
"내가 하는 말을 이해하면
그대가 말한 '어떻게'란 의문이 풀릴 것이오.

37 식탁 위의 손대지 않은 음식과도 같은
가장 정淨한 피가 있는데,
그것은 목마른 혈관에도 흡수되지 않는다오.

40 사람 몸을 만드는 힘은 심장에서 나오고,
그 심장의 피로 몸을 키우지만
그러나 그 맑고 완전한 피는 창조를 한다오.

43 남자의 정한 피는 차라리 말하지 않음이
점잖을 것 같은 자연의 그릇 안으로 들어가
여자의 피 위에 방울져 떨어져

46 거기에서 둘이 어울리게 되는데,
하나는 수동적으로 받아들이고 다른 하나는
그것이 나온 심장을 좇아 능동적 역할을 한다오.

49 이렇게 결합이 이루어진 두 피는
서로 엉기기 시작하고 나중에는
그것이 생명으로 성장을 한다오.

52 능동적인 힘은 태아의 영혼이 되는데,
이것이 처음에는 식물의 혼과 비슷하지만
이미 완성된 식물과는 달리 영혼은 계속 자란다오.

55 그리하여 그 영혼은 하등 동물인
해파리와 같이 운동을 하며
감각이 생기고 온갖 기관을 형성한다오.

58 모든 몸을 만드는 심장으로부터
나오는 이 힘이 이제는
각 기관으로 번지고 퍼져서

61 생물에서 인간이 되어가게 하는데,
그대가 이것을 이해하기 어렵겠지만
그러나 그대보다 더 총명한 아베로에즈도 잘못 알았소.

64 그는 인간이 태어나면서 지성과 결합하고
죽을 때 분리된다고 생각하여
사람의 지성을 영혼과 분리시켜 생각했다오.

67 이제 그대는 내가 풀어주는 이 진리 앞에서
마음을 열어야 하리니,
태아의 뇌 조직이 완전해지면

70 제 일의 원동자原動者인 하나님께서
성장과 감각이란 자연의 작용에
생기를 불어넣어 주신다오.

73 이것이 태아 안에서 동식물적인 성질과 합해져
인간의 영혼을 이루어, 살며 느끼며 생각하는
하나의 통일된 영적 실체가 탄생한다오.

76 그대 내 말이 생소하지 않기 위해
포도나무에서 흘러내리는 포도즙과 어울려
포도주를 만드는 태양의 열기를 생각해 보오.

79 운명의 여신 라케시스의 실타래가 다하면
영혼이 육체로부터 풀려나지만 그러나 영혼은
인간적이며 신적인 기질을 계속 유지한다오.

82 육체는 죽어 감각을 잃어 움직일 수 없지만
영적인 것들인 기억과 지성과 의지는
그 전보다 더 날카롭게 활동을 한다오.

85 그래서 영혼은 지체함이 없이
둘 중 하나의 강가로 향하게 되고
그곳에서 자기가 가는 길을 알게 되는데,

88 영혼이 정해진 처소에 이르면
전에 몸이 살아있을 때와 같이 형성의 힘이
다시 형체를 이루도록 사방으로 작동을 한다오.

91 마치 공기가 비를 머금고 있을 때
그 속에서 굽이치는 햇살로 인해
일곱 빛깔의 무지개가 형성되듯이,

94 거기에서 영혼을 둘러싸고 있는 기운이
영혼으로 하여금 스스로
형상을 짓게 한다오.

97 불이 가는 곳으로 불꽃이 따라가는 것처럼
새로 만들어진 형체는 어디이고
영혼과 동행을 하게 되는데,

100 기운에 둘러싸여 형성된
망령亡靈이라 불리는 모습이 우리 눈에 보이나니,
망령은 시각을 포함한 모든 감각을 갖게 되어

103 말도 하고 웃기도 하고
눈물을 흘리기도 하며 한숨짓기도 하기에
그대는 정죄 산을 오르면서 그런 모습을 보았다오.

106 소망이나 감정이 영혼을 자극할 때
그 모습이 변하게 되는데, 그래서 그대가 여기에서
야윈 망령들로 인해 놀란 것이오."

109 우리는 벌써 연옥의 마지막 둘레인
7번째 권역에 와있었고, 내가 오른쪽을 향하며
내 마음은 새로운 것들에 관심이 쏠렸는데,

112 거기에서 불꽃이 밖으로 치솟았고
그 끝에서 바람이 불어와 다시 불꽃들을 되넘기며
그 사이로 길이 만들어지더라.

115 우리가 줄지어 그 길을 가면서
나는 그 불길이 두려웠고
또 아래로 떨어지지 않나 하여 몹시 겁도 났다.

118 길잡이가 말하길, "여기서는
한눈팔면 추락하기 십상이니
눈의 고삐를 바싹 죄어야 하리라."

121 그때 뜨거운 열기 속에서
"지극히 자비로운 하나님이시여!"
이런 음성이 들려와 내가 그쪽을 향했는데,

124 거기에 불길을 뚫고 지나가는 영혼들이 있어
내가 그들을 살피며 내 발끝을 보면서
앞으로 나아갔다.

127 노래가 끝났을 때 그들이 외치길,
"나는 남자를 알지 못하나이다."
그리고는 다시 작은 목소리로

130 노래 부르기를,
"숲속에 숨은 디아나는 색욕色慾의 독을 마신
엘리체를 거기서 쫓아버렸노라."

133 또다시 소리가 들렸는데,
덕德과 혼인이 요구하는 대로 순결했던
아내와 남편을 칭송하는 노래였다.

136 저들이 불 속에서 타는 동안
반복적으로 그렇게 노래했나니,
마지막 P인 사음邪婬으로 인한 상처는

139 이런 음식으로 치유되고 아무는 것이었다.

• 1~57

연옥의 정오엔 태양이 양자리에 있다.

지금 태양이 양자리 다음인 황소자리에 있기 때문에 시각은 낮 2시다.

단테가 연옥의 영혼들은 육신이 없기에 영양 공급이 불필요할 것 같은데 어떻게 야윌 수 있느냐고 묻는다. 베르길리우스가 스타티우스에게 대답을 부탁한다.

거울이 사물을 그대로 비추어 주듯 영체인 인간의 육체는 영혼의 실상을 반영한다.

멜레아그로스는 운명을 결정하는 두 여신으로 인해 용맹하고 강건하게 태어났지만 아트로포스 여신에 의해 나무토막을 불에 던져 불에 탈 동안만 살 수 있도록 운명 지어진다. 이 사실을 안 그의 어머니가 이 나무토막의 불을 꺼 간직하였다.

그러나 이 아들이 성장해 아버지의 형제들을 죽이자 그 어미가 이 나무를 불에 던져버렸다. 결국 인간의 운명은 그것을 좌우하는 힘에 의해 결정되는 것을 보여준다.

피는 심장으로부터 나와서 몸을 형성하고, 그중 가장 정한 피는 혈관에 흡수되지 않고 남자의 성기로 내려와 정액이 되어 여성의 자궁 속의 피에 떨어진다.

남자 피의 능동적인 힘은 처음엔 식물의 혼처럼 성장하고, 다음엔 동물적인 감각을 가지고 감각기관을 이루며, 나중엔 이성과 지성을 지닌 존재가 되는 과정을 아리스토텔레스BC 384 출생와 토마스 아퀴나스1224~1274의 이론을 빌어 스타티우스AD 45~96가 설명한다.

• 58~108

태아가 식물적 성장과 동물적 감각을 거치며 지적 존재가 된다.
철학자 아베로에즈는 이러한 인간의 지적 기능이 영혼으로부터 분리되었다는 가능지성可能知性이론을 주장했는데, 단테는 이것을 잘못된 것이라 말한다.
하나님께서는 식물적이며 감각적인 태아의 뇌가 형성되면 그곳에 이성적인 기능을 부여해 인간이 영혼을 가진 존재가 되게 만드시고, 그리하여 인간이 느끼며 생각하는 존재로 살게 하셨다.
인간의 식물적인 성질과 동물적인 성질은 생식이라는 자연의 작용으로 만들어진 것이고, 인간의 이성은 영적인 것으로 하나님께서 부여한 것이다. 포도즙은 동물적의 힘이고, 태양의 열은 하나님의 입김이며 포도주는 인간의 새로운 영혼이다.
인간이 죽은 후에 영벌을 받을 자들은 아케론 강가로 모이고, 구원을 받아 연옥에 가야 할 혼들은 테베레 강둑에 모이게 된다. 여기에서 출발하여 지옥과 연옥에 간 영혼들은 형성의 힘에 의해 주위 기운과 합해져 가시적인 형체를 이룬다.

• 109~139

가시적인 용모를 취한 망령들이 감각기관을 가지고 말하고 웃고 운다.
단테가 음란의 죄를 지은 자들이 벌 받는 일곱 번째 권역에 도착한다.
그곳에선 벼랑에서 불꽃이 치솟고 또 바람이 불어 불꽃을 밀어 올린다.

베르길리우스가 단테에게 눈을 똑바로 뜨고 한눈팔지 말라 경계한다. "나는 너희에게 이르노니 여자를 보고 음욕을 품는 자마다 마음에 이미 간음하였느니라." 마5:28

단테가 정결의 예로 성모 마리아를 말한다. "마리아가 천사에게 말하되 나는 사내를 알지 못하니 어찌 이 일이 있으리이까." 눅1:34

디아나는 제우스와 레토 사이에서 태어난 수렵의 여신이다.

엘리체는 디아나를 섬기는 요정으로 제우스에게 욕을 당한 후 디아나에게 쫓겨났고 헤라의 질투로 곰이 되었다. 후에 제우스는 그녀를 하늘에 올려 큰곰자리별이 되게 하고 그 아들을 작은곰자리별이 되게 했다. 오비디우스의 《변신》

제26곡

남색한 자들과 음행한 자들

1300년 3월 30일 화요일 오후 4시에서 6시 사이다.
시인들이 연옥의 일곱 번째 권역에 도착해 얼굴을 마주 대하며 지나가는 두 무리를 만난다. 눈물을 흘리며 '소돔과 고모라'를 노래하는 무리는 순리를 거슬러 남색하는 죄에 빠졌던 자들이고, '파시파이'를 외치는 자들은 이성 간에 음행한 자들이다.

1　　우리가 벼랑의 끝을 따라서 가는데
　　친절하신 스승이 이르기를,
　　"추락할 수 있으니 한눈팔지 마라."

4 태양은 그 빛살로 서쪽 하늘의 푸른빛을
하얀색으로 바꾸어 놓고는
내 오른쪽 어깨를 비추고 있었다.

7 내 그림자가 타오르는 불꽃을
더 붉게 물들이며
지나가는 영혼들을 놀라게 했는데,

10 내 모습이 빌미가 되어
저들이 서로 바라보면서,
"보아하니 저자는 분명 허깨비는 아니로다."

13 이 말을 하고는 그들이
자기 몸을 태우려는 불꽃을 피해
나에게로 가까이 다가왔다.

16 "오, 앞선 두 분을 존경하여 뒤따르는 자여!
그대를 알고 싶어 하는
우리의 갈증을 풀어주오.

19 여기 있는 우리가 그대 응답을 열망함이
시원한 물을 찾아 헤매는
에티오피아나 인도 사람들보다 더하다오.

22 그런데 그대는 죽음의 덫을 피한 사람처럼
태양 앞에서 어떻게 자신을
가림막으로 삼을 수 있느뇨?"

25 그들 중 하나가 나에게 관심을 드러내며
이렇게 물었지만 나는 그때
내 마음을 빼앗는 자들로 인해 대답을 잊었다.

28 불타는 길의 한복판에서
서로의 얼굴을 마주 보며 지나가는 두 무리를
내가 주목하고 있었는데,

31 그들이 양쪽 방향에서 와서
가볍게 입을 맞추고는
지체하지 않고 서로를 지나치더라.

34 그 모습이 마치 새까맣게 떼를 이룬 개미들이
먹이나 길을 묻기 위해
서로 주둥이를 마주한 모양과 같았다.

37 그 영혼들이 인사를 건네고는
헤어져 길을 떠나가기 전에
소리를 높여 외쳤는데,

40 한 무리는 "소돔과 고모라!"라 말하고
다른 영혼들은 "파시파이가 음욕을 채우려
황소를 꾀어 암소 속으로 들어가게 하네!"라 했다.

43 두 무리의 두루미 떼를 떠올려 보라.
한 패는 해가 싫어 남극의 리페 산을 향하고
다른 무리는 추위를 피해 사막으로 가듯이,

46 한 무리가 또다시 눈물로
"나는 남자를 모르노라."고 노래를 하고,
다른 자들은 "지극히 자비하신 주여."라 했다.

49 살아있는 나를 알고 싶어 하는 자들이
간절한 표정을 지으며
다시 내게로 가까이 왔는데,

52 두 번이나 망령들의 열망을 접한
내가 말하기를. "오, 언젠가 반드시
하늘의 평화를 맛볼 영혼들이여!

55 늙었거나 젊었거나 내 육신은
세상에 있지 아니하고 지금 여기에
피와 뼈마디로 그대들과 함께 있소.

58　나로 영적인 소경이 되지 않게 하려
나를 하늘로 인도하시는 분은 성모님이라오.
그분의 은혜로 내가 살아서 이곳을 지난다오.

61　이제 그대들의 간절한 소망이 채워지고
하나님의 사랑이 함께하는
최고의 하늘이 그대들을 품기 위해

64　각자의 사연을 내게 말하여
내가 훗날 그 이야기를 기록해
세상에 전할 수 있도록 해주오."

67　깊은 산골의 촌뜨기가
눈앞의 도시 풍경에 놀라 어리둥절하여
할 말을 잃고 벙어리가 되는 것처럼

70　영혼들이 나를 대하며 그러했는데,
그러나 그들이 점잖은 사람처럼
이내 마음속 놀라움을 떨쳐버리더라.

73　내게 묻던 자가 다시 말하길,
"인생의 죽음을 은총 가운데 맞이하려
연옥 체험을 하는 복 받은 이여!

76 옛날 카이사르가 개선가를 부르며 로마로 귀환할 때
그가 순리를 거슬렀다 하여 그를 여왕이라 불렀다 하는데,
우리는 그와 같이 계간鷄姦, sodomy에 빠졌던 자들이오.

79 그리하여 우리들은 '소돔'을 부르짖으며
자책을 하고는 뜨거운 불로
우리 죄를 태워 수치를 씻는다오.

82 또 저 무리는 짐승처럼
정욕을 절제하지 못하고 이성 간에 간통을 범해
사람으로서의 법도를 저버린 자들이오.

85 그래서 저들이 우리와 만나 비껴갈 때에
나무로 만든 암소의 형상 속에서 짐승이 되어버린
여인의 이름을 외치면서 부끄러워한다오.

88 이제 그대가 우리 죄를 알게 되었고
또 우리들의 이름을 듣고자 하나
모두를 다 밝힐 수는 없다오.

91 다만 내 이름을 알고 싶다면 말해주겠소.
나는 구이도 구이니첼리라오.
그나마 죽기 전에 회개하여 여기에 올 수 있었소."

94 리쿠르고스 왕의 분노로 사형에 처해질 여인을
그녀 두 아들이 구해낸 것처럼
나도 불길 속에서 그를 건져내고 싶었다.

97 달콤한 연애시를 읊조리던 내가
시인들의 아버지로 인정받던 그의 목소리를
그렇게 들을 수 있었는데,

100 갑자기 불꽃 하나가 나와 그 사이를 가로막아
내가 아무것도 볼 수 없었으므로
상념에 잠겨 그를 바라볼 뿐이었다.

103 내가 힘주어 그에게 말하길,
"내가 진정으로 당신을 존경하며
흠모했나이다."

106 그가 이르기를, "그대가 들려주는
생생한 이야기는 죄를 씻는 레테 강물이라 한들
내게서 흐리게 하거나 지울 수 없으리다.

109 그러나 그대가 한 말이 진실이라면
무슨 이유로 내게 이토록
따뜻한 말과 사랑의 시선을 주느뇨?"

112 내가 대답하길, "이탈리아 속어를 구사하여
사랑과 서정의 세계를 노래한 당신의 시는
글자를 쓰는데 사용된 잉크마저 복되다 하리이다."

115 그가 앞에 있는 영혼을 두고 말하길,
"내가 손으로 가리키는 저자는 모국어인
프로방스어를 가장 잘 구사한 언어의 마술사였소.

118 저는 사랑의 시나 산문에서 누구보다도
탁월했으나 프랑스 리모주 출신이
저보다 낫다고 믿는 바보들이 있었다오.

121 그들은 진실보다는 떠도는 풍문에 귀를 기울이며
작품 내용이나 구성을 살피지도 않고
자기들 주장을 굳혀버렸다오.

124 옛날 많은 자들이 구이토네에 대해서도
그러했는데, 진실이 드러나기까지
많은 이들이 그를 찬미했다오.

127 이제 그대가 커다란 은총을 입어
그리스도께서 원장이 되시는
천국 수도원에 들어가게 되어있다면,

130 우리가 죄지을 능력을 상실한 이곳에서
우릴 위해 주기도문을 외워주되
우리에게 꼭 필요한 부분만을 들려주오."

133 그리고는 그가 옆에 있는 자에게
자리를 물려주려 함인지 불 속으로 사라졌는데,
마치 물고기가 물속으로 숨는 것 같았다.

136 내가 조금 전 구이니첼리가 가리킨 자에게로 가서
그에게 말하길, "내가 그대를 위해
우아한 자리를 예비하였다오."

139 그가 기뻐하며 말하길,
"그대의 예의 바른 모습 때문에
내 이름을 숨길 수 없구려.

142 나는 아르노요. 울며 노래하면서
지난날의 어리석음을 눈물로 회개하고
다가올 미래를 즐거움으로 준비한다오.

145 이 계단 꼭대기까지 그대를 이끌어 주실
하나님 능력을 믿고 그대에게 청하노니,
때때로 내 아픔을 기억해 주오."

148 그리고는 그가 타오르는 불꽃 속으로 들어가더라.

• 1~48

세 시인이 7번째 권역의 가장자리를 지날 때 태양이 저물고 있다.
단테의 그림자가 불길 위에 드리워지며 불꽃이 더 붉어진다.
많은 영혼들이 살아있는 단테의 그림자를 보며 의아해한다.
두 무리가 나타나 서로 인사를 나누고는 곧 헤어진다.
한 무리는 더위가 싫어 리페 산으로 가는 무리와 같고, 다른 무리는 추위를 피해 리비아 사막으로 가는 자들처럼 서로 반대 방향으로 간다.
한 무리가 의인 10명이 없어 유황불로 멸망한 소돔과 고모라를 외친다.
Sodomize남색 행위를 하다, sodomy항문 성교는 sodom소돔에서 파생했다.
사음邪淫의 상징인, 아폴론의 딸 파시파이가 황소를 유인하여 욕구를 채웠다.
'소돔과 고모라'를 노래하는 무리들은 순리를 거스르고 동성연애인 계간鷄姦에 빠졌던 자들이고, '파시파이'를 외치는 무리는 이성 간의 음란을 행한 자들이다.
파시파이는 크레타 왕국의 미노스 왕의 아내였다. 포세이돈이 미노스에게 제물로 바칠 황소를 보냈으나 미노스가 그것을 제단에 올리지 않자 그에 대한 보복으로 파시파이로 황소에 대한 색정을 품게 만들어 그녀가 나무로 암소의 형상을 만들고 그 안으로 들어가 황소와 정을 나누므로 반인반수의 미노타우로스가 태어났다.
단테는 이와 같은 짐승과의 변태적인 수간獸姦을 '소돔과 고모라'를 외치는 자들과 반대편에 넣었다.

• 49~99

단테는 로마 황제 카이사르를 동성애자로 말하고 있다.
시저가 젊었을 때 비티니아의 왕 니코메데와 외설적猥褻的인 관계를 가졌다 하여 그가 갈리아 전투에서 승리하고 돌아왔을 때 병사들이 그를 여왕이라 불렀다 말한다.
힙시필레는 네메아의 왕 리쿠르고스의 유모였다. 그녀가 테베를 공격하는 그리스 병사들에게 샘을 가르쳐 주기 위해 돌보는 아이를 잠깐 풀밭에 내려놓았는데, 잠깐 사이에 아이가 독사에게 물려 죽었다. 그래서 힙시필레가 사형을 당하게 되었는데 그녀의 두 아들이 어머니를 형장에서 구했다 말한다. 스타티우스의 《테바이데》에 나오는 이야기다.
구이도 구이니첼리는 13세기에 살았던 유명한 시인으로 단테가 그를 존경했다.

• 100~148

레테 강은 죄의 기억을 씻어주는 연옥의 강이다.
구이니첼리는 이탈리어의 모체인 토스카나 방언으로 시를 쓴 시인이다.
단테는 그의 시풍에 영향을 받았으며 그를 스승으로 삼았다.
베아트리체를 찬미하는 단테의 노래는 대부분 그의 영향이라고 한다.
구이니첼리1276 사망가 떠나가며 단테에게 주기도문을 외워달라고 한다. 그러나 이 연옥에 있는 영혼들은 죄를 지을 능력이 없는 자들이기 때문에 이 연옥에 해당이 되지 않는 부분우리를 시험에 빠지지 않게 하옵시고 다만 악에서 구하옵소서을 제외하고 불러달라고 말한다.

제27곡

작별을 고하는 베르길리우스

1300년 3월 30일 화요일 해 질 무렵이다.

천사가 나타나 불 속으로 들어가라고 말한다. 망설이는 단테에게 베르길리우스가 베아트리체의 사랑을 상기시키자 그가 기꺼이 불길 속으로 뛰어든다. 단테가 불꽃 너머에서 들려오는 천사의 목소리를 향해 나아간다. 지상낙원으로 오르는 계단에서 잠을 자다가 꿈속에서 레아를 만난다. 길잡이인 베르길리우스가 단테에게 이별을 고한다.

1　　태양이 자기 창조주가 보혈을 흘리신 예루살렘에
　　아침 햇살을 비출 때면 에스파냐의 이베로 강은

높은 천칭자리 아래에서 흐르고

4 인도의 갠지스 강 물결은 정오의 열기로 끓고 있는데,
이곳 연옥에서는 해가 저물고 있었다.
그때 천사가 우리 앞에 나타나

7 불꽃의 바깥 비탈 위에서
사람의 음성이 아닌 목소리로 노래하길,
"마음이 청결한 자는 복이 있도다."

10 그리고는 다시 말하길, "거룩한 자여!
불을 경험하지 않으면 앞으로 나아갈 수 없노니
이리로 들어가 노래에 귀를 기울이라."

13 내가 앞을 바라보며
이 말을 들었을 때
무덤에 생매장당하는 기분이 들었다.

16 내가 두 손을 잡고 몸을 뒤로 젖힌 채
불을 보고 있노라니 세상에서 화형당하던
자들의 모습이 역력하게 되살아나더라.

19 상냥한 길잡이가 내게 이르기를,

“아들아, 이곳엔 고통은 있어도
죽음은 없노라.

22 너는 기억하라. 내가 지옥에서 게리온을 타고도
너를 안전하게 인도했는데 하물며
하늘에 가까워진 이곳에서 무슨 일이 있겠느냐.

25 너는 분명히 알라.
네가 이 불꽃 속에서 천 년을 머문다 해도
네 머리카락 하나 상치 않으리라.

28 그러나 네 속에 의심이 일거든
불에 다가가서
네 옷자락을 불에 대 시험할지니,

31 온갖 두려움을 떨치고
마음 놓고 불 속으로 들어가거라.”
그러나 내 몸은 내 마음을 거역했나니,

34 괴로운 표정으로 꼼짝도 하지 않는 나를 보며
그가 말하기를, “아들아, 보아라.
너와 베아트리체를 가로막는 이 장벽을.”

37 죽어가던 피라모스가 사랑하는 티스베의 목소리를 듣고
눈을 떴을 때, 그녀가 칼로 자기를 찔러 분출하던 피가
하얀 오디를 붉게 물들였다 하는데,

40 언제나 내 마음 깊은 곳을 뜨거운 사랑으로
붉게 물들이는 이름을 듣자마자 내 굳었던 몸이
풀리기 시작해 내가 스승에게로 몸을 돌렸다.

43 그러자 길잡이가 갸우뚱하며
"너 여기에서 계속 있기를 원하느냐?"
과일 하나로 아이를 달래듯이 그가 미소 지으며 말했다.

46 길잡이가 앞장서서 불 속으로 들어가며
그와 나 사이에 있는 스타티우스에게
따라오라 했다.

49 내가 불 속에서 느끼는 그 뜨거움이란
말로 다 표현할 수 없노니, 차라리 끓는
유리에 뛰어들어 몸을 식혀야 할 정도였다.

52 그때 인자하신 아버지가 내게 힘을 주려
다시 베아트리체에 대해 말하기를,
"벌써 그분의 미소가 보이는 듯하구나."

55 우리가 마침내 오르막에 이르렀는데
어디선가 노랫소리가 들려와
우리가 그쪽을 향했다.

58 "아버지께 복 받은 자여, 이리로 오라."
이 음성이 밝은 빛 속에서 들렸고
나는 눈이 부셔 고개를 들 수가 없었다.

61 또다시 소리가 나길,
"해가 지고 저녁이 되었으니
어두워지기 전에 발길을 서둘러라."

64 바위를 뚫고 나있는 길이 곧장
위로 뻗어있었고 내려앉은 한 날의
마지막 햇살은 동쪽을 향하는데,

67 우리가 마지막 계단에 올라섰을 때
사라진 내 그림자가
나로 해가 저문 것을 알게 했다.

70 그리하여 우리는 광활한 지평선이
하나의 빛깔로 어두워지기 전에,
또 밤기운이 이곳을 장악하기 전에

73 각자의 층계로 침상을 삼았나니,
이는 산의 본성이 인간으로 어둠 속에서는
오르는 재미를 앗아가기 때문이었다.

76 양들이 풀을 뜯으려 초장을 이리저리 다니다
정오의 햇살이 강렬해지면
쉴만한 그늘을 찾아

79 편안히 쉬며 되새김질을 하고,
목동은 지팡이에 기대어
평화로운 양 떼를 바라보듯이,

82 또 하늘 아래 한뎃잠을 자는 목자가
양들 곁에서 밤을 지새우며
들짐승으로부터 양 떼를 보호하는 것처럼

85 그때 우리들 모습이 그러했나니,
사방이 높다란 바위들로 에워싸인 곳에서
나는 양 같았고 두 분은 목자와 같았다.

88 꼭대기 너머로 밖의 세상이 조금 보였고
그 틈새에서 하늘의 별들은
평소보다 더 크고 밝게 빛나더라.

91　내가 별을 세며 지난날을 추억하다가
곧 잠이 들었는데, 꿈이라고 하는 것은
일의 조짐을 미리 보여주는 것이리라.

94　언제나 동쪽 하늘에서
사랑의 불꽃으로 타오르는 샛별이
이 산에 첫 빛살을 비추는 새벽녘에

97　내 꿈속에서 아름다운 여인이 나타나
정원을 거닐면서 꽃을 따며
나에게 말하기를,

100　"나를 알고자 하는 자여, 나는 레아라오.
예쁜 손으로 꽃목걸이를 만들며
동산을 거닐고 있다오.

103　영혼의 거울이신 하나님 앞에서 행복하려
내가 나를 단장하는데, 내 동생 라헬은 진종일
거울 앞을 떠나지 않는다오.

106　라헬이 자기 아름다운 눈을 보는 것이
내가 나를 단장함과 같노니,
그녀는 보는 것을 나는 행동하는 것을 좋아한다오."

109 그리운 고향 집이 멀지 않은 가운데
밤을 지새우며 귀로歸路하는 순례자에게
반가운 여명이 밝아오는 것처럼,

112 그렇게 사라지는 어둠 속에서
내 잠기운도 흩어져
내가 일어나 이미 깨어있는 스승을 보았다.

115 "네가 오늘 세상 사람들이 갈망하는
달콤한 열매를 맛볼 수 있으리니,
그 나무가 너의 주림을 가시게 하리라."

118 길잡이가 이렇게 말했는데,
그때 내가 들었던 그분의 말씀은
내 인생의 최고의 선물이었다.

121 내가 오르기를 서두르며
내 발걸음이 점점 더 빨라져
발에 날개를 단 느낌이었다.

124 가볍게 올라 모든 계단을
뒤로 하고는 정상에 섰을 때
길잡이가 내게 이르기를,

127 “아들아, 너는 이곳에서 순간의 불꽃을,
지옥에서는 영원한 불비를 맛보았노라.
그러나 이제는 나도 알 수 없는 곳에 이르렀나니,

130 지금까지는 험하고 좁은 길에서
내 지성과 재주로 너를 인도했지만
이젠 너의 뜻을 길잡이 삼아야 하리라.

133 너는 네 이마를 비추는 태양을 맞으며
씨도 없이 자라나는 풀잎과 꽃들과
작은 숲을 보리라.

136 너에게 내가 오도록 눈물로 하소연하던
아름다운 여인이 오기까지
너는 앉기도 하고 거닐기도 할지니,

139 이제는 내 말이나 내 눈치를 볼 것이 없노라.
모든 죄를 씻은 너의 판단은 자유롭고 바르며 온전하나니,
오히려 그 뜻을 거스름이 그르침이 되리라.

142 네 머리 위에 면류관이 씌워질 것이로다.”

• 1~45

천사가 나타나 시인들에게 불 속으로 들라 명한다.

단테가 스승의 말을 따라 들어가고자 하나 몸이 말을 듣지 않는다.

베르길리우스가 베아트리체를 상기시킨다.

단테가 몸을 돌이키며 불길로 향한다.

피라모스는 바빌론 청년으로 티스베라는 처녀를 사랑했다.

두 사람이 뽕나무밭에서 만나기로 약속을 했는데 티스베가 먼저 도착했다. 그때 사자가 나타났고 그녀가 도망을 치다가 부상을 당해 피 묻은 목도리를 땅에 떨어뜨렸다. 나중에 도착한 피라모스가 피 묻은 목도리와 사자의 발자국을 보며 늦게 도착한 죄책감에 칼로 목숨을 끊는다. 동굴로 피하여 목숨을 건진 티스베가 나와서 피라모스의 죽어가는 모습을 보며 그녀도 자살한다. 그녀 피가 하얀 오디에 튀어 열매가 빨갛게 되었다. 오비디우스의 《변신》

• 46~99

단테가 베르길리우스를 따라서 불길 속으로 들어간다.

불꽃 너머에서 천사의 목소리가 들려오는 곳으로 나아간다.

지상낙원으로 인도하는 계단을 침상 삼아서 잠을 청한다.

정죄 산의 꼭대기에 올랐기 때문에 별은 더 크게 보이고 더 빛난다.

샛별은 비너스의 다른 이름이며 키테레아라 하는데, 사랑의 여신 비너스가 그리스의 섬 키테레아에서 태어났다는 전설에 의한 것이다.

단테의 꿈속에 나타난 젊고 아름다운 여인은 성경 속 레아다.

• 100~142

레아는 활동적인 삶의 전형으로서 이웃을 사랑하며 선을 행하므로 얻을 수 있는 행복을 드러내는 인물이며, 라헬은 자신을 거울이신 하나님께 비춰보며 그분의 자비를 묵상하는 여인을 표상한다.
레아와 라헬은 단테가 지상낙원에서 만나게 될 마텔다와 베아트리체를 예견케 해주는 인물들이다.
단테가 베르길리우스의 도움으로 지옥과 연옥의 모든 순례를 마친다.
인간 지성의 상징인 베르길리우스가 모든 소임을 마치고 떠나려 한다.
이 정죄 산에서 인간의 모든 죄를 씻은 단테가 인간의 참된 행복의 열매를 맛보려 한다.
베르길리우스가 단테에게 면류관이 예비되어 있음을 말한다.

제28곡

지상낙원의 아름다움

1300년 3월 31일 수요일 오전 6시에서 7시 사이다.
단테가 지상낙원에 들어가 아름다움을 만끽하며 꽃을 따는 여인의 노랫소리를 듣는다. 그가 여인에게로 가고자 하나 시내가 가로막혀 건널 수가 없다. 단테가 지상낙원을 흐르는 시내와 바람이 부는 모습을 보며 스타티우스가 말한 것과 달라서 의아해한다.

1　새로운 날의 눈부신 햇살이
　우거진 숲을 빛나게 하는 가운데
　내가 그 속과 둘레를 보려고,

4 누군가의 도움을 기다릴 것도 없이
느린 걸음으로 초원을 향했다.
그런데 거기에서 향내가 피어오르며

7 포근하고 감미로운 바람이 불어와
내 얼굴을 스치며 지나가는데
언제나 한결같은 미풍이었다.

10 가볍게 나부끼는 가지들은
거룩한 산이 한 날의 첫 그림자를 드리우는
서쪽을 향해 흔들리고 있었지만,

13 작은 새들이 나무 끝에 앉아
재롱을 부리며 아양을 떠는 것을
방해할 정도는 아니었다.

16 나뭇잎들이 새들의 노랫소리에
화답하여 춤을 추며 장단을 맞추면서
하루를 여는 모습이

19 마치 바람의 신 아이올로스가
사하라 사막의 동남풍인 시로코를 놓아 보낼 때
키아시 해변의 소나무들이 춤추는 것과 같았다.

22 어느덧 발걸음이 나를 이끌어
오래된 숲속을 거닐고 있었는데,
내가 들어온 곳마저 알 수가 없었다.

25 나를 가로막는 시내의 잔잔한 물결이
둑을 따라 자란 풀들을
왼편으로 눕히고 있었고,

28 햇빛이나 달빛이 비집고 들어갈 수 없는
영원한 숲의 그늘로 인해
시냇물은 더욱 검푸른 빛깔로 흘렀는데,

31 세상에서 아무리 정한 물이라 해도
투명한 이 물에 비하면
찌꺼기가 없다 말할 수 없겠더라.

34 내가 걸음을 멈추고는
시내 저편을 보았는데
그곳에도 온갖 꽃들이 널려있었다.

37 갑자기 무엇이 나타나면
당황하여 엉뚱한 생각을 하게 되는 것처럼
뜻밖에 거기에서

40 한 여인이 등장하여
내가 놀라서 정신이 없었는데,
그녀가 노래를 하며 꽃을 따고 있었다.

43 내가 시내 건너편의 그녀에게 말하길,
"오, 사랑의 빛으로 충만한 여인이여!
마음의 거울인 그대 아름다운 눈을

46 내가 보기를 원하오니
나에게로 가까이 다가와
그대 노래를 들려주오.

49 그대는 나로 그토록 아름답던 페르세포네를
기억나게 하나니, 그녀 어머니는 딸을 잃었고
여인은 영원한 봄날을 빼앗겼지요."

52 마치 바닥에 두 발을 모으고는
빙그르르 돌면서 춤을 추다가
한 발 한 발을 옮기는 무희舞姬처럼,

55 그녀가 붉고 노란 꽃들 사이를 지나
내게로 왔는데, 순수한 눈망울을 가진
정숙한 처자의 모습이었다.

58 그녀가 내 청을 들어주어
나에게로 가까이 와서
내가 그녀 노래를 들을 수 있었다.

61 아름다운 시내가 꽃밭 사이를 흐르며
대지를 적시는 곳에 이르렀을 때
내가 그녀의 두 눈을 보았는데,

64 아들 큐피드가 잘못 쏜 사랑의 화살을 맞고
미소년 아도니스를 사랑했던 비너스의 반짝이던 눈도
이보다 더 아름답지는 못하겠더라.

67 그녀가 씨앗도 없이 자란 수많은 꽃들을
손에 들고는 맞은편 둑 위에 서서
나를 향해 미소를 지었다.

70 시내는 우리를 세 걸음 떼어놓았는데,
옛날 페르시아 왕자 크세륵세스가 건넜던 물결,
아직도 인간의 교만을 꺾는 그 헬레스폰트 해협,

73 사랑을 위해 그 바다를 건너다 죽은 레안드로스의
한恨일지라도 지금 내 앞에 놓인 이 시내가
열리지 않는 아픔에는 미치지 못하리로다.

76 그녀가 말하길,
“그대가 하나님께서 인간을 위해 마련해 두신
이 보금자리에 와서 나 마텔다를 만나

79 궁금한 것들이 많이 있겠다마는,
‘여호와여, 주의 행사가 어찌 그리 크신지요.’라는
시편 말씀이 그대 안개를 다 걷히게 하리다.

82 나에게 간청하는 그대여,
그대가 알고 싶은 것이 무엇이뇨?
내가 말하리다.”

85 내가 묻기를, “이 물의 흐름과 숲의 속삭임이
제가 얻은 이 산에 대한 믿음을 거스르나니,
이곳엔 자연 현상이 없다고 들었나이다.”

88 그녀가 대답하길,
“그대가 궁금해하는 것에 대한 까닭을 말해
그대 안개를 다 씻어주리다.

91 오직 스스로의 영광과 기쁨만을 좇는 하나님께서
인간을 선하게 그리고 선하도록 지으시고,
이곳을 영원한 평화의 터전으로 주셨소.

94 그러나 인간은 여기에서 잠깐 머물다
쫓기는 신세가 되므로 누리던 기쁨과 즐거움이 변해
슬픔과 두려움과 괴로움이 되었다오.

97 그리하여 인간은 물과 땅에서 피어올라
태양의 열기를 쫓아 솟아오르는 수증기로 인해
비와 바람과 눈의 혼란을 겪게 되었소.

100 그러나 이곳은 하늘 높이 솟아있어
빗장으로 잠긴 연옥의 문밖과는
아무런 상관이 없다오.

103 이곳 공기는 원동천原動天의 회전을 따라
동에서 서로 돌고 있는데,
이 운동은 우주의 질서가 유지되는 한 어디서나 계속된다오.

106 이 기운은 기압의 변화가 없는
이 산의 정상에 부딪혀 우거진 나뭇잎들로
춤을 추며 속삭이게 한다오.

109 이렇게 운동을 시작한 초목이
새로운 움직임을 수태하므로
부드러운 바람을 사방으로 흩어지게 하므로

112 사람이 사는 세상에서도
토양과 기후에 적합한 온갖 나무들이
꽃을 피우고 열매를 맺는 것이라오.

115 이제 그대는 더 이상 씨도 없이
싹이 터서 자라는 이곳에 대해
의아해할 필요가 없나니,

118 그대가 서있는 이 거룩한 곳에는
저 세상에서 맛볼 수 없는
온갖 귀한 과실들이 풍성하다오.

121 또 여기 이 시내는 불었다 줄었다 하는
세상 강물처럼 냉각되어 서리는
수증기로 인해 채워지는 것이 아니라오.

124 영원히 변함이 없는 샘에서 발원하여 흐르는
이 시내는 두 개의 물줄기로 나누어져
하늘의 의지를 따라 흘러나가고 채워진다오.

127 하나의 샘으로 인한 두 물줄기 중에
이쪽이 죄의 기억을 씻어주는 시내이고
저쪽이 선행의 기억을 새롭게 하는 강이라오.

130 이쪽이 레테이고 저쪽은 에우노에라 불리는데,
인간이 이 둘을 모두 맛보지 않고는
천국의 행복을 누릴 수 없다오.

133 이 기쁨은 무엇과도 비교할 수 없노니,
내가 더 이상 말하지 않아도
그대 목마름이 채워졌을 것이오.

136 내 그대를 연민하여 한마디를 더하노니,
내가 많은 것을 말했다 하여
소홀히 여기지 말지니,

139 그 옛날 시의 뮤즈들이 살던 파르나소스에서
인류의 황금시대의 화려함을 노래하던
오비디우스와 시인들이 꿈꾼 곳이 바로 여기라오.

142 이곳에서 인류의 뿌리이신 아담과 하와가
그지없이 향기로운 봄날의 과실을 즐겼나니,
그것이 바로 시인들이 말한 신들의 음식이라오."

145 내가 이 말을 들으며 두 시인을 보았는데,
그들도 미소를 지으며
그녀 말을 경청하고 있었다.

148 나도 아름다운 여인의 말에 깊이 빠져들었다.

• 1~51

단테가 지상낙원에 들어가 그곳의 아름다움을 만끽한다.
그곳에서 꽃을 따는 여인을 만나 그녀의 노래를 듣는다.
단테가 여인이 부르는 노래가 궁금해 가까이 다가오기를 청한다.
그가 아름다운 여인을 보며 페르세포네를 떠올린다.
페르세포네는 제우스와 데메테르의 딸로 남다른 미모를 지닌 여인이다.
그녀가 시칠리아에서 꽃을 따다가 어머니와 연인 앞에서 마왕 플루톤에게 납치되어 그의 아내가 되므로 영원한 슬픔의 여인이 되었다. 오비디우스 《변신》

• 52~102

마텔다가 춤을 추는 무희처럼 단테에게 노래를 부르며 다가온다.
둑에 이르러 그녀가 정숙한 눈을 들어 단테를 바라본다.
큐피드의 사랑의 화살을 맞은 비너스가 미소년 아도니스에게 반해 반짝이던 그 눈빛보다 더 아름다운 눈동자로 단테를 바라본다.
단테가 그녀에게로 가고자 하나 이스라엘 앞에 홍해가 가로막혀 있는 것처럼 시내가 있어 건널 수가 없다.
그녀가 단테에게 지상낙원에 도착한 것을 말하며 궁금한 것을 말하라 한다. 단테가 그녀에게 바람과 물의 근원에 대하여 묻는다.
크세륵세스는 페르시아의 다리우스 왕의 아들로 기원전 480년에 오백만 대군을 이끌고 그리스를 정복하기 위해 헬레스폰트 해협을 건너 출정하지만 대패하여 고깃배를 타고 목숨을 건진다.
아비도스에 사는 레안드로스가 세스토스에 사는 처녀 헤로를 사랑하여 매일 밤 이 해협을 건너다 거센 물결로 죽었다.
그의 한恨보다 지금 이 시내를 건널 수 없는 자신의 아픔이 더 크다고 말한다.

• 103~148

단테가 냇물이 흐르고 바람이 부는 모습을 보며, 정죄 산에는 비와 바람과 같은 자연 현상이 없다고 한 스타티우스의 말이 생각나 당황한다.
마텔다가 단테의 궁금증을 설명해 준다. 세상에서는 태양의 열에 의해 물이 증발하여 비가 되고 바람이 불지만, 이 우주에서는 모든 천구가 원동천의 회전을 따라서 동에서 서로 돌며 바람을 일으킨다고 말한다. 또한 세상 물은 수증기가 냉각되어 비가 내리므로 넘치기도 하고 마르기도 하지만, 이 지상낙원에서는 하나님의 뜻에 의해 물이 샘솟기 때문에 언제나 한결같다 말한다.
하나의 샘에서 나는 물줄기가 레테와 에우노에 강을 이루는데, 레테 강은 인간의 모든 죄의 기억을 씻어주고, 에우노에 강은 선행의 기억을 새롭게 해준다.
결국 인간은 죄를 용서받고 덕을 쌓음으로 행복해질 수 있음을 말한다.

제29곡

지상낙원의 아름다움

1300년 3월 31일 수요일 오전 7시에서 8시 사이다.

지상낙원에서 단테가 마텔다를 따라서 강둑을 거닐고 있다. 갑자기 번갯불과 같은 섬광이 번쩍이며 감미로운 노래가 들려온다. 일곱 촛대 뒤에 흰옷을 입은 이십사 장로들이 등장하고, 그 뒤에 신약의 사 복음서를 말하는 네 마리 짐승들 사이로 그리스도를 상징하는 그리핀이 이끄는 개선마차가 나타난다.

1 　마텔다가 사랑에 취한 모습으로
　노래 부르기를, “허물의 사함을 얻고
　죄의 가림을 받은 자는 복이 있도다.”

4　하나는 빛이 그리워 해를 향해 날아가고
다른 하나는 빛살을 피해 숲의 그늘을
외로이 걷는 요정처럼,

7　그녀는 시내를 거슬러 둑을 따라 거닐고
내를 사이에 둔 나는 총총걸음으로
그녀와 나란히 반대편 둑을 걷고 있었다.

10　그녀와 내 걸음이 합해
백이 좀 못 되었을 때에 강둑이 굽어지며
내가 해가 솟는 동녘을 향해

13　조금 더 나아갔을 때
그녀가 말하길, "형제여, 이제 자세히 보며
귀를 기울여야 하오."

16　그때 한 줄기 빛이 거대한 숲을
섬광으로 불 밝혔는데,
순간 나는 번개 치는 줄로 알았다.

19　그러나 번개는 치는 순간에 사라지지만
그것은 지속적으로 빛을 발했고
나는 그 현상의 정체가 몹시도 궁금했다.

22 휘황찬란한 빛 속에서 노래가 흘러나왔고
내 마음속 열망이 고조되어
내가 하와의 경솔함을 탓했나니,

25 새 하늘과 새 땅이 하나님께 순종하던 그 자리에서
이제 막 지음을 받은 자가
창조주께서 준비한 너울veil을 벗어 던졌음이라.

28 하와가 좀 경건했더라면
인류는 이 낙원의 형언할 수 없는 기쁨을
날 때부터 영원히 누렸을 것이었다.

31 끝없는 즐거움을 향한
지상낙원의 첫 열매를 맛보며 황홀해진 나는
더 많은 행복을 갈망했나니,

34 푸른 나무 밑을 흐르는 공기는
불꽃처럼 타오르는 것 같았고
달콤한 노래는 기도처럼 들리더라.

37 오, 시의 신 뮤즈여! 나는 그대로 인해
고뇌의 긴긴밤을 지새웠노라.
이제 자비를 구하노니,

40 그대가 거하는 헬리콘 산이여!
나로 시의 샘이 솟게 하고, 천체天體의 신 우라니아여!
내가 헤아리지 못한 것들까지 모두 적게 하여라.

43 얼마를 가는데 금색으로 채색된
일곱 그루의 나무가 보이는 것 같았는데,
그러나 먼 거리가 내 눈을 속였더라.

46 내가 그것들에게로 가까이 갔을 때
내 감각을 흐리게 하던 어떤 특성이
분명하게 드러났나니,

49 나로 지각하게 하는 힘이
그것이 일곱 촛대인 것을 보게 했고
또 그 노래가 '호산나'인 것도 알게 하였다.

52 화려한 촛대 위에서
타오르는 불꽃이 청명한 밤하늘의 보름달보다
더 밝게 빛나는 것을 보며

55 내가 놀라 베르길리우스를 향했는데,
그도 어리둥절한 표정으로
나를 보았다.

58 내가 눈을 들었는데,
무언가가 혼인날의 새색시보다 더 느린 걸음으로
우릴 맞으려 움직이더라.

61 마텔다가 나를 나무라며 이르기를,
"그대는 어찌 빛나는 것만을 보고
그 뒤에 오는 자들은 보지 못하느뇨?"

64 그때서야 내가 많은 무리를 확인할 수 있었는데,
세상에 없는 하얀 옷을 입은 자들이
길잡이를 따라 우리에게 다가오고 있었다.

67 왼쪽의 레테 강물은 불꽃으로
거울처럼 빛나고 있었고,
그 위에 내 옆구리가 온전히 비쳤다.

70 둑을 따라 흐르는 시내가
우리를 멀리 떼어놓는 지점에서 내가 멈추고는
무리가 있는 곳을 살폈는데,

73 촛대의 불꽃들이 앞으로 나아가며
저들 뒤로 물들여진 대기가
펄럭이는 깃발처럼 보였다.

76　그것이 일곱 가닥으로 나누어져
그 빛깔이 무지개와 같았고
디아나의 띠를 두른 달무리와도 닮았더라.

79　여러 색깔의 깃발과 같은 대기가
내 눈이 미치는 곳보다 더 멀리까지 뻗었는데
기폭旗幅이 열 걸음씩은 되어 보였다.

82　내가 묘사하는 이 아름다운 하늘 아래
이십사 장로들이 순수한 백합 화관을
머리에 쓰고 둘씩 둘씩 다가오면서

85　노래 부르기를,
"아담의 딸들 중 가장 복되신 성모여!
당신의 아름다움은 영원히 복되도소이다!"

88　흰옷 입은 장로들이 지나가고
마주 보이는 시내 건너편의 꽃들과
푸른 초목들이 내 눈에 들어왔는데,

91　연이은 별들이 빛을 발하듯
장로들의 뒤를 이어 머리에 푸른 잎을 두른
네 마리 짐승이 다가왔다.

94 그것들이 각각 여섯 날개를 달고 있었고
그 날개마다 눈이 가득했는데,
백 개의 눈을 가진 아르고스가 그와 같았으리라.

97 그러나 내가 그 모습을 묘사하는데
더 이상의 시구를 사용치 말아야 할 것은
나는 다른 필요를 위해 지면을 아껴야 하리로다.

100 독자들이여, 에스겔을 읽어보라.
그는 바람과 구름과 불과 추운 곳에서 온
네 생물의 형상을 본 대로 적었나니,

103 그의 책에 언급된 그대로 여기에서도 그러하나
다만 다른 것은 날개뿐이었는데,
이는 요한의 말이 내가 본 것과 같았다.

106 네 마리 짐승들 가운데
바퀴가 둘 달린 개선 마차가 있었고
그리핀이 그 마차를 목에 걸어 끌고 있었다.

109 그리핀이 양쪽 날개를 높이 들고 있었으므로
좌우에 세 개씩 날개를 가진 짐승들 중에서도
그가 아무런 해를 입지 않았나니,

112 두 날개는 볼 수 없을 만큼 높이 솟아있었고
새처럼 생긴 몸은 온통 황금빛이었으며
나머지는 희고 붉은색이 섞여있었다.

115 그리핀이 마차를 끌고 있었는데, 한니발과 싸워 이긴 스키피오와
카이사르라 할지라도 이렇게 아름다운 것으로 행진하진 못했으리라.
파에톤의 태양 마차도 이 앞에선 초라했을 것이니,

118 궤도를 벗어난 그의 불 수레 때문에
대지의 여신 테라의 기도를 받아들인
제우스의 미묘한 판단은 정당했도다.

121 마차의 오른쪽 바퀴 옆에서 세 여인이 나타났는데,
그들 중 한 여인은 어찌나 붉어 보이던지
불 속에서는 알아보기가 어려울 것 같았다.

124 다른 여인은 살과 뼈가
푸른 옥으로 된 것 같았고
세 번째 여인은 방금 내린 눈처럼 희었는데,

127 때로는 하얀 것이, 때로는 빨간 것이
서로를 인도하면서 빨간 여인의 노래에 맞춰
그 둘이 발걸음을 조절하더라.

130 그때 마차 왼쪽 바퀴 옆에서 자줏빛 옷을 입은
귀부인 넷이 사뿐히 걸어 나왔고, 그들 중 세 개의 눈을 가진
여인이 장단을 맞추며 그들을 인도했다.

133 그 뒤를 두 노인이 따르고 있었는데,
입은 옷의 차림새는 서로 다를망정
의젓한 풍채는 한가지였다.

136 한 노인은 천하 만물 중 자연이 가장 사랑했던
인간을 돌보기 위해 태어난
위대한 히포크라테스의 제자처럼 보였고,

139 다른 노인은 번쩍이는 예리한 칼을 들고
앞의 노인과는 다른 행동을 했기에
내가 시내 건너편에 있으면서도 오싹했다.

142 그 뒤를 소박한 행색의 네 사람이 따랐고,
그들 뒤의 또 다른 노인은 예리한 영감을 지닌 듯
명상에 잠긴 표정을 짓고 있었다.

145 이들 일곱은 앞서간 이십사 장로들처럼
흰옷을 입고 있었지만
그들 머리엔 백합이 아닌

148 붉은 꽃이 감겨져 있었는데 장미와는 다르더라.
만일 그들을 먼발치에서 보았더라면
머리에서 불꽃이 타오르는 것 같았으리라.

151 마차가 내 앞에 이르렀을 때
천둥 치는 소리가 들리면서 온 무리가
더 이상 앞으로 나아가지 못하고

154 맨 앞 일곱 촛대와 함께 멈추었다.

• 1~51

마텔다와 단테가 느린 걸음으로 레테 강둑을 따라서 걷는다.
갑자기 숲에서 번갯불과 같은 섬광이 여기저기에서 번쩍인다.
그 빛 사이로 노래가 흘러나오며 단테가 시신들에게 영감을 달라 한다.
단테가 낙원의 황홀한 모습을 보며 금단의 열매를 딴 하와를 원망한다.
그가 아름다운 열매를 맛보며 천상의 아름다움을 생각한다.
단테가 금으로 된 나무와 같은 촛대를 보며 '호산나' 노래를 듣는다.

• 52~99

강물이 촛대의 불빛으로 인해 거울처럼 단테의 모습을 비춰준다
촛대의 불꽃 뒤에 찬란한 빛줄기가 무지개 빛깔로 남아있다.
빛줄기 아래에 구약의 12지파와 신약의 12제자를 상징하는 이십사 장로들이 나타난다.
"또 보좌에 둘려 이십 사 보좌들이 있고 그 보좌들 위에 이십사 장로들이 흰옷을 입고 머리에 금 면류관을 쓰고 앉았더라." 계4:4
그 뒤로 푸른 잎사귀를 두른 수많은 눈을 가진 네 마리의 짐승이 나타난다. 초록색 잎사귀는 그리스도에 대한 희망을 드러내고, 수많은 눈은 모든 사물을 꿰뚫는 복음의 진리를 가리킨다.
네 마리의 짐승은 사자와 황소, 사람과 독수리를 가리키는데 이는 곧 신약의 4복음서다.

"네 생물이 각각 여섯 날개가 있고 그 안과 주위에 눈이 가득하더라." 계4:8

여섯 날개는 복음의 전파가 신속한 것을 나타낸다.

제우스가 이오를 사랑하자 제우스의 아내 헤라가 아르고스를 시켜 감시하게 한다. 이에 제우스가 헤르메스를 시켜 아르고스를 죽이고 그 눈을 뽑아 공작의 꼬리를 장식했다.

오비디우스의 《변신》

- **100~154**

네 마리의 짐승들 사이로 그리핀이 끄는 개선 마차가 나온다.

그리핀의 상반신은 독수리 모양이고 하반신은 사자인 가상의 동물로서 신성과 인성을 지닌 그리스도를 상징하고, 그가 끄는 개선 마차는 교회다. 독수리 몸통의 황금은 신성을 상징하며 사자의 희고 붉은 색은 인성을 나타낸다.

파에톤은 태양신 헬리오스아폴론의 아들로 아버지만이 탈 수 있는 태양 마차를 몰다가 궤도를 이탈하여 대지에 가깝게 운행하므로 땅이 사막이 되고 강물이 말랐다. 대지의 여신 테라의 간구로 제우스가 벼락을 내리므로 파에톤이 추락하여 죽었다.

개선 마차의 오른편에서 나오는 세 여인은 믿음과 소망과 사랑을 상징한다. 사랑과 소망은 믿음에 이끌리고, 믿음과 소망은 사랑에 이끌리지만 소망은 믿음이나 사랑에서 나온다.

귀부인 넷은 사추덕四樞德으로 사람에게 가장 중요한 덕인 지혜와 용기와 의리와 절제다. 머리에 눈이 셋 있는 여인은 과거와 현재와 미래를 통찰하는 자로 신중을 상징하며 사추덕을 이끈다.
두 노인은 누가와 바울이다. 누가는 실제로 의사였고 바울은 성령의 칼과 하나님 말씀으로 무장하도록 성도들에게 권면했다.
"구원의 투구와 성령의 검 곧 하나님의 말씀을 가지며." 엡6:17
소박한 행색의 네 사람은 야고보와 베드로, 요한과 유다다. 이들이 쓴 성경은 분량이 적다 하여 이런 표현을 썼다. 맨 나중에 등장하는 노인은 성경의 맨 마지막인 요한계시록의 저자인 사도 요한이다. 날카로운 통찰력과 영감을 바탕으로 성경을 기록하였다.
백합은 구약의 그리스도의 강림에 대한 신앙을 나타내며, 장미와 붉은 꽃은 신약의 그리스도에 의한 사랑을 말한다.

제30곡

베아트리체의 등장

장로들과 천사들의 노래 가운데 꽃 세례를 받으며 베아트리체가 등장한다. 붉은색 옷을 입고 초록색 망토를 쓰고는 하얀 너울을 두르고 있다. 단테가 두렵고 떨리는 마음으로 그녀를 맞이한다. 베아트리체가 자신이 죽고 난 이후의 단테의 방탕한 삶을 질책하며 그를 향한 자신의 사랑을 고백한다. 베아트리체가 세상에 취해 산 단테에게 구원을 위한 눈물의 회개를 촉구한다.

1　질 줄도 모르고 떠오를 줄도 모르며
죄악의 너울veil of sin 말고는 구름도 모르는
첫째 하늘의 일곱 촛대가,

4 마치 북두성이 사공으로
뱃머리를 포구浦口로 향하게 하는 것처럼
누구에게나 제 할 본분을 깨닫게 하도다.

7 일곱 촛대가 멈춰 섰을 때
그것과 그리핀 사이에 있던 이십 사 장로들이
평화를 갈망하듯 마차로 향했는데,

10 장로들 중 하나가 천상의 목소리로
"나의 신부야, 너는 레바논에서부터 나와 함께하고."를
세 번 노래했는데 모두가 따라 했다.

13 최후 심판의 나팔소리가 울릴 때
축복받은 자들이 무덤에서 일어나
다시 얻은 목소리로 할렐루야를 노래하듯,

16 개선 마차 위에서도
위대한 장로의 목소리를 따라서
하늘의 일꾼들과 천사 백 명이 일어나

19 "주의 이름으로 오시는 이여, 복되도다."를
노래하며 위로 옆으로 꽃을 뿌리며
"한 아름의 백합을 주소서." 하더라.

22　바야흐로 아침 해가 떠오르며
동쪽 하늘이 장밋빛으로 붉게 물들고
반대편은 맑게 개어 깨끗했는데,

25　물기를 머금은 안개로 인해
솟아오르는 해의 얼굴을
눈으로도 볼 수 있었다.

28　천사들이 위로 던진 꽃들이
마차의 안과 밖으로
꽃구름처럼 날리는 중에

31　한 여인이 나타났는데, 그녀가 하얀 너울을 쓰고
감람나무 잎으로 이마에 띠를 두르고는
푸른 망토에 붉은 옷을 입었더라.

34　내가 세상에서 그녀에 대한 동경에 사로잡혀
경외감으로 어안이 벙벙하여 떨며
그 앞에 서있었던 이래 수많은 세월이 지났지마는,

37　너울veil로 그녀 얼굴을 볼 수 없었지만
내 영혼은 순식간에 그녀로부터의 신비로
인내하는 그녀 사랑을 느낄 수 있었다.

40 내 어린 시절이 다 지나가기도 전에
내 마음속에 파도처럼 밀려왔던 사랑이
지금 내 눈앞에 다시 부딪혀 오면서,

43 마치 아이가 놀라거나 괴로울 때에
엄마 품으로 파고드는 것처럼
내가 어리둥절하다가 왼편을 향하여

46 길잡이에게 말하길, "떨리지 않는 피란
저에게 단 한 방울도 없나이다. 이제야 당신의
불꽃같은 사랑을 알게 되었나이다."

49 그러나 뜻밖에 거기에 베르길리우스는 없었다.
너무나 자애로운 나의 아버지여!
구원을 위해 그토록 의지 삼았던 분이시여!

52 그 옛날 하와가 잃었던 이 낙원의 모든 즐거움도
스승이 이슬로 씻어주었던 내 뺨이
다시 눈물로 얼룩지는 것을 막을 수 없었다.

55 "단테여, 베르길리우스가 떠났다 하여
슬퍼하지 말지니, 그대가 아직 울 때가 아닌 것은
이후로 더 많이 눈물지어야 한다오."

58 내가 어쩔 수 없이 부르는 나의 이름이
마차의 왼편에서 불리어지는 것을 듣는 중에,
마치 배 위에서

61 일하고 있는 선원들을 독려하려
선장이 뱃머리나 배의 고물로 나아오는 것처럼
그녀가 나를 향해 다가왔다.

64 천사들의 꽃 세례를 받으며
너울을 쓰고 나타난 여인이
시내 건너편에 있는 나를 보고 있었는데,

67 미네르바 잎사귀를 머리에 두르고는
너울로 눈을 가려 내가 그녀를
바로 볼 수는 없었지만,

70 나는 여인에게서 여왕과 같은 기품을
느낄 수 있었다. 그녀가 중요한 말을
뒤로 미루는 사람처럼 말하길,

73 "그대 나를 보오.
이제 그대가 지상낙원에 올랐나니
그대는 여기에서 진정한 행복을 알게 되리다."

76 내가 부끄러워 그녀를 보지 못하고
시내를 향해 고개를 숙이고는
강가의 풀숲을 보고 있었다.

79 죄지은 아이에게 어미가 지엄하게 보이듯
베아트리체가 나에게 그러했는데, 나를 향한
여인의 쓰디쓴 연민이 맵기만 하더라.

82 여인이 잠잠한 가운데 천사들이 시편 말씀 중
"여호와여, 내가 주께 피하오니."를 노래했는데
"내 발을 넓은 곳에."를 넘어서진 않았다.

85 이탈리아의 등줄기인 아펜니노 산맥의
싱싱한 나무들 사이로 부는 북동풍으로 인해
쌓인 눈과 얼음이

88 마치 불더미에 초가 녹아내리듯,
그늘이 없는 땅 아프리카가 숨을 쉬는 바람으로 인해
방울방울 녹아서 내리는 것처럼,

91 나 역시 무궁한 천체의 노랫가락에
장단을 맞추는 천사들의 노래가 있기 전에
내 안에서 단단히 얼어붙어 있던 아픔이,

94 “여인이여, 어찌 저를 이토록 나무라시나이까?”
라는 말을 듣는 것보다도 더 나를 간절하게 위로하는
천사들의 감미로운 찬양을 들었을 때,

97 내 마음을 짓누르던 초조함과 함께
탄식과 눈물이 되어 내 입에서, 내 눈에서,
내 가슴속에서 녹아져 내렸다.

100 여인이 마차의 왼편에서
꼼짝도 하지 않고 있다가
이윽고 천사들에게 이르기를,

103 “그대들은 영원한 빛 가운데 늘 깨어있어
밤이나 잠의 어둠 속에서 일어나는 일들이
그대들을 속일 수 없다오.

106 그래서 내 말은 그대들에게
이르는 것이 아니고 시내 저편에 있는 자로
눈물로 회개케 하려 함이라오.

109 모든 생명들은 천체의 운행 속에서
하늘의 별들을 길동무 삼으며
어떤 목적으로 이끌리게 되고,

112 또 우리 눈이 미치지 못하는,
수증기로 비를 만드는 까마득한 하늘로부터 오는
풍성한 은혜가 그 생명들과

115 함께하기에, 저 사람도 이러한
인도함을 따라서 젊은 날부터 강인함과
아름다운 성품으로 온갖 덕과 재능을 드러냈다오.

118 그러나 좋은 땅을 경작하지 않는 것과
기름진 땅에 나쁜 씨앗이 뿌려져
악한 열매를 맺는 것도 다 죄이기에

121 내가 저 사람을 만나 나의 고운 자태로
저를 부축하고 또 아름다운 미소로
바른길로 인도하려 했다오.

124 그러나 내가 청년의 때를 지나 문턱을 넘으며
지상에서 천상으로 삶을 옮기므로
저 사람이 나를 떠나 세상 욕망을 불태웠다오.

127 내가 육신을 벗고 영혼의 세계에 올라
더 아름답고 덕이 충만한 내가 되었음에도
저자는 나에게서 흥미를 잃었소.

130 그리하여 진리의 길에서 벗어나
방황하며 행복을 보장해 주지 못하는
환영幻影에 사로잡혀 살았소.

133 꿈이나 다른 길을 통해
다시 영감을 얻도록 내가 간절히 바랐으나
저를 돌이키려는 나의 노력이 헛되어,

136 끝내 저 사람이 깊은 구렁에 떨어지므로
결국 저에게 지옥의 망령들을 보여주는 길 외에는
구할 다른 방법이 없었다오.

139 그래서 내가 죽은 자들의 문을 찾아가
지금까지 저를 인도한 베르길리우스에게
눈물로 호소했던 것이오.

142 그러나 저 사람이 눈물을 흘리며
참회하는 대가를 치르지 않고 레테를 건너
달콤한 물을 맛볼 수 있는 것이라면

145 하늘의 거룩한 법은 다 깨질 것이라오."

• 1~51

일곱 촛대는 일곱 교회라고 요한계시록에 언급되었다.
“네 본 것은 내 오른손에 일곱 별의 비밀과 일곱 금 촛대라. 일곱 별은 일곱 교회의 사자요, 일곱 촛대는 일곱 교회니라.” 계1:20
“이르되 네가 보는 것을 두루마리에 써서 에베소, 서머나, 버가모, 두아디라, 사데, 빌라델비아, 라오디게아 등 일곱 교회에 보내라 하시기로.” 계 1:11
이십사 장로들의 바람은 그리스도 통한 주님의 몸인 교회의 건설이다. 장로 중 하나가 “나의 신부야, 너는 레바논에서부터 나와 함께 하고 레바논에서부터 나와 함께 가자.” 아가 4:8를 세 번 노래 부른다.
장로들과 천사들 백 명이 노래를 부르는 중에 천사들의 꽃 세례를 받으며 한 여인이 나타난다. 머리엔 하얀 너울을 쓰고 올리브 잎으로 만든 관을 이마에 두르고 있다.
그녀의 옷이 하얀색믿음과 초록색소망과 붉은색사랑이고 머리엔 감람나무 잎지혜와 평화으로 만든 띠를 두르고 있다.
단테가 너울로 인해 여인을 알아보지 못하나 신비로운 기운을 느낀다. 베르길리우스에게 의지하려 하나 그는 이미 자리에 없다. 단테가 그의 이름을 부르며 그를 추억하고 이별을 아파하며 눈물을 흘린다.

• 52~99

베아트리체가 너울을 쓰고 감람나무 잎을 두르고 나타난다.
감람나무 잎은 지혜의 여신 미네르바에게 바쳐진 잎사귀다.

천사들이 "여호와여 내가 주께 피하오니 나로 영원히 부끄럽게 마시고 주의 이름으로 나를 건지소서." 시31:1로부터 "나를 대적의 수중에 금고禁錮치 아니하셨고 내 발을 넓은 곳에 세우셨음이니이다." 시31:8까지 노래한다.
단테가 그의 작품 《새로운 삶》에서 베아트리체를 처음 만났을 때의 마음을 이렇게 기록했다.

"나의 여인은 참으로 거룩하고 아름다워
사람들에게 미소를 지으며 인사할 때마다
그들 입술이 부들부들 떨리어
그들이 눈을 들어 여인을 바라볼 수가 없었네."

단테가 성스러운 베아트리체 앞에서 두렵고 떨림으로 그녀를 대한다.
베아트리체가 방황하며 방탕했던 단테의 지난날의 삶을 나무란다.
천사들이 단테를 연민하여 그를 위로하려고 노래를 부른다.

• 100~145

베아트리체를 잃고 세상에서 방탕하던 단테의 삶을 그녀가 질책한다.
별들의 축복과 하늘의 은총을 입어 뛰어난 능력을 타고난 단테가 베아트리체의 죽음으로 올바른 길에서 벗어나 세상 향락에 빠졌다.
베아트리체가 유년과 소년 시절을 지나 24세의 젊은 나이에 죽어 지상에서 천상으로 옮겨 새로운 삶을 살게 되었다. 이후 단테는 꿈속에서 여러 차례 베아트리체를 보았지만 연모의 마음이 오래가지 못했다. 세상에 취한 단테를 베아트리체가 영적인 삶으로 인도하기 위해 단테로 눈물의 회개를 촉구하며 다그치고 있다.

제31곡

레테 강물에 죄의 기억을 씻음

1300년 3월 31일 수요일 오전이다.

단테가 세상 헛된 욕망에 빠져 살아온 삶을 회개한다. 그녀의 호된 질책을 전적으로 수긍하며 고통을 느끼다가 의식을 잃는다. 그가 마텔다에게 이끌려 레테 강에서 물을 마시고는 죄의 기억을 씻는다. 네 명의 여인들이 교회를 상징하는 개선 마차가 있는 곳으로 단테를 인도한다.

1 “레테 강 건너편에 있는 자여,
내가 진실을 말하고 있지 아니한가.
이제 죄를 고백하는 것이 마땅하지 않은가.”

4 서슬이 퍼런 그녀 말이
뾰족한 끝을 나에게로 향하며
거침없이 공격을 시작했다.

7 그녀 앞에서 입술과 혀로 말하려 했지만
내 몸은 마비가 되었고
결국 나는 한마디도 말하지 못했다.

10 여인이 묻기를,
"무엇을 생각하오. 그대 아픈 기억들이
이 물로 씻기지 않았으니 대답하오."

13 두려움이 나를 혼돈으로 몰아가
내가 입으로 "네."라 말했지만 그녀에게는
들리지 않고 눈으로 보였을 것이었다.

16 시위를 지나치게 당겨 쏘면
활이 부러지고 활시위가 끊어지며
화살도 과녁에서 빗나가는 것처럼,

19 내가 무거운 짐에 눌려
눈물과 한숨이 터져 나오며
내 목소리는 갈 길을 잃었다.

22 베아트리체가 말하길,
"하나님을 사랑하도록
내 그대를 이끌고 싶었던 열망 가운데

25 그대는 무슨 함정에 빠졌고
어떤 사슬chains에 매여있었기에
미래를 향한 소망을 버렸느뇨?

28 세상 어떤 유혹과 환상이
그대를 사로잡아
젊음을 다 허비하게 만들었던 것이오?"

31 내가 한숨을 쉬고는 씁쓸한 표정으로
여인에게 대답하려
내 입술이 어렵게 소리를 냈다.

34 내가 눈물을 흘리며 말하길,
"그대 없는 세상이 나를 허무 가운데로
밀어 넣어 내가 길을 잃었지요."

37 여인이 이르기를, "그대가 고백하지 않거나
거짓을 말한다 해도 죄가 동일한 것은
우리 재판장이 다 아시기 때문이오.

40 그러나 참회가 자기 입술로 고백되면
하늘 법정에서는 마치 숫돌이 칼날을
거슬러 갈 듯 죄가 무뎌진다오.

43 이제 그대 허물을 부끄럽게 여기고
언젠가 세이렌이 세상 유혹을 노래할 때
더욱 굳세어지기 위해

46 눈물을 떨치고 내 말을 명심하오.
그리하면 하늘에 있는 내가 그대를
어떻게 인도하려 했는지를 알게 되리다.

49 그대는 자연에서든 예술에서든
지금 땅속에 묻혀 티끌이 된 나보다
더 아름다운 것은 없다 노래했소.

52 그런데 그런 내가 세상을 등졌다 한들
무엇이 나를 향한 그대 사랑을
다 앗아갔단 말이오?

55 그대가 인생의 허무를 맛본
그 첫 번째 화살을 맞고는 벌떡 일어나
영원한 생명을 위해 새 삶을 다짐했어야 했다오.

58 그러나 그대는 주색酒色과 환락에 빠져
두 번째 화살을 불러들이므로
자기 날개를 꺾어버렸소.

61 갓 태어난 새는
둘째와 셋째 화살을 스스로 초래하지만
깃을 가진 새는 그물과 화살을 자초하지 않는다오."

64 어린아이가 부끄러우면
고개를 숙이고 듣기만 하다가
자기 잘못을 뉘우치는 것처럼,

67 내가 그러할 때에 여인이 이르기를, "내 말을
듣는 것이 괴롭다 해도 수염을 들어 나를 보오.
이제 그대는 더 큰 고통을 맛보아야 하리다."

70 우리 고장을 향해 불어오는 북풍이나
이아브라 왕이 다스리는 리비아에서 부는 남풍에
참나무가 버티지 못하는 것처럼,

73 나도 그녀 말에 꼼짝도 못 하다가
여인이 얼굴이 아닌 수염을 들라 했을 때
그 말에 독이 묻어있음을 알았다.

76　그리고는 내가 고개를 들었는데,
첫 피조물인 천사들이 여인을 향해
꽃을 뿌리는 일을 멈추더라.

79　내 어렷한 눈길 속에서
베아트리체가 한 몸에 두 얼굴을 지닌
그리핀을 마주하고 있었는데,

82　너울을 쓰고 시내 저편에 있는 그녀가
세상에 머물 때보다
더욱 아름다워 보였다.

85　그리하여 뉘우침의 고통이 나를 더욱 아프게 하며
나를 현혹하므로 내가 사랑했던 것들이
이젠 원수처럼 느껴졌나니,

88　내가 죄책감으로 가슴을 쥐어뜯으며
그 자리에 쓰러졌는데, 그때 내 형편은 오직
나를 그렇게 만든 그녀만이 알 것이었다.

91　얼마 후 내가 정신을 차렸을 때
조금 전 나에게 다가왔던 마텔다가 말하길,
"나를 단단히 붙드오."

94 그녀가 내 얼굴을
물속에 잠기게 하려고
베틀의 북처럼 나를 가볍게 이끌었다.

97 내가 축복의 레테 강물에 잠겼을 때
말로 표현할 수도 없고 다시 생각해 낼 수도 없는
감미로운 노래가 들리길, “저를 씻어주소서.”

100 아름다운 여인 마텔다가 팔을 벌려
내 머리를 안아서 나로 물을 마시게 하려고
내 입술을 물속에 넣고는,

103 머지않아 나를 이끌어
춤추는 네 명의 여인에게로 인도했는데
그녀들이 나를 감싸 안았다.

106 “우리가 여기에서는 림프로 불리나
하늘에서는 별이라오. 베아트리체가 태어나기 전부터
우리는 그분의 시녀로 예정되었다오.

109 우리가 그대를 안내하리니
저 세 여인이 그대로 그분의 눈빛을 보게 하여
그대 눈을 열어주리다.”

112 여인들이 노래를 부르며
베아트리체가 바라보는 그리핀의 가슴께로
나를 인도하면서

115 다시 말하길,
"일찍이 그대에게 사랑의 화살을 쏘았던
에메랄드와 같은 그분의 눈동자를 보아요."

118 천 가지나 되는 욕망의 불길이
그리핀에게 고정된 베아트리체 두 눈에
내 시선을 매이게 했는데,

121 거울 속에 담긴 해처럼 그녀 두 눈에
그리스도의 신성과 인성인 독수리와 사자가
때로는 이 모습으로 때로는 저 모양으로 빛나더라.

124 독자여, 생각해 보라. 물체가 그 자체로는
아무런 변화가 없는데도 그 이미지가 끊임없이
바뀌는 것을 보며 내가 얼마나 놀랐겠는가!

127 내가 얼떨떨해하면서도 너무 기쁜 가운데
창조주를 갈망하며 그 사랑에 배고파하는
여인의 두 눈을 계속 주시했다.

130 그때 세 여인이 천사와 함께
고귀한 자태로 노래 부르고 춤을 추면서
앞으로 나아오며 말하길,

133 "베아트리체여!
당신의 거룩한 시선을 당신을 사모하여
먼 길을 달려온 신실한 자에게 돌리소서.

136 부디 우리에게 은혜를 베풀어 주시고
이자에게는 입을 열어
당신의 아름다운 미소를 보게 하소서."

139 오, 영원한 아름다움이여!
그대가 내 앞에서 미소를 지었을 때
그대 모습을 가릴 수 있는 것은 오직

142 아름다운 천국뿐이었나니, 시신詩神들이 사는
파르나소스의 샘물을 실컷 마셔 시상이 풍부한 자라도,
또 그 산 그늘에서 파리해지도록 지쳐있는 자라 할지라도

145 어느 누가 그대 모습을 그려낼 수 있겠느뇨?

• 1~48

베아트리체가 단테에게 죄를 고백하라 다그친다.
단테가 베아트리체의 죽음 후에 세상 헛된 욕망에 빠진 것을 고백한다.
그러나 단테의 목소리가 너무 작아 입술의 모양으로만 알 수 있다.
숫돌이 칼날을 거슬러 갈면 칼날이 무디어지듯 스스로 죄를 고백하면 하나님이 자비를 베풀어 잘못을 용서해 주신다고 말한다.

• 49~105

세상에서 단테는 베아트리체의 아름다움에 취해 그녀를 사랑했다.
그러나 그녀가 24세의 젊은 나이에 죽으며 단테가 인생무상을 느꼈다.
그때 영원한 생명에 대한 소망을 단테가 가졌어야 했다 말한다.
그러나 단테가 세상에 취하므로 두 번째와 세 번째 화살을 자초했다.
베아트리체가 단테로 수염을 들라 한 것은 자신의 초라한 모습을 보며 천상의 아름다움을 바라보게 하여 세상에 취해 산 삶의 부끄러움을 알게 하려는 것이다.
베아트리체가 계속해서 세상 욕망을 탐닉한 단테를 몰아세우며 질책하고, 단테는 그녀의 말을 수긍하며 심한 고통을 느끼다가 의식을 잃는다.
단테가 마텔다에게 이끌려 레테 강에서 물을 마시고 죄의 기억을 다 씻는다.

"주의 얼굴을 내 죄에서 돌이키시고 내 모든 죄악을 도말하소서. 하나님이여, 내 속에 정한 마음을 창조하시고 내 안에 정직한 영을 새롭게 하소서. 시51:9, 10

• **106~145**

네 명의 여인이 개선마차가 있는 곳으로 단테를 이끈다.

단테에게 지혜의 상징인 베아트리체의 눈빛을 주목하라 한다.

그리핀을 바라보는 베아트리체의 눈빛에 독수리와 사자 모습이 빛난다.

독수리는 그리스도의 신성을 나타내고 사자는 인성을 상징한다.

세 여인은 믿음과 소망과 사랑으로, 이것으로 인간은 하나님 안으로 더 깊이 들어가게 되며 구원을 상징한다.

너울을 벗은 베아트리체의 아름다움은 시신詩神들의 도움으로도 다 묘사할 수 없고, 다만 천국의 아름다움을 통해서만 그 미를 가릴 수 있다.

제32곡

교회의 상징인 마차가 괴물로 변신함

베아트리체 사후 10년 만에 단테가 그녀를 만난다. 베아트리체의 거룩한 미소를 통해 단테가 사랑의 힘을 회복한다. 그리스도를 상징하는 그리핀이 하늘로 오르고, 일곱 여인이 베아트리체를 호위하며 그리스도 주님의 교회인 마차를 수호한다. 제우스의 새인 독수리는 로마 황제를 상징하며 로마는 천상의 성스러운 도시다.

1 베아트리체 사후死後 십 년 동안의
목마름을 풀기 위해 내 눈이 그녀를 집중하며
다른 감각들은 다 사라졌나니,

4 내가 그녀의
거룩한 미소 속으로
깊이 빠져들고 있었다.

7 내 왼편에 있던 세 여인이 말하길,
"너무 뚫어지게 보나이다."
내가 그 말을 듣고는 억지로 시선을 돌렸지만

10 태양을 본 후에는
어느 무엇도 눈에 들어오지 않는 것처럼
나는 아무것도 볼 수가 없었다.

13 다시 무엇이 조그맣게(조그맣게라고 말함은
찬란하게 빛나는 베아트리체 모습에
견주어서 말이다) 보이는 것 같아 바라보니,

16 영광스러운 무리가
일곱 개의 촛불을 앞세우고 햇살을 받으며
오른쪽으로 나아가고 있었다.

19 싸우는 병사들이 몸을 보호하며 이동하려
방패 밑으로 숨어
깃대 잡은 병사를 따라 도는 것처럼,

22 천국을 향해 돌아가는 군사들이
마차가 굴대pole를 틀기도 전에
무리를 지어 우리 앞을 지나갔다.

25 어느새 여인들은 마차 곁으로 돌아가고
그리핀이 거룩한 마차를 끌고 있었는데
깃털은 조금도 흔들리지 않더라.

28 스타티우스와 나는
마텔다와 함께 오른쪽 바퀴를 따라서
작은 원을 그리며 앞으로 나아갔다.

31 우리가 뱀의 유혹에 솔깃했던 여인의 죄로
황폐해져 버린 숲을 지나면서
천사들의 노래에 발을 맞추며 걸어

34 시위를 떠난 화살이 도달하는 지점보다
세 배 정도가 되는 곳에 이르렀을 때
베아트리체가 마차에서 내렸다.

37 그러자 모두가 나지막한 소리로 "아담."을 부르며
가지마다 꽃과 잎사귀가 다 떨어진
나무 주위에 빙 둘러 모였다.

40 그 나무가 화살로도 닿을 수 없는
인도의 밀림지대 수목만큼이나 높아 보였는데,
위로 오를수록 가지가 더 넓게 퍼져있었다.

43 “탐스러운 나무를 입부리로 쪼지 아니한
그리핀이여, 복되도다. 그러나 그것을 맛본 배는
날마다 고통스럽게 뒤틀릴 것이로다.”

46 나무 주변에 있던 자들이 이렇게 노래를 하니
두 성품two natured을 지닌 그리핀이 이르기를,
“모든 정의의 씨는 이렇게 보존되도다.”

49 그리고는 그가 돌아서 끌고 왔던
마차의 굴대를 이끌어 잎사귀가 다 떨어진
나무 밑에 놓고는 여린 가지로 묶었다.

52 그러자 4월 하순의 초목들이
태양이 그의 준마를 황소자리 아래에
매어두기 전에 벌써 부풀어 올라

55 꽃봉오리를 터뜨리며 새로워지는 것처럼,
강렬한 해가 물고기자리 뒤에서
반짝이는 양자리 별들과 한데 어울려 기울면서

58 그렇게도 연약해 보이던 나무가
새롭게 변하여 장미꽃보다는 못하지만
오랑캐꽃보다 더 진한 빛을 띠더라.

61 그때 무리가 노래를 불렀는데,
내가 세상에서 듣지 못한 곡이어서 뜻을 알 수 없었고
또 내가 곧 잠이 들어 끝까지 들을 수도 없었다.

64 시링크스의 슬픈 이야기를 들으며 잠이 들어
죽음이란 값비싼 대가를 치러야 했던
아르고스의 눈물을 내가 그릴 수 있다면,

67 모델을 놓고 그림을 그리는 화가처럼
내가 나의 잠들었던 모습을 그릴 수 있으련만,
그러나 그런 일은 잠을 그릴 수 있는 자에게 맡겨두고

70 나는 내가 어떻게 깨었는지를 말할 수 있을 뿐이로다.
하늘로 오르는 행렬이 빛을 발해 내 잠의 너울을 찢는 중에
마텔다가 말하길, "일어나오, 그대 무엇을 하느뇨?"

73 천사들이 갈망하는 과실을 맺게 하시는 분,
어린 양의 혼인잔치를 베풀어 주시는,
사과나무의 꽃떨기이신 그리스도를 따라서

76 베드로와 야고보와 요한이
변화산에 올라 얼굴을 땅에 묻고 두려워하다가
다시 살아난 나사로를 생각하며 정신을 차리고는,

79 함께 있던 모세와 엘리야가 사라진 것과
곁에 있는 스승의 옷이 하얗게 변했다가
다시 이전 색깔로 돌아온 것을 보았음같이,

82 나도 잠에서 깨어 주의 제자들처럼
정신을 차리고는 강둑을 따라 걸으며
인도자인 마텔다가 곁에 있음을 깨달았다.

85 내가 두려워 떨며 묻기를, "베아트리체는
어디에 있나이까?" 그녀가 대답하길,
"새잎이 돋은 나무 밑에 있다오.

88 일곱 여인은 베아트리체 곁에 있고
다른 이들은 그리핀과 함께 하늘로 오르며
달콤하고 그윽한 노래를 부른다오."

91 나는 마텔다가 말을 더 했는지 모른다.
왜냐하면 내 마음을 온전히 굴레 씌운 여인이
다시 내 앞에 나타났기 때문이었다.

94 베아트리체가 홀로 바닥에 앉아
조금 전 두 성품을 지닌 그리핀이
나무에 매어둔 마차를 지키고 있었고,

97 그녀 곁에는 일곱 여인이
북풍이나 남풍에도 꺼지지 않는 등불을 들고는
빙 둘러서서 원을 이루고 있었다.

100 "그대는 잠시 이 숲에 머물다
그리스도께서 천상의 성스러운 도시인 로마 시민으로 계시는
그곳에서 영원히 나와 함께 있으리다.

103 그대가 그릇된 세상에 복음을 전하기 위해선
저 마차를 주목해야 하리니,
본 바를 거기에서 다 말해야 하리다."

106 베아트리체가 이렇게 말하여
내가 그녀의 분부를 좇아서
가리키는 곳을 보았는데,

109 비 오는 날 아득하게 먼 하늘 끝에서
검은 구름을 뚫고 터져 나오는 번개가
제아무리 빠르다 해도,

112 그때 그 나무를 향해 돌진하여
꽃과 새로 돋은 잎과 껍질까지 쪼아 망가뜨리는
독수리의 속도를 따라잡을 수는 없겠더라.

115 그리고는 그 제우스의 새가 힘을 다해 마차를 들이받았는데,
마치 풍랑을 만난 배가 파고波高를 이기지 못해
선수船首와 선미船尾가 요동을 치듯 그 마차가 그러했다.

118 그리고는 머지않아 그 속으로
좋은 음식을 한 번도 먹어보지 못한 것 같은
여우가 뛰어들었는데,

121 베아트리체가 그놈의 추악한 죄를 꾸짖으니
아무런 살점이 없는 뼈가
겨우 감당할 정도의 속도로 도망을 쳤다.

124 그런데 조금 전 나무로 돌진했던 독수리가
이제는 달라져 마차의 궤 안으로 들어와
자기 황금 깃털을 그곳에 흘려놓았는데,

127 애끓는 마음에서 슬픔이 솟아나듯
하늘로부터 한 목소리가 들려오기를,
"오, 나의 작은 배여! 불운을 가져오는 짐을 실었도다."

130 그리고는 바퀴와 바퀴 사이의
땅이 갈라지며 용 한 마리가 나와서
꼬리로 마차를 찔렀는데,

133 마치 움츠리며 독을 주사하는 말벌처럼
그놈이 독을 품은 꼬리를 잡아당겨
마차 아래 한쪽을 떼어내고는 흡족해하더라.

136 기름진 땅이 무성한 잡초를 기르듯이
순수하고 좋은 의도로 바쳐진 깃털이
마차의 남은 부분을 덮어버렸고,

139 그리하여 마차의 이쪽저쪽 바퀴와 굴대가
순식간에 깃털로 덮였는데,
그것은 한숨을 쉬는 시간보다 더 빨랐다.

142 이렇게 변해버린 거룩한 마차의
여기저기에서 머리가 나오기 시작했는데,
굴대에 세 개, 각 모서리에 하나였다.

145 굴대의 세 머리에는 황소 뿔이 나있었고
나머지 네 머리의 이마엔 뿔이 하나가 보였는데
세상에서 이런 괴물은 처음이었다.

148 그런데 높은 산 위의 요새처럼 생긴 마차 위에
태연한 창부娼婦 하나가 앉아
용감하게 사방으로 추파를 보냈고,

151 또 거인 하나가 그녀를 빼앗기지 않기 위해
곁을 지키고 있었는데,
그 둘은 시시때때로 입맞춤을 하더라.

154 그러다가 그 창부의 음탕한 눈이 나를 향해
두리번거렸고, 그것을 본 우악스러운 정부情夫가
그녀의 머리에서 발끝까지를 무자비하게 짓밟았다.

157 그리고는 질투로 격노한 거인이 괴물로 변해버린
마차를 이끌어 숲속으로 끌고 들어갔는데,
숲이 시야를 가리는 바람에 내가 더 이상

160 정부情夫도 이상한 짐승도 볼 수 없었다.

• 1~60

베아트리체가 세상을 떠난 이후 10년 만에 단테가 그녀를 만난다.
다른 감각이 마비될 정도로 단테가 베아트리체의 미소를 주목한다.
그녀의 거룩한 미소로 단테가 예전의 사랑을 회복한다.
단테를 베아트리체에게로 이끄는 여인들이 좌우에 있다.
하와에게 이끌려 선악과를 먹은 아담을 무리들이 원망한다.
"이러므로 한 사람으로 말미암아 죄가 세상으로 들어오고 죄로 말미암아 사망이 왔나니 이와 같이 모든 사람이 죄를 지었으므로 사망이 모든 사람에게 이르렀느니라. 롬 5:12
그리핀은 그리스도 예수로서 그가 세상 권력을 탐하지 않았다.
나무 빛깔이 핏빛 장미보다 못하다는 말은 주님의 피로 인류가 구원을 받았지만 그 죄가 영원히 완전하게 사해진 것은 아니라는 말이다.

• 61~108

아르고스는 온몸에 무수한 눈을 가지고 있는 괴물로 제우스의 부인 헤라의 명을 받아 제우스의 새로운 여인 이노를 감시한다. 그러나 제우스가 보낸 헤르메스가 전해주는 시링크스의 슬픈 이야기를 들으며 잠이 들었다가 살해된다. 오비디우스 《변신》
시링크스는 그리스 신화에 나오는 림프로서 그녀에게 반한 판에게 쫓겨 도망을 치다가 라돈 강에 이르러 강의 요정들에게 도움을 요청하자 그들이 그녀를 갈대로 변신시킨다. 판이 그 갈대를 잘라 악기 팬플릇을 만들었다.
사과나무는 그리스도를 상징하고, 과실은 그리스도의 영광을 나타낸다.
예수께서 베드로와 야고보와 요한을 데리고 변화 산에 올랐을 때에 구름 속에서 "이는 내 사랑하는 아들이요 내 기뻐하는 자니 너희는 저의 말을 들으라."는 소리를 듣고 제자들이 얼굴을 땅에 대고 엎드린다.
그리스도를 상징하는 그리핀이 승천하고, 일곱 여인이 신학과 진리를 상징하는 베아트리체를 호위하며 주님의 교회인 마차를 수호한다.
로마는 천상의 성스러운 도시를 상징한다.

• 109~160

제우스의 새인 독수리가 나무에 부딪히는 것은 로마의 황제들이 하나님의 법에 불복종한 것이고, 주님의 교회인 마차를 들이받음은 성도들을 핍박한 것이다.
여우는 이단을 가리키며 좋은 음식은 건전한 교리를 의미한다.
황금 깃털을 가진 독수리는 콘스탄티누스 대제를 말하며, 그가 개종하고 자신의 영지를 교회에 바친다. 그러나 교회를 위해 헌납한 재물이 오히려 교회를 부패하게 만들었다. 순수한 믿음으로 바친 헌물이 교회에 커다란 부작용을 초래했다.
마차가 깃으로 덮인 것은 헌금으로 교회의 부가 증가했다는 말이다.
용은 종교적 분쟁을 가리킨다. 용 한 마리가 마차의 한쪽을 떼어가는 것은 728년 로마 교회로부터 그리스 정교가 분리된 것이거나, 또는 마호메트가 교회의 근본을 흔들어 버린 것을 가리킬 수 있다. 또는 교회가 세속에 물든 것으로 볼 수도 있다.

일곱 개의 머리는 일곱 가지 죄를 뜻하는 것으로 교회 안에 세속적인 부의 증가로 파생한 죄들이다. 그중에 교만과 질투와 분노는 자기와 이웃을 해치는 죄이기에 뿔이 둘이고, 나태함과 탐욕과 무절제와 음욕은 자신에 대한 죄이기 때문에 뿔이 하나다. 그래서 뿔의 합이 열 개이며 이것은 십계명을 거스르는 것을 말한다.

창부娼婦는 보니파키우스 8세 교황이고, 그의 정부情夫는 프랑스의 필립 4세다. 보니파키우스 교황이 프랑스 왕가의 간섭으로부터 벗어나려고 하다가 오히려 잡혀 감금을 당한다. 이후 몇 주 후에 교황은 죽고 그를 이은 프랑스 출신 교황 클레멘스는 1305년에 교황청을 프랑스의 아비뇽으로 옮기면서 교황청이 필립 4세에게 예속된다. 그래서 교회의 상징인 마차가 괴물로 변한다.

제33곡

죄의 기억을 씻고 하늘로 향함

1300년 3월 31일 수요일 정오쯤이다.

일곱 여인이 교회를 상징하는 마차의 망가져 버린 모습을 보며 눈물을 흘린다. 베아트리체가 상처 입은 교회를 바라보며 상기된 모습으로 그리스도의 죽음과 부활을 말하며 여러 예언을 들려준다. 단테가 마텔다에게 이끌려 에우노에 강물을 마시고 정화되어 하늘의 별들로 향한다.

1 "하나님이시여, 열방이 주의 성전을 더럽히고."
여인들이 눈물을 흘리며
셋이 때로는 넷이 시편을 노래했다.

4 십자가 밑에서 비탄에 잠겼던 마리아처럼
베아트리체가 한숨을 쉬며
여인들의 노래를 듣다가

7 모두가 잠잠할 때 일어나서
불덩이처럼 상기된 얼굴로
그녀들에게 말하길,

10 "오, 사랑하는 자매들이여,
조금 있으면 그대들이 나를 보지 못하겠고,
또 조금 있으면 나를 보리라."

13 그리고는 그녀가 일곱 여인을 앞세우고
나와 마텔다와 스타티우스에게
눈짓을 하여 자기 뒤로 서게 했다.

16 그녀가 앞으로 나아가면서
열 걸음 정도를 걷고 나서
나를 보며

19 잠잠히 이르기를,
"그대 이리 가까이 오오,
내 말을 잘 들을 수 있도록."

22　내가 다가가자 그녀가 다시 말하길,
"그대가 나와 함께하며
어찌 아무 말도 하지 않느뇨?"

25　마치 어린아이가 어른의 면전에서
아무런 말도 못 하는 것처럼
내가 망설이다가

28　가까스로 입을 열었다.
"여인이여, 그대는 나의 모든 필요를 알며
그것들을 만족시키는 법도 아시나이다."

31　그녀가 내게 이르기를,
"그대는 꿈꾸는 사람처럼 말하지 마오.
이젠 두려움과 부끄러움에서 벗어나야 하리니,

34　뱀이 깨뜨린 마차를 거인이 가져갔지만
범죄한 그에게는
반드시 하나님의 복수가 임하리다.

37　그러나 깃털로 인해 괴물이 되었다가 끝내
거인의 미끼가 된 마차에다가 처음 자기 깃을 남긴 독수리는
언제가 교회를 바로잡을 진정한 후예를 만나리다.

40 내가 분명히 보기 때문에 말하노니,
아무런 거침이 없는 별들이 다가와
우리에게 기회를 주려 하며,

43 또 하나님의 사자인 오백과 열과 다섯이
그 도둑년과 함께 죄를 지은 거인을
반드시 죽일 것이라오.

46 내 말이 테미스나 스핑크스의 말처럼 모호하여
그대에게 확신을 주지 못하고
그대를 혼란스럽게 할지 모르나,

49 그러나 라이오스의 아들 테베왕 오이디프스가
스핑크스의 수수께끼를 푼 것처럼, 이제는 양이나 곡식을
드리지 않고도 그 어려운 문제가 풀리리다.

52 이제 그대는 나에게 들은 이야기를 기록하여
죽음을 향해 치닫는
인생들에게 들려주고,

55 또 그대가 독수리와 거인으로부터
두 번이나 상처를 입은 나무의 슬픈 모습을
여기에서 본 그대로 전해야 하리다.

58 누구든지 이 나무를 꺾거나 도둑질하면
그것은 하나님을 대적하는 것이리니,
이는 이 나무가 하나님 권능을 드러내기 때문이오.

61 이 나무의 열매를 맛본 아담은
고통과 열망 속에서 오천 년을
인류의 죄를 짊어지신 분을 기다려야 했다오.

64 이 나무가 하늘에 가까울수록 더 커지고
가지가 풍성한 이유를 알지 못한다면
그것은 그대 믿음이 잠자기 때문이오.

67 오디를 붉게 물들였던 피라모스의 헛된 사랑처럼
허망한 생각에 사로잡힌 그대가
엘사의 강물처럼은 정결하지 못하다 해도

70 이러한 온갖 것들을 헤아려
이 금하신 나무에 담겨있는
하나님의 정의를 깨달아야 한다오.

73 지금 그대 정신이 돌처럼 굳어져
새카맣게 되어 내 말 속에 담겨있는
밝은 빛을 보지 못하나니,

76 그대가 내 말을 마음에 담을 수 없거든
순례의 길 끝에서 종려나무로 지팡이를 장식하는
순례자처럼 몸에라도 새겨서 가야 하리다."

79 내가 대답하길, "도장을 찍은 밀랍이
그 새겨진 모양을 결코 잃어버리지 않듯이
당신 말씀을 내 가슴에 각인하려 하지만,

82 그대 간절함이 어찌 이리도
생각 저편으로 날아가 따르려 하면 할수록
내게로부터 지리멸렬하나이까?"

85 그녀가 말하길, "이는 그대가 좇는
학파school의 철학적 교리가
하늘의 것과 다르기 때문이오.

88 그래서 가장 높고 빠른 원동천이
지구와 아주 동떨어진 것처럼
하나님의 도가 사람의 길에서 먼 것을 알아야 하오."

91 내가 그녀에게 말하길, "나는 당신에게서
소원疎遠한 적이 없으며 양심에 거리낄 만한
일을 생각한 기억도 없나이다."

94 그녀가 웃으며 말하길,
“그대가 생각이 나질 않는다 하지만
오늘 레테 강물을 마신 것을 돌이켜 보오.

97 연기를 통해 불을 짐작할 수 있듯이
그대의 망각이야말로 그대 마음이 딴 곳에 있어
죄지은 것을 분명하게 드러낸다오.

100 그러나 이제부터는 내 말이
그대 무딘 가슴에 와닿도록
쉽게 이야기하리다.”

103 그때 붉게 타오르며 느리게 이동하는 정오의 태양이
보는 이에 따라서 이리저리로 움직이는
자오선의 둘레를 타고 있었다.

106 마치 앞장을 서서 무리를 인도하는 자가
앞에 있는 낯선 것을 보고는
걸음을 주춤하는 것처럼,

109 일곱 여인이 물줄기 위에 있는 나무의
거뭇한 그림자가 드리운 곳에서
걸음을 멈췄는데,

112 거기에서 유프라테스 강과 티그리스 강의
근원이 되는 샘물이 가까운 친구처럼
서로 아쉬워하며 나누이더라.

115 내가 묻기를, "오, 나의 빛이며 인류의
영광이시여! 여기 하나의 샘에서 흘러나와
둘로 나누이는 이 물줄기는 무엇인가요?"

118 베아트리체가 대답하길, "마텔다에게 청하오.
그녀가 말하리다." 그러자 여인이
비난을 면하려는 사람처럼 서둘러 말하길,

121 "이미 내가 이자에게 비와 바람에 대해
말하였나니, 레테 강물이
그 기억을 씻어내지 못했을 거외다."

124 베아트리체가 말하길, "아마도 그때
무엇이 이 사람의 마음을 사로잡아
눈을 어둡게 했을 것이오.

127 이제 우리 앞에 에우노에 강이 있다오.
이자를 그곳으로 인도하여
이 사람의 나약해진 기억들을 소성蘇醒시켜 주오."

130 고귀한 영혼이 아무 말 없이
마치 무슨 사인sign이 있을 때 그것에
자신을 맞추는 사람처럼 그러했는데,

133 사랑스러운 마텔다가 내 손을 잡으며
스타티우스에게 말하길,
"그대도 이리 오오."

136 독자들이여, 여기에 쓸 공간이 좀 더 있었더라면
아무리 마셔도 영원히 만족함이 없는
달콤한 물을 내가 더 노래하련만,

139 그러나 이 두 번째 찬가에 한정되어진
모든 페이지가 다 차고 말아
예술의 고삐bridle가 나를 붙들고 마는도다.

142 이제 내가 성스러운 샘물로부터 나와
새로 돋아난 잎새로 새로워지는 나무처럼 깨어나서
하늘의 별들에게로

145 솟아오를 수 있을 만큼 순수해졌도다.

• **1~51**

일곱 여인이 교회를 상징하는 마차의 망가진 모습을 보며 눈물 흘린다.

여인들이 시편 79편을 노래하며 슬퍼한다.

"하나님이여, 열방이 주의 기업에 들어와서 주의 성전을 더럽히고 예루살렘으로 돌무더기가 되게 하였나이다. 시 79:1

베아트리체가 상처 입은 교회를 바라보는 모습이 마치 마리아가 십자가에서 고통당하는 예수를 바라보는 모습과 같다.

베아트리체가 상기된 모습으로 예수께서 제자들에게 자신의 죽음과 부활에 대해 하신 말씀을 건넨다.

"조금 있으면 너희가 나를 보지 못하겠고 또 조금 있으면 나를 보리라." 요16:16

독수리는 로마 황제로서 단테가 진정한 황제로 생각한 자는 프리드리히 1250년 사망다. 단테는 그와 같은 황제가 다시 나타날 것을 간절히 바라고 있다.

오백과 열과 다섯을 로마 숫자로 표기하면 DXV이며 순서를 바꾸면 DVX로 의미가 인도자, 지도자다. 단테는 세상을 바로잡을 지도자를 간절히 바라고 있다.

도둑년은 교황 보니파키우스 8세고 거인은 프랑스의 황제 필립 4세다.

테미스는 하늘의 신 우라노스와 땅의 신 테루스의 딸로서 후계자 아폴론에게 예언의 재주를 물려주었다.

스핑크스는 새의 날개와 개의 몸과 사자의 발톱을 지닌 괴물로 테베 근처에서 살며 지나가는 사람들에게 "아침에는 네 발로 다니고 한낮에는 두 발로, 밤에는 세 발로 다니는 짐승이 무엇이냐?"라는 질문을 해 틀린 답을 내면 잡아먹어 사람들을 공포에 떨게 했다. 이 스핑크스의 질문을 테베 왕 오이디푸스가 풀자 스핑크스가 그 자리에서 자결한다. 오비디우스의 《변신》

• 52~102

베아트리체가 자신의 말과 나무 이야기를 세상에 전하라 한다.
아담은 선악과를 먹었기 때문에 수많은 세월을 그리스도를 기다렸다. 그는 지상에서 930년을 살았고, 림보에서 십자가의 피로 자신의 죄를 씻어줄 그리스도의 강림을 4302년간 기다렸다.
이곳 나무의 가지는 천상에 가까워질수록 더 커지고 무성해진다.
엘사 강은 피렌체와 피사 사이에 있는 맑은 강이다.
제우스는 피라모스와 티스베의 사랑을 헛되지 않게 하기 위해 하얀 오디를 붉게 물들였다. 연옥 편 27곡 37~39행에 나오는 이야기다.
레테 강물을 마셨다는 것은 죄악의 기억을 씻었다는 것이며, 또한 천상의 일을 상징하는 베아트리체를 떠나 세속의 욕망에 빠져 살았다는 것이다.

• 103~145

유프라테스 강과 티그리스 강은 에덴의 동쪽을 흐르는 강이다.

마텔다가 비와 바람에 대해 연옥 편 28곡 88행 이하에서 말했다.
베아트리체가 마텔다에게 단테를 에우노 강으로 이끌어 가기를 청한다.
단테가 그 강의 달콤한 물을 마시며 선행의 기억들을 되살린다.
정화된 단테가 별에까지 솟아오를 수 있을 것 같은 생명력을 느낀다.
단테가 에우노에 강물을 마신 달콤함을 더 노래하고자 하나 지면紙面이 없다.
예술의 고삐는 단테로《지옥 편》《연옥 편》《천국 편》을 각 33곡으로 구성하게 한다. 다만《지옥 편》은 전체의 서곡을 포함하므로 34곡이다.
단테는《신곡》의 지옥과 연옥과 천국의 끝을 별들이란 말로 끝내고 있다. 순수하게 정화된 단테가 하나님의 사랑에 의해 운행되는 별들에 올라 주님을 대면하길 원한다.

신곡

2권

죄 씻음을 위한 편력(遍歷)

초판 1쇄 발행 2023. 4. 11.

지은이 김용선
펴낸이 김병호
펴낸곳 주식회사 바른북스

편집진행 황금주
디자인 양헌경

등록 2019년 4월 3일 제2019-000040호
주소 서울시 성동구 연무장5길 9-16, 301호 (성수동2가, 블루스톤타워)
대표전화 070-7857-9719 | **경영지원** 02-3409-9719 | **팩스** 070-7610-9820

•바른북스는 여러분의 다양한 아이디어와 원고 투고를 설레는 마음으로 기다리고 있습니다.

이메일 barunbooks21@naver.com | **원고투고** barunbooks21@naver.com
홈페이지 www.barunbooks.com | **공식 블로그** blog.naver.com/barunbooks7
공식 포스트 post.naver.com/barunbooks7 | **페이스북** facebook.com/barunbooks7

ISBN 979-11-92942-63-6 04880
979-11-92942-65-0 04880(세트)